唤醒

冉正万 著

广西师范大学出版社
桂林

唤醒
HUANXING

图书在版编目（CIP）数据

唤醒 / 冉正万著. --桂林：广西师范大学出版社，2022.1
ISBN 978-7-5598-4311-1

Ⅰ. ①唤… Ⅱ. ①冉… Ⅲ. ①中篇小说－小说集－中国－当代②短篇小说－小说集－中国－当代 Ⅳ. ①I247.7

中国版本图书馆 CIP 数据核字（2021）第 196068 号

广西师范大学出版社出版发行

（广西桂林市五里店路9号　邮政编码：541004）
网址：http://www.bbtpress.com
出版人：黄轩庄
全国新华书店经销
广西民族印刷包装集团有限公司印刷
（南宁市高新区高新三路1号　邮政编码：530007）
开本：787 mm × 1 092 mm　1/32
印张：8.375　　　字数：150 千
2022 年 1 月第 1 版　　2022 年 1 月第 1 次印刷
印数：0 001~4 000 册　　定价：52.00 元
如发现印装质量问题，影响阅读，请与出版社发行部门联系调换。

不敢马虎（代序）

不敢马虎，是我写作的态度。

我的写作来源于我对故乡的眷念和鄙视。即使梦见皇帝登基，也是在我老家的土地上举行，而不是在皇帝的都城。当然，我从没梦见过皇帝，也没梦见过皇帝登基。

那是一片忧郁的土地，一种与生俱来的情绪暗藏在每个故乡人的心头。他们很少高声喧哗，很少嬉闹，很少唱歌，这是过于理性、缺乏活力的乡村。我鄙视故乡的落后与孤独，我眷念她的宁静和与世无争。你留在这里，你的灵魂要去哪里随你的便；你把灵魂留在这里，你的身体要去哪里随你的便。这是我故乡对每个出生在那里的人的忠告。

他们中有文盲，也有多少认识几个字的人，但很少读书，对我的写作从不关心，也没有必要关心。我是因为感激他们才写作，感激他们的纯朴、低调、聪明、虚伪、自私、傻头傻脑、自以为是，并因此吃亏上当。

这真是我写作的根源吗？不是，我是因为自视过高，因为心虚才写作。他们怎么样,其实我并不清楚,就像有时候我不清楚自己的想法一样。

几十年来,我努力写作,讨好卖乖,努力把自己放进现代社会,接受嘲笑和屈辱,同时去埋怨这样埋怨那样。回头一想,如果加入家乡的文盲队伍,受到的打击将会更加严重。于是继续努力。

我是为寻找自己而写作:我为什么是我,而我就是我。

这诡异的命题才是我写作的根源。别样的思维让我倍感沉重,有时忍不住要耍赖皮,玩下小聪明,以为如此可以从自己的困境中解脱。但得不偿失,自己依然在困境中。

我老实下来,安静下来,继续追问:我为什么是我,而我就是我。读着《喧哗与骚动》,我特别理解昆汀、凯蒂、杰生和班吉明。但有时也想,去你的《喧哗与骚动》,叫昆汀和凯蒂见鬼去吧,伟大的作品不可能只有这一部。

毛姆说契诃夫的为人好像性情开朗和讲求实际,但作为一个作家却是抑郁和消沉的。我觉得这仿佛也是在说我,一条从冉的泉眼里流出来的、叫正万的河流。

很多人以为我一直在写我的故乡,其实不是。如果你读过我所有作品的话,你会发现,我是把整个人类社会当成我的故乡,而不是某块邮票那么大的土地。

我在黔西南看到黄金开采的盛况,于是把老家的人放进一片矿区,然后演绎他们的悲欢离合。这是我写的第一部长篇小说《纸房》,至今已逾十年。

在遵义毛石乡,我看见小孩装在玻璃瓶里的透明鱼,这鱼是从溶洞里流出来的。溶洞的水量非常大,雾气蒸腾,天气越热,水雾越浓。我老家一个嘴巴似的岩洞,让人充满遐想。我把这些要素放在一起,经过四年马拉松似的胡思乱想,写出了长篇小说《银鱼来》。

十多年前,我在黔东南听说过一个小故事。黔东南是贵州民风最纯朴的地方,土改时期,当地人不明白什么是地主,什么是贫下中农。他们一直自给自足,都有土地,贫富差距并不大。但土改工作队不允许,要求他们必须像别处一样,也要有地主,也要有贫农。当地人不知道何为地主,以为是个社会职务,通过推选,村里一个为人好、大家都尊重的人当选。这人谦虚一番,也就答应了。几年后,他才知道地主不好当,但已经没办法了,一当就是三十年。一直觉得这个故事有意思,但我知道,仅仅靠这一个故事,写个短篇都很难。几年后,我在凤冈县采风,到一个叫梯子岩的地方,悬崖峭壁之上有个村庄,村里有块石碑,说这些人是明王朝一位带刀侍卫的后人。他被人追杀,躲到这个四面环山的地方。现在修了一条公路上去,邀我采风的人想要我们对悬崖上这条公路发出感叹。我觉得凡是人力能做到的事情,并不让人感到意外。公路修通后,有人在半山一个溶洞里养娃娃鱼。婴儿期的娃娃鱼特别怕吵闹,要在水无比干净,没有其他动物(特别是人)气息的地方才能生长发育。长大后对环境要求却又极其简单,比其他任何一种鱼都好养。村民用木盆、水缸都能养,可以养在床前,养在厨房。当时觉得挺有意思,想写一部关于养殖与商战的小说。写了几千字,发现这根本不是我应该触碰的东西,明白后立即删掉。两年后,把选地主和悬崖上的村庄结合在一起,写了长篇小说《天眼》。写完第一章,我就知道这比写养娃娃鱼容易。

迄今为止,我自己比较满意的小说是没有人提及的一部小长篇。有一次乘车经过正在修建的环城公路,看见有人提着一个人形何首乌叫卖,宣称这是施工员刚刚挖出来的,长成人样,肯定有益寿延年的功效。我不禁大为惊奇。但车上有好事者悄悄告诉我,这是人工培植的,并且是从别处拿来的,和修路的工人没有关系。没想到骗子这么厉害,为了发财,竟想出这么绝妙的办法。经过五年的构思和一支秃笔的经营,我写了长篇小说《什么是你的》,把人性的贪婪和聪明写得风生水起。这部长篇虽然发表了,我估计读者不会超过十个人,这么多年,我只听到三个人向我提起过。

原本打算写三部,把已经发表的这部取名《什么是你的·人书》,再写《什么是你的·兽书》和《什么是你的·神书》,这种写法没人看好,写作的勇气大受打击。

写作的意义何在,其实很少有人问我。倒是自己从没停止过追问,尤其是长篇小说写作。这是我必须思考的最基本的问题。不过从没找到答案,也不可能有答案。随着思考的深入,似乎越来越接近写作的最终目标。但同时也清楚,你只能努力接近这个目标,不可能真正抵达,这也许正是写作的魅力和动力。

"盖闻二仪有像,显覆载以含生;四时无形,潜寒暑以化物。"这是《圣教序》里面的句子:听说天地有形状,所以显露在外,覆盖并且承载着一切有生命的东西;因为四季没有形状,所以深藏着严寒酷热来化育万物。文学不可与天地四时相提并论,但其运行规律是可以类比的。沃尔夫在他的处女作《天使,望故乡》里说,现世每一分钟都是四万年历史的结晶。日复一日,人们苍蝇般地飞向死亡,寻找归宿,其间的每一片刻都是窥视整个历史的一扇窗户。学者孔飞力则指出:我们说,我们不能预见未来。然而,构成未来的种种条件都存在于我们周围。每次读到这些句子,我都会放下书本沉思。如何看清此在,又如何向后人标记出管线走向,似乎是我应该做的事情。小说不是统计学,不讲任何科学依据,它只能靠隐喻和暗示把一个观察者的思想储存在字里行间。

我们都是未来的祖先,未来的读者在等着我们。我们不可能脱离自己的所作所为,也不可能一死了之。那么,谨慎写作的必要性显而易见。此时写下的句子,有可能成为善知识,也有可能成为恶知识。最麻烦的是,善恶不能靠此时此地来判断,而是要通过从此以后永远的检阅。

我懂卡夫卡为什么要在临终时叮嘱布罗德烧掉他所

有手稿。他不愿自己的文字在世间生根发芽,因为他无法确定这些文字的善恶。以前,有自以为是的评论者说:作为一个在文学上失意的人,烧掉手稿完全合情合理。这是多么简单和粗暴的结论。希望死后烧掉手稿的作家远远不止卡夫卡一人。有谁敢大言不惭地宣称,自己的文字必须传世并且是可供后人借鉴的善道?

真正的写作是战战兢兢如履薄冰。个体的体验虽然丰富,但不敢说这就是直义和见解。写作不是大彻大悟者所为,破除迷妄者不需要留文字,因为文字的局限已经不能准确传达其真味。所以写作是小思小悟,并且是容易兴奋容易激动藏不住知见的人,恨不得立即把自己的知见公之于世。如萨拉马戈所说,我们都是充满欲望的可怜巴巴的魔鬼。对我而言,恰似我小说中所写的山魈。

我一直在写,不过是希望广种薄收,让后人有所认同,有所欣悦。希望自己的文字能够生根,能够给人一点点希望,不要因为世事的无常就茫然无计。事实上,这也是托词,还活着,就得有所作为。不可马虎,也不敢马虎。

目 录

唤 醒
1

一只阔嘴鸟
57

诗人与香菇
77

高脚女人
131

十字弩
151

慢生活
205

唤 醒

点水雀在飞,蚱蜢在跳,燕子在穿梭,一切都生机勃勃,但一切都将过去。秋天已经到下半场,远山越来越远,溪水越来越清凉。

明月把野棉球铺在晒席上,让太阳暴晒。这张晒席与其他晒席不同,从没晒过粮食。晒粮食的晒席用慈竹编织,八尺宽一丈长,卷起来像炮筒,粗糙的篾片常分裂出细篾丝,折断后极其锋利,扎进肉里又痛又痒却又看不见,让人恨不得把手剁掉。明月的晒席小得多软得多,用芦苇的青篾蒸煮后编织,可以折叠。这是大户人家给幼儿当席子用的,光洁玉滑,不但清爽,还能兜住尿,不会弄脏席子下面的被褥。明月的东西不多,但都很精致。野棉球暴晒三天后炸裂翻转,像一个个小棉帽。摘掉干缩的黑色种子,把储藏着太阳光的小棉帽装进枕套,枕在头下一年四季都会充满阳光。

野棉花在偏刀水最常见也最滥贱,人们除了觉得它没用和滥贱,不再有别的看法,任它在田坎上堡坎上小路旁水沟边坟堂里自生自灭。粉红色的花瓣有肉质感,丰满而圆润,女子们把花朵的模样绣在背带上、衣服上、鞋面上,喜庆而朴实。金色的花蕊被绣成鱼眼似的圆球,一百个圆球就是一百个金色的太阳。偏刀水只有明月用野棉花做枕芯,一到秋天就去采摘。棉球比蜘蛛肚子大,比麻雀蛋小,球上布满了斜向交叉的麻点。棉球炸裂后麻点变小,小得几乎看不见,棉花团看上去有点黑,正是因为这些小麻点的存在。仿佛这是它小小的自尊,提醒人们我不是别的,我是你们看不起的野棉花。

明月来偏刀水已有几十年,没有人知道她的身世,没人知道她为什么来偏刀水,也没人见她去过别处。她不和当地人来往,她不讨厌他们,也不喜欢他们。她就像一棵栽错位置的树,周边没有一棵树和她相像。她更像飘浮在山顶上的白云,看上去很近,其实很远。

有人说她来自云南边陲深处的红河,一个当地人没去过的地方。说她是一个地主的小老婆,地主有十几亩水田,地主死后,她不愿改嫁又不敢在原来的地方生活,稀里糊涂地来到了偏刀水。偏刀水人自豪地感叹,幸好偏刀水人心地慈善,一点都没有为难她。他们推断她是地主小老婆的理由很充分,一是她长得漂亮,二是她不会干农活,三是她特别爱干净。

大家确切记得的只有两件事,一件是明月有一支手枪。枪被派出所没收后她去要过几次,没有还给她。

她连钉锤都没有,居然有一支手枪。有一次她换枕芯,换完后坐在屋门口,旁若无人地把玩一支精致小巧的手枪,看她拿枪的样子就不像会打枪。她颠来倒去地看,像小女孩拿到一个从没玩过的复杂玩具,爱不释手又不知道怎么玩。这枪平时十有八九放在枕头下面,要不然怎么会在换枕芯的时候翻出来?她喜欢握住枪管,而不是枪柄,就像拿着一把锤子。她抚摸着每个部件,有时还把枪口朝向自己,想看看枪膛到底有多深,深处是否有什么机关。谁都看得出来,这支枪是她的心爱之物。

这个禁物在偏刀水镇并没引起轩然大波,只是进一步加深了大家的印象。一定是地主留给她的,让她用来防身,地主还没来得及教她怎么用就死了,她拿着它不中用又舍不得丢。

有个自以为是的小青年,想法与众不同,说这个女人有可能是特务,新政权稳住江山后,她和她的上级不是失去联系,就是不敢再联系。这话立即招来众人的鄙视:特务?偏刀水有什么呀,难道握锄头把修地球,追着牛屁股犁田打耙的全是大人物?难道打田栽秧需要派一个特务来破坏?嚼你的舌根,嚼烂了都没有人信。

这个头脑简单的年轻人不明白大家对明月的感情,虽然她和他们没有亲密的交往,但他们全都信赖她,就像信赖山坡上那棵孤零零的白杨,他们于她无求,只要她在那里就好,正是这样才不允许有芥蒂,有裂痕。她与世无争,像白杨树一样端庄慈祥,他们享受着这份宁静、这份吉祥如意就心满意足。

没有人报告派出所,是派出所的民警无意中听说,听说后又不得不行使职责。当时枪支管理还没那么严,没有人觉得她保存这支枪有什么不妥。生产队队长柴启物带着民警来拿走时,她只弱弱地说了一句:这是我的。

连老实巴交的农民都看得出来,明月的枪不是用来朝某个地方射击的,是一个秘密纪念品。当民警问她,子弹呢,没有子弹吗?她弱弱地回答:这是我的。看热闹的人忍不住想提醒民警:不要再逼她喽,用不着嘛。他们的每个愿望都向着明月,却又不知道该怎么办,只能看着民警像取走她的魂一样,把手枪装进公文包,骑上自行车扬长而去。他们知道总有很多事情让人无可奈何,想到自己身为农民,更觉得万般无奈。

他们记得的第二件事情,是明月来到偏刀水时到处打听剿匪指挥部在哪里,似在寻找一个他们都不认识的人。

剿匪是在一九六一年春天进行的。土匪大鼻子老烟,新政权成立之前就是威震一方的悍匪。大鼻子老烟的人马不多,喜欢单打独斗,以寒婆岭为中心,活动在方圆百余公里的大山丛中。很少有人见到他的真身,只知道他是个大鼻子。他抢劫从不留活口,把被劫者全部杀光。实施抢劫后从不逗留,连夜奔逃几百里,在深山老林里一躲就是几个月。没有固定住处,对密林里几百个山洞就像对自己的耳朵嘴巴一样熟悉,不用照亮也能摸进去。大鼻子老烟是个神枪手,看见他的人和动物都得死,全都一枪爆头,不浪费一颗子弹。打死的动物皮剥下来,是他山洞行宫里的被褥。被他打死的人往往不明就里,到了阎王那里也结结巴巴交代不清楚,自己为什么就来到了这里。大家对悍匪大鼻子老烟无不谈虎色变,为了不看见他,走路时尽量低头看路,不东张西望,以免引火烧身,以免长了眼睛的子弹朝自己飞来。大鼻子老烟被剿灭后,他的枪法被人津津乐道,讲述者情不自禁地竖起拇指食指,"叭"的一声,仿佛自己就是大鼻子老烟。除了枪法,大鼻子老烟还会一种特别的奔跑步法,叫鬼步,一步滑出去足有四五米远,相当于腿长的人走七八步。这或许仅仅是传说,但他确实做到了来无影去无踪。有人天真地向往:用这种步法去参加体育比赛,不是打遍天下无敌手?

一九五三年,大鼻子老烟抢过一辆运送救灾物资的汽车。救灾物资有棉絮和粮食,押运的民兵只有三个人,这对神出鬼没的人来说不算什么,不简单的是他竟然把那么多物资和粮食搬走。这次抢劫激恼了政府,派驻军中队百余人,加上三千民兵,对全县进行地毯式搜索。没找到粮食,也没抓到大鼻子老烟,他像烟一样消失得无影无踪,直到一九六一年春天再次露面。

再次露面是因为饿。这几年,所有人都在想方设法寻找食物。粮食和蔬菜远远填不饱肚子。令人们意外的是大鼻子老烟也在挨饿,这天他在都溪林场边的玉米地里抠红薯,边抠边吃。一个九岁的小孩看见他,小孩不知道他是大鼻子老烟,开始以为那是一头野猪,继而觉得那是野鬼。小孩逃跑时被大鼻子老烟一枪打在屁股上,临死前说他看见鬼,一丈二高红毛的野鬼。或许是因为饥饿,大鼻子老烟第一次失准,没能一枪爆头。

大鼻子老烟这一枪不但暴露了自己,也让省市驻军和公安部门震怒,省军区以最快的速度派出部队将林场包围,从大鼻子老烟出现的地方开始搜索,最后在一百公里外的横断山熬硝洞发现他的踪迹。搜索部队的人影一出现在洞口就被他射杀,射杀了十余人后,部队决定不再主动进攻,堵住洞口,他出来就用机枪扫射。堵了七天,大鼻子老烟没有出来,进剿部队用绳子将二十个手榴弹捆在一起吊下去,悬在洞口。手榴弹爆炸后进洞搜索,大鼻子老烟早已死亡,手榴弹没炸着他,不知何时人已经饿死。

这是当年最振奋人心的消息,人们奔走相告。兴奋之后,关于大鼻子老烟的传说却越来越多。

明月来到偏刀水,来寻找指挥剿匪的人,可剿匪时也没人知道指挥官是谁,指挥部设在哪里。他们得到的命令是,发现大鼻子老烟的踪迹不管真假都要立即向民兵报告。大鼻子老烟一死,剿匪部队收兵回城,民兵就地解散,部队的脚印被雨水洗干净后明月才来。

偏刀水没人见过这么漂亮的女子,她的额头像瓷勺的背面一样洁净光滑,头发如水草般葱茏,身材丰满匀称。不过最叫人难忘的是她的神态,像在做梦,完全不知今夕是何夕。她买了一间小房子住了下来,小房子原先是一户人家的粮仓。明月把房子里里外外洗了一遍,干净得发亮,让人觉得,住在那样的房子里连做梦也是清爽和适意的。

不过最叫人搞不懂的是她的年纪。她来偏刀水时不算年轻,几十年过去后,相貌几乎没改变,岁月忘记让她变老,而她自己仿佛也忘记了世间的一切。

拜偏刀水的偏远所赐,让历次轰轰烈烈的运动忘记了这里,这里的人很懒散很固执。那些习惯于借运动整人打击异己,习惯于利用群众去实现私欲的干部,都嫌偏刀水民风蒙昧顽劣、认死理,难以启迪教育,远不如在其他地方收获大。有个下放到偏刀水劳动改造的教授,想搞清楚劳动在从猿到人转变过程中的作用,请猎人捉了几只长臂猿,他教它们干活,教它们使用工具,甚至教它们说话。教了三年猿还是猿,和捉来时一样聪明,它们向教授讨吃讨喝时很顽皮很聪明,但使用工具方面没有让人惊喜的进步。教授写了篇文章,说通过实验证明,劳动不可能让猿变成人。教授因此被劳改,从此再也没来过偏刀水。这是偏刀水和政治运动关联最大的事情。人们谈起这事都觉得好玩,教授训练猿猴很认真很辛苦,这些认真辛苦也很好玩。偏刀水人说起他就好笑,说他太老实,长臂猿要是能干活,我们都可以当老爷,什么活都不用干,让猿猴代替我们去干。

没有人和明月开玩笑,因为和如此美丽端庄的人开玩笑,是一种亵渎。她在小房子后面围了块菜园,是偏刀水最小最精致的菜园,他们说她种菜"像绣花一样"。她和其他人一样参加生产队劳动,和大家一样懒洋洋地干活,无论别人说什么,听没听见都笑笑,从不参与到谈话中。她每年把自己的小房子洗一遍,有人说她的房子那么小,当然可以洗,也有人说她过于讲究,活得稀奇。但不管怎么说,他们对此并不反感。他们说:"水井里的水又不要钱,你勤快你也可以去挑来洗嘛。"他们说:"有那个时间和精力,宁愿躺在床上大睡三天。"他们的确太累,从没睡过一个好觉,一辈子疲惫不堪。女人们羡慕明月,却又不可能像她一样生活,偶尔的嫉妒之后是对自己的哀叹和抱怨,哀叹自己命不好,抱怨家里这么多人却没有一个可以做帮手。

物质对明月来说总是丰盛的,什么也不缺。没人到她家去做客,她连一条像样的板凳都没有。但这又有什么关系?她不过是寄居在偏刀水,不是要在这里生根发芽。大家都没料到,有一天他们突然发现她变成了老人。岁月不但想起了她,还在一夜之间把几十年的光阴从里到外进行了最彻底的清算,每个细胞仿佛原本安装了光阴的定时炸弹,时间一到全都爆炸。她像一件精美的瓷器,瞬间布满了裂纹。大家早就习惯了她一直不老,一刹那变得这么老,他们来不及适应。明月额头上的皱纹,不像总是为缺吃少穿忧虑的人那么粗那么黑,但确实是皱纹,又细又密。听见孩子们叫她明婆婆时,所有人都感到失落,同时也莫名其妙地松了口气。孩子们平时就叫她明婆婆,虽然相貌不老,年纪毕竟不轻。扳起指头一算,她来偏刀水有四五十年了,我的天,天啦天。

野棉花和从前一样多,一到秋天就仰着头等待明月来采摘。与其爆开挂在枝头变黑、腐烂,不如到明月的枕头里把收藏的阳光一点点献给她。

偏刀水镇原本是一条小街,只有四十余户人家。街道上没有门面,虽然约定逢五逢十在街上做买卖,但他们自己并不做生意。他们把门板取下来,架在板凳上,租给做买卖的人。他们自己和乡坝里的人一样,种地、养猪、养鸡、养鸭,他们从没将这里当成真正的集市,仿佛只是偶尔有缘凑成了一条小街。做生意的是外地来的,场期一到,他们或挑或背,把乡村需要的种种物品带来。小街后面的果林叫猪市坝,其实不光是猪,马牛羊等大型牲口都在这里交易。每次收市后,果树下臭气熏天。几天后,粪便被清理干净,等待又一批牲畜在此交换主人。有些牲畜被交换后很快就没命,另外一些则有可能遇到好主人而过上好日子。

猪市坝的果树是徐海舟家的,有梨树、核桃、李树,还有林檎。徐家从来没把这些果树当回事,但有了畜粪的滋养,果子年年都结得好。徐家看重的是粮食,一粒谷子的价值远在一个梨子之上。粮食可以买卖,赚得的钱可以买更多的土地,水果没人要,买卖水果被看作可笑的事情。想吃自己栽一棵就是,哪里用得着买。徐家祖上是补锅匠,补锅途中遇到果苗拔来种上,是为了占地盘。当时这一片地是无主之地。

徐家的土地越来越宽,到民国三十四年,从偏刀水源头一直到四牙坝,有一半良田是徐海舟家的,这片良田依赖泉水灌溉旱涝保收。偏刀水既是这股甘甜丰沛泉水的名字,又是泉水流经的十余个自然村的地名,更是田坝中间这个小镇的名字。水从山脚流出,出水处有一块巨石,形如大刀,泉水被这把大刀挡住,只能向南流。从巨石这里往西是一片荒滩,往南是一片稻田。当地人说这是武圣关公的大刀。关云长青龙转世,见这一片稻田无水灌溉,山脚下一股大水却白白流向荒滩,便挥手将大刀插进大山肚子,这股水从此改邪归正,温顺地流进南面的良田。

出乎人们预料,至民国三十四年,徐家不再买田。乡下人都知道做人有三不嫌:不嫌儿女多,不嫌土地多,不嫌亲戚多。徐海舟四十来岁,并不比一般农民有心计,他不过是凭勤劳节俭才守住祖上留下的家业。接下来发生的事,更加让人惊讶。徐海舟不赌不嫖不抽大烟,也就是说他不需要那么多现钱,但是从民国三十四年开始,他家的田越来越少,到三十六年,经祖辈父辈置办购进的土地全部卖了出去。第二年,连补锅匠老祖上留下的良田也只剩一半。他辞掉在他家干了半辈子的长工,只留下管家柴启物。正街上的大瓦房已经卖掉,只剩一列三间和带厢房的后院。

两年后,人们恍然大悟,他这一着走得对走得好。

但没有人相信他有这本事,几年前就知道世事会发生这么大的改变。就算知道天下有可能改变,也要非常舍得,才有勇气把它们处置掉,这毕竟和割心头肉一样难。

有人说,这全是柴启物的主意。柴启物也四十出头,外地人,没成家,自从来到偏刀水,一直是徐海舟的管家。说是管家,其实什么活都干。

以前,谁也没把这种主仆关系当回事。看到地主们被批斗,而徐海舟平安无事,才隐隐觉得柴启物是个高人。不过,有些事永远没人看懂,一是柴启物为什么不成家,为什么要把单身生活进行到底。以他和徐海舟的关系,以他对徐家做出的贡献,成个家并不难,徐家有义务也有能力帮他成家。二是无论社会怎么变,柴启物都没离开过徐家,虽然不再是主仆,还当过生产队队长,但他一直和徐家老少生活在一起,不知道是有隐情,还是舍不得离开。

人们总是弄不明白,虽然徐家对他一直很好,可这毕竟是寄人篱下呀,金窝银窝不如自己的狗窝呀。也有人说他刚到徐家时一无所有,是徐家慷慨收留了他,甚至说他当时只剩最后一口气,是徐家救了他的命。可他干了这么多年,又那么能干,他可是全劳力,人情债还没还清吗?早就应该还清了呀。

柴启物确实能干,除了女人干的针线活,男人干的活他全都会。最让人惊讶的是他会修汽车。境内公路修得早,但很少有汽车进来。一九五七年,县交通局把一辆汽车送给偏刀水区公所,一辆从战场上缴获的嘎斯车。汽车开到偏刀水后旧病复发,歇菜等死。司机只会开不会修,灰头土脸丢下车一去不回。偏刀水人倒也理解:若是好车,人家舍得送给你偏刀水?汽车停在猪市坝,有天清晨传来叮叮当当的声音,人们循声望去,看见柴启物已经把引擎盖打开。没人相信他会修汽车,以为他不过是好奇,并且胆子大,敢碰公家的东西。这种公家的东西,是没人敢去触碰的。柴启物叮叮当当敲打了半个月,居然能把它修好,还把它开到山坳上又开回来。人人都以为柴启物要去当司机,谁都知道,开汽车比当区长还气派。就连赶牛车都让人羡慕,因为比肩挑背扛轻松。可柴启物把车停在猪市坝,重新扛起锄头走进地里,就像什么也没发生,他对大惑不解的人说:叫他们重新派个司机来。

这句话让人们重复了很久,引申义越来越广,用途越来越多。吵架时用,开玩笑时用,不管怎么用都逗人发笑,仿佛这是天下最贴切最幽默的话。吵架时指责对方无理取闹:"你不讲理,给我重新派个司机来。"或者,指着那些干活、做事马虎的说:"你不行,给我重新派个司机来。"有一回,人们甚至看见一个乡邻气呼呼地从区公所出来,大声嚷叫:"没见过你们这样的干部,给我重新派个司机来。"

人们感慨,小小的偏刀水镇还真是藏龙卧虎啊。

问题是,他是什么时候什么情况下学会修汽车的呢?难道完全凭他的聪明才智无师自通?可他还开了几公里哩。在他朴素的外表下隐藏着这么多秘密,可根本没人注意到。

"吃饭没有?"是珍惜粮食的人见面时的问候与祝福。只有他们才明白,这样的问候,才是最真诚、最崇高的祝愿。哪怕在茅厕相遇,也依旧一脸坦然真诚:"吃了吗?"没有半点尴尬和不自在。

这绝不是笑话。如果你种过庄稼,知道粮食的珍贵,任何情况的浪费都笑不出来。

有那么一天,一辆满载大米的汽车经过偏刀水镇,将开往筑路工地。不是什么月黑风高夜,那天晚上星光灿烂,粮车停在偏刀水镇养猪场。只有养猪场修了围墙,这围墙不是用来防小偷的,是防猪逃跑。猪不拱横木,前面有横木就不会跑。半夜里,其中一个人装疯,光着上身,佝偻着腰在街上走来走去,边走边喊:拿啊,拿啊,都来拿啊。这是暗号,意思是大家拿口袋来装粮食。

附近的一些村民如约而至,粮食很快被他们悄无声息地分光,像蚂蚁搬家。天还没亮,米饭的香味挤破了黎明。分粮时互相叮嘱,马上吃,吃到肚子里保险。

只有徐家冷锅冷灶,连门也没开,后来才知道柴启物不准家里人去分粮。另外一个没去分粮的是明月,这大家想得通,麻雀那么大点饭量,用不着去分。

其他人兴高采烈地吃了顿米饭,有人差点撑死。当他们听说调查者到来,禁不住松了口气:"该来的终归会来。"

肇事者主动站出来,伸出双手让手铐戴上去。公安局局长下令,把疏于防范的区武装部部长、民兵连连长同时逮捕,押到县里面,与抢劫犯一起择日公判。还说这不是普通抢劫,是"阶级敌人"早有预谋的蓄意破坏,所有罪犯必须严惩。那些年人们对这些已经见怪不怪,但固执的偏刀水人怎么也想不通:这怎么是蓄意破坏?是汽车开到偏刀水后,才知道那是一车粮食,此前什么也不知道啊。

争辩和怀疑是没有用的,那就等着为那几个年轻人收尸吧,他们能做的,只是见证事情一拨接一拨地到来。判决还没进行,他们就全都当上了兵。短暂的包产到户被叫停后,这年六月贯彻全民皆兵,以区为单位编成民兵团,地区、县、区、公社、大队、生产队相应改叫师、团、营、连、排、班。他们当的是民兵,没有枪。他们问当上班长的生产队队长,我们的枪呢?有人举起锄头对着天空:叭、叭、叭。然后说,这就是我们的枪呀。队长说,要把一切对农业生产有害的东西都当成敌人,比如狗尾巴草、牛筋草、马兰头、苍耳子,还有试图破坏生产的"阶级敌人",我们要毫不留情地坚决地将他们铲除掉。

但是干活不像打仗,没有真正的敌人。除了饿和累,没有让人感到紧迫的场景。连长排长对农活的安排一半出于自己对农业的理解,一半来自上级的指示。把锄头当枪使的人对农活的理解是得过且过,自己少挖一锄没人知道,多挖一锄也没人知道。他们没法把狗尾巴草当阶级敌人,他们不恨它也不爱它,他们不恨生长在土地里的任何东西。把犁田耙地说成解放全人类,他们更是觉得可笑:你去解放人家,人家会不会放狗咬你哟?人家又没请你去,哪个要你充行夺势?

这天排长命令所有人去稻田里捉卷叶虫,这是一种肉叽叽的虫子,躲在稻子嫩叶鞘里。他们把捉到的虫子放进竹筒,以便把虫子拿回去喂鸡。想到鸡都有肉吃,不免有些嫉妒。继而觉得做人不如做猫做狗做鸡做鸭,做人这么辛苦,连饭都吃不饱。

突然,所有人都跑起来。跑到田埂上,没去穿鞋,腿上的泥也没洗,装卷叶虫的竹筒攥在手上,像接力棒。有的情急之下竹筒颠倒拿,虫子掉下去,掉到草上的重获新生,落到尘土里的来不及高兴就被晒干。脑袋那么小的虫子的命运也如此诡谲,何况长着大脑袋的人。他们一窝蜂往人多的地方跑去,他们听到了自己心脏跳动的声音,不是因为累,而是因为恐慌。

宣判大会在猪市坝召开，抢劫粮食的人被押送回来，是柴启物修好的汽车把他们拉回来的。这是他们平生第二次坐车，第一次是那天被逮捕时乘坐拖拉机。在别处已经开过公审大会，拉回偏刀水镇开最后一场，开完后就地正法。

荒诞岁月里，即便你什么也不做，也总有一些人想方设法让你不自在。这些即将死去的人，是他们熟识的，是可以随意开玩笑、随意置气斗嘴的乡邻，这让他们感到了有生以来最大的不自在。年纪最大的二十七岁，最小的十六岁，他们的死，让他们感觉自己的生命和身体不再完整，继而感到社会的残缺和无法修补。他们耻于承认从此患上了恐惧症，耻于承认如果由他们来做决定，他们应该把那些恶咋咋闹麻麻的人赶走。而实际上，他们什么也不能做，忧惧和悲伤让他们对世间既失望又不解。喇叭里飞出的声音夹枪带棒，落在地上像钉子一样锥人，飞到空中则像霰弹，所有的鸟都躲得远远的。当他们听到，中国的关键问题是教育农民，他们不服气地想：我们受的教育还不够多吗？

枪毙人用的是一支新枪，年前本县青年出席全国民兵代表大会，中央军委授予优秀民兵代表一支56式半自动步枪。枪拿回来还没用过，现在正好可以试试新枪。喇叭里的人介绍新枪时口气温柔得多，就像在介绍一个刚参加工作的孩子，年轻又英俊。

与喇叭里的声音比起来,枪声并不特别刺耳,但女人们捂住了耳朵或嘴巴。从此,她们常常从噩梦中惊醒,常常在噩梦中哀号。

死者的亲属,踉踉跄跄前来收尸,他们被预先打了招呼,不准哭不准找人帮忙,要从内心里认可这是罪有应得,是不杀不足以平民愤。他们跪在地上裹尸时,暗黑的脸颊不断抽搐,脑袋晃个不停。

第二天出工,依然是捉水稻卷叶虫,人们比平时专注,不再像平时那样家长里短。回到家唤鸡吃虫,鸡吃得嗉囊发胀,走起来满足地一歪一倒,完全不顾人间的悲剧。

几天后,小道消息在私下里传递,说那些死者家都收到一麻袋大米。就在他们死去的当晚,有人把米放在门口,不知道什么人放的。这让他们感到些许安慰。

那么到底是谁放的呢?谁敢担这么大的风险,并且有本事弄来这么多米?

抢粮车,开宣判大会,柴启物没任何异常,和普通人一样。自从实行全民皆兵,公社指定的排长就取代了他这个生产队队长。他也从田里爬起来就往猪市坝跑,也伸着脖子看那些人被押下车,也被他们胸前打了红叉的名字所震撼。宣判大会后没有枪毙的武装部部长和民兵连连长分别被判刑,又让嘎斯车拉回去,直接送劳改农场。没有人来和柴启物打招呼,感谢他修好这辆车,他也一副和自己无关的样子。

17

但人们不可能停止猜测,说有可能是那天去分粮的人送来的,他们拿回去后舍不得吃,现在良心承受不住,晚上悄悄还了回来。其他人也想还的,但已经吃光,没法还。本来就不多嘛,拿到家大吃了一顿后没剩多少,米饭的滋味,还没好好享受就滚到肚子里去,简直是在浪费。他们很内疚很过意不去,觉得怎么也应该留一点。这几个人为米付出了生命。

还有一些人则认为这是柴启物所为,放在死者家门口的粮食是他从粮库偷来的。徐海舟家当时没去粮车分粮食,从生产队分得的粮又不比别人多,可他家从来没缺过粮,这都是柴启物的功劳,说他会飞檐走壁。新任区武装部部长对这种说法很感兴趣,把柴启物关了几天,他不承认,被毫不客气地揍了一顿。之后流行抓特务,柴启物多次被当成特务抓起来,有一次被打得很惨,腿被打残,目的是不能让他飞檐走壁。

这段时间人们总看不见明月,以为她已不在人世,生产队分粮食,她才又出现在人们面前,饿得眼皮都抬不起来,仍然美貌动人。

死者的坟埋得很草率很小,但几年过去后,他们的坟比当地其他坟都大。大家心照不宣,如果这天收工回家正好顺路,他们就往坟上添土,悄悄地,不能让积极分子看见,以此表达歉意,让心得到些许安慰。

徐弯弯是徐海舟的孙女,她从小就知道老屋是留给哥哥的,和她无关。她喜欢天井里的青石板,喜欢用象牙色的嫩草根把石缝里的小虫钓出来,看着它们在石板上弯来拐去,然后把它们装进玻璃瓶,直到它们变成飞蛾才把它们放走。她喜欢天井里的桂花树,桂花含苞未放时她就开始摘花苞,米粒那么大的花苞只有她的葱根小手才能摘下来,摘下来给爷爷泡桂花酒。爷爷每次给她两角钱,她喜欢的小玩意全是自己摘花苞挣来的。她喜欢老屋的宁静,尤其是月光下的老屋,它像奶奶一样慈祥。奶奶曾抱着她在天井里仰望星空,沐浴月光。她唯一不喜欢的是雨后的街道,人踩马踏后全是烂泥,男孩可以光脚踩过去,让黄泥从脚趾中间挤出来,痒酥酥的。她不喜欢那种感觉,觉得黄泥挤出来时像拉出的屎。她讨厌黄泥蛮不讲理的黏性,穿着皮鞋走过去,要么脚拔出来了鞋还在原地,要么像提一个大鸡窝。有一次把她新买的红色凉鞋的扣绊扯断了,她难过了好几天。现在的街道铺了石板,虽然有点新有点矫情,但再过几年,被成千上万的鞋底磨去棱角,磨掉戾气就好了。老房子还剩一半,另一半供电所修办公楼时被拆掉。现在哥哥不要,这些房子即将归她,她不知道拿它怎么办。

哥哥和她不同,他对老屋从来没喜欢过。不喜欢它的陈旧,不喜欢它暗淡的光线,不喜欢楼辐和辅壁以及窗格上经年的陈垢,尤其讨厌蟑螂的腥臭味。腥臭味最浓的地方是碗橱,碗橱里每天都有剩饭剩菜。母亲来自乡下普通人家,收拾家务不在行,宁愿下地干粗活。他还讨厌楼板下面的老鼠,它们一到晚上就吱吱叫,在屋角拉屎拉尿,把他的书咬碎后拖去铺窝。正是对蟑螂臭味的讨厌和对老鼠的痛恨促使他拼命读书,下定决心摆脱老屋对他的束缚。

徐弯弯记得,哥哥初中毕业时,舅舅逗趣说现在就可以给他定亲,初中毕业算秀才,房子是现成的,再过几年就可以娶媳妇。哥哥很生气,他没别的办法,只能哭,别人以为他害羞,其实是对老屋的厌恶和恐惧。哥哥的用功在偏刀水镇是有名的,成绩一直名列前茅。大学毕业后留校工作,硕士博士文凭在三十岁以前就搞定。副教授、教授、学科带头人,继而担任校刊主编、副院长、院长、副校长,成为该校有史以来最年轻的校级领导。偏刀水镇没有人不为他骄傲,但只有他知道自己是多么努力,只要想起蟑螂和老鼠,他就立即投入到苦读当中。正当别人艳羡他前途无量时,上帝却摘下墨镜,用有蕾丝花边的手帕擦擦镜片,摇了摇头。如果上帝真戴墨镜,那一定不是为了别的,是为了不让人猜透他的意图。

哥哥在单位组织的体检中查出患了绝症。四十多岁,正年富力强,上帝却说他已到点,该回到他身边去。深为惋惜的同事认为他是因为太累,想要的东西太多。徐弯弯认为这是天妒英才,是老天瞎了眼,如此捉弄勤奋的人,人生的意义究竟在哪里呀?她父亲——徐海舟的儿子,这位怀才不遇的小学老师,则怀疑是祖坟出了问题。

哥哥反倒坦然,说自己可以休息,也应该休息。他最后的愿望是回到偏刀水,他不想让即将参加高考的儿子受影响。他请妹妹来陪他,并要求她不要对县里领导透露任何消息。全县都知道她有一个了不起的哥哥,得知他回来一定会来看望他。他害怕打扰,害怕毫无用处的安慰,更讨厌别人向他推荐偏方和灵丹妙药。他很清醒,因为没救,所以不必救。最初的恐慌过去后,便越来越淡定,他决定仔细体会并认证生命最后的过程。上帝让他年纪轻轻完成此项研究一定别有用意,垂垂老朽是无法完成的,他决定服从上帝的旨意,为它写一份生动的认证报告。他像无数次临考前一样,充满了期待和小小的骄傲。

他四年没回来,绕了一圈才找到老屋。门前屋后全都变样,矗立在水泥地上的新建筑完全改变了老屋的形象,同时反衬出它的风烛残年。他想,它迟早会消逝,就像现在的一切,假以时日也将面目全非。任何东西从成就那天开始,都奔赴在消亡寂灭的路上,成住坏空是必由之路。行李很简单,最重要的是《中阴闻教得度》,这本书比任何东西都重要。他特地选择晚上回来,没让街坊看见。小街早就变成了一个大镇,不认识的人越来越多,眼熟的东西越来越少。如果不是这老屋,去任何地方和上帝握手都一样。

徐弯弯第二天才回来,路上心情很复杂。哥哥告诉她,不想看到她悲悲戚戚,剩下的时间越是不多,他越是希望每天都轻松快乐。"最近我一直在读关于死亡的书,死亡并不可怕,真正到来时一定要把它当成老天给你的一份礼物,把握好死亡的每一步,将比活着更重要。我希望你也读读这些书,好好读。没有读过这些书的人,不懂我在说什么。灵魂在中阴界的丰富堪比人生,清晰地认知它,认证它,掌握命运更容易,反之,命运将更凄惨更恐怖。妹,这是哥带给你最大的礼物。"哥哥坚定、自信。徐弯弯紧紧抓住手机才没哭出声来。她想说:"哥哥,我爱你,我听你的。"她知道一旦说出来,就再也管不住自己的眼泪。见面后说什么,怎么做到心情平静,她毫无把握。听了哥哥的话,她比以往任何时候更崇拜他,更以哥哥为荣。但是,他就要死了呀。昨晚大哭了一场,今天上路后感觉没那么难受了,但离偏刀水镇越近,抑制不住的悲伤又阵阵袭来。

哥哥是象棋高手,上初中时就和另一位高手随便在地上画块棋盘,用石子当棋子,他们都能记住这些石子分别代表什么。旁人看不懂,他们却凭着聪明才智指点江山。那位高手是粮站站长的儿子,站长也是奇人,可以左右两只手各打一架算盘,并互相验证。这位棋友后来去了非洲,在那里勘查石油。出国前,哥哥不时和他在电话里下盲棋。他们嘴里说得最多的就是"死"这个字,你的兵死了你的马死了你的炮死了你的车死了你又死了一个你这是死棋,没有任何忌讳。有些棋子确实死得快,刚开战就被拎到边上,成了僵尸。但他们从没说过你的老王死了你认输吧,老王离死还有三四步他们就知道,这时候要么说我死了再来一盘,要么说你死了还来不来。这位棋友再不会和哥下棋了,徐弯弯把哥哥的情况告诉他,他沉默许久发来一条短信:

炮打翻山,他比我抢先了一步。

聊象棋肯定不行,自己又不懂。徐弯弯想。

那就和他说说下雪吧。偏刀水一年只下两次雪,最多三次。那年下雪后,哥哥带她到屋后的菜园堆雪人,他们堆了白雪公主和七个小矮人,她以为可以了,很好很不错,哥哥却坚持要堆国王和王后。她说,王后是坏人呀。哥哥说,没有这个坏人,也不会有白雪公主。她听不懂,觉得哥哥只不过是想继续玩。现在她终于懂得,生活有鲜花,也必须有荆棘,有良药也必须有毒药,有生也必须有死。

推开大门进去,哥哥正在天井里看书。小茶几上摆了茶壶和茶杯。除了消瘦和脸色略为苍白,看不出其他变化。

"哥?"挺住,一定要挺住。她告诫自己。

哥哥抬起头,露出笑容:"来,快来喝茶,这是我学生送给我的鸟王茶。"

"妈和爸爸呢?"

"他们在田坝挖折耳根。"

"我去放下包。"

"好。"

她不是为了放下包,是为了把眼眶里的泪水擦干,然后补下妆。

桂花树好几年前就被挖走了。徐弯弯问过,父亲说死因不明。徐弯弯觉得不可能,打电话告诉哥哥,哥哥说,对失去的东西不要执恋,有生命的东西都会死。徐弯弯说,可我希望在你和我的有生之年它都在那儿。哥哥笑着说,你和我现在都不在那儿了呀。

爸妈很晚才回来,回来就做饭,晚饭很香,是他们小时候的味道。哥哥说,妈妈的菜越做越好,以前不讲究,做什么都只讲数量不讲质量。妈妈争辩道,那时候讲究不起呀。父亲一早去钓鱼,哥哥当上领导后,父亲不再抱怨怀才不遇,知道自己那点才,在儿子面前算不了什么。哥哥不准他杀钓来的鱼,他像不明就里但愿意做一个听话的小孩一样,把它们放进院子里的石水缸养起来。

"弯弯小时候最喜欢吃酱油拌饭。"哥哥说,"都担心她长不高,没想到长这么高。"

哥哥笑着说。其他人也跟着笑。只有哥哥的笑容是开放的、坦荡的、轻松的,其他人都有抑制不住的凝重和忧愁,看上去既虚假又难受。越是这样,徐弯弯越是想说,哥哥我爱你。

徐弯弯在家陪了半个月,把工休假用完才回去。每天读哥哥给她的书,刚开始她既读不进去也读不懂,文字都认识,但读不懂这些句子。在哥哥的引导下,慢慢领悟了这些文字后面的博大精深和简单明了的真理。好多年没有这么认真读书,她终于理解了哥哥的从容和洒脱。她相信哥哥说的话,他说他是幸运的,在生命的尽头能遇到这些伟大的书籍,使他没有糊里糊涂地死去,这比再活一百年更重要。擦洗干净的饭桌两边,兄妹俩像小时候一样对坐,除了翻书和呼吸的声音,屋子里安静得像身处密室。徐弯弯祈祷这样的场景延续得越长越好,即便就这么老去她也愿意。

有一天晚上,她实在抑制不住激动的情绪,打断了阅读中的哥哥。

"哥!"

"嗯?"

"我希望你下辈子还做我的哥哥。"

"那你要努力,要把这几本书读懂,读懂了还要读熟,要在任何情况下都能受用。这不是参悟,不是修行,这是你生命的真相。"

她使劲点头,像她小时候,哥哥答应给她漫画书,但要她乖乖听话一样。

"只要有空我都会读。"

"每年至少读一遍。"

"一言为定。"

她激动又感激,暗想哥哥能像她小时候从石缝里逗出的小虫,一阵难受之后变成飞蛾,然后在另一个世界飞翔。从那本《中阴闻教得度》里,哥哥确实知道他的去处。她相信他能把握好进入中阴状态后的每一步,就像他一直以来迎接的考试一样从容不迫。但是,她感到了孤独,预感到没有哥哥以后的缺失,这份缺失没有什么东西能够填补。

疼痛常常让哥哥汗流浃背,但他不吱一声。有一天哥哥说今天不看书,兄妹俩好好聊聊。

"我这次回来,除了教你读书,还有一个秘密使命,一个非常重要的任务。这个任务本来是我的,但我已无法完成,只有托付给你。"

徐弯弯平静的心提了起来。首先想到的是嫂子和侄儿:"是老屋托孤?最后的时刻到来了吗?"她想。其实对嫂子和侄儿,哥哥尽可放心,她不会让他们受半点委屈。但哥哥的话南辕北辙。

"你还记得在我们家生活了一辈子的大爷爷吗?"

"记得,但对他的长相有点模糊,他死那天我没在家,我在学校,刚进初一。应该还有照片吧,一会我看看照片。"

"照片有的,他叫柴启物,比我们的爷爷大两岁,所以我们叫他大爷爷。"

"我听说,他是我们家的管家,很早就在我们家干活。"

徐弯弯背心微凉,会不会是长工爱上财主家某个女人的故事？甚至想，哥哥是不是要告诉我，大爷爷才是我们真正的爷爷，而我们的爷爷徐海舟只是个替身。大爷爷对哥哥的宠爱尽人皆知，小时候让他骑在脖子上逛街，带他去看热闹。得了奖状回家，大爷爷会给他另外准备一份奖品。大爷爷对她徐弯弯也不错，那双被黄泥扯断扣绊的凉鞋正是大爷爷给她买的。但哥哥打破了她的疑虑。他说：

"爷爷一直告诫我们，要对大爷爷好，不能把他当外人，我们永远是一家人。现在我也这样告诉你，大爷爷托付给我的事，我们一定要完成好，不能让他有半点遗憾。大爷爷去世那年，我正准备出国进修，接到爸爸的电话说大爷爷想见我最后一面，我连夜赶回来。都说他已经不行，就要落气。可一见到我，他的精神马上好起来。他叫其他人出去，还叫我锁门不要让任何人进来。他告诉我，他是暗藏的红色火种，除非有人来唤醒他，否则要一直潜伏下去。现在，他知道他的生命就要终结，他要我答应，如果唤醒他的人来找他，一定要到他坟前告诉他。如果一直没有人来，那就再等三十年，然后把信物交给有关部门。"

哥哥把大爷爷留给他的信物拿出来，外表像私章，食指般大小，三厘米长，长方形。与私章不同的是一头的截面是斜面，四十五度角，像个小小的楔子。侧面刻了几个字：无苦集灭道，无智。阴刻，楷体。斜面文字是阳刻：来日方长。篆体。

哥哥告诉弯弯，侧面是《般若波罗蜜多心经》上的句子:"无苦集灭道,无智亦无得。""无智亦无得"的"亦"字只有一半,另一半和"无得"两个字在另一块信物上,两块信物的文字和木纹对上,就是前来唤醒他的人,只有唤醒后才可以从事相关活动。和一般潜伏者不同,平时不需要做什么工作,把自己当成一个普通人即可,不到万不得已,组织不会派人来将他唤醒。他和另外三十二个人是红色火种计划的火种,如果革命事业中途失败,他们这些人将被唤醒,重新把革命的火点燃。三十三个信物连在一起,是一部完整的《心经》。

"大爷爷是潜伏者?"

"是的,一九三四年初从江西瑞金出来就潜伏在偏刀水,严格来说是潜伏在我们家,直到现在也没暴露,潜伏了六十多年。有人说他会飞檐走壁,还会修汽车。最让人不解的是他一直给我们家干活,一干就是几十年,要知道我们的爷爷是地主啊,偏刀水最有实力的地主。"

徐弯弯将信将疑,觉得完全没必要啊,革命成功了呀,早就没必要了呀,若是早点把信物拿出来,早点亮出身份,早点和有关部门联系上……

哥哥以叹息般的声音说:"我知道你要说什么。弯弯,这就是信念。他的腿被打瘸了都没把自己的身份说出来,更不要说腿瘸后遭受的白眼。我们这一代人没他们坎坷,但意志远比他们脆弱。"

"是不是担心说出来没人信?"

"他可以在任何时候说出来,他有信物,能说出领命时的情景,授予他信物的人的名字。他们的最高首领是个神秘的大人物,大人物亲自叮嘱过他,唤醒的人不来到面前,到死也不能暴露。亲自指导他射击和伪造信件的首长说过,革命成功了也不能暴露,何时唤醒必须遵照上级指示。如果他不坚守秘密,把他当特务抓捕时说出来,他的腿不会瘸,事后说出来,他可以得到补偿。但如果他说出来,他就不是我们的大爷爷。他告诉我,死都不能说,打一顿算什么呀。我觉得打一顿确实不算什么,最难的是长征时期,解放战争时期,和一次次政治运动。他明明知道自己的人就在眼前,却不能走上前去和他们握手。红一军团攻下县城后,他很想装成卖粮食的农民去看望他们,但他没去,万一有认识的人,他的身份有可能暴露,他不愿节外生枝。"

"我要你答应我去认证,替我帮大爷爷还愿,把信物交给有关部门,最好得到其他证明材料。把它们拿到大爷爷坟前烧掉,告诉大爷爷,组织上从现在起将他唤醒,不用再潜伏,他可轻松转世。"

"好。"

"还有一件事也要你帮忙。有一个人,你可能不认识,她家离街上两三里路。他们叫她明婆婆,她找过我,叫我帮她写信,可那个收信人已经去世。我当时小学毕业,小升初得了个全校第一,成了偏刀水镇的名人。她不识字,但她拿来的报纸上有那个人的照片。我看到后不以为然,这可不是一般人,是个在北京的大人物。我觉得她精神有问题,怎么可能和这个人有关系。我想告诉她这个人已经去世好几年,但说不出口。她的相貌显得很年轻,这让我莫名其妙地感到害怕,就像遇到妖精一样,年轻得不正常。我不知道她现在情况如何。"

"我怎么一点印象也没有?"

"你还小。第二天她又来找我,还是叫我写信,还是写给那个人。我因为害怕,硬着头皮答应给她写。她给了我一包覆盆子,我不敢吃,正准备悄悄丢掉,哪知道她倒回来叫我把信读给她听,刚才已经读过两遍,要我再读一遍。我没有给她再读,因为害怕和惭愧,我拔腿就跑。跑到街背后,我把覆盆子丢进稻田,把信揉成一团,也丢进稻田,又怕人捞起来看,我把它撕碎后放进水沟,让水把它冲走。我最近老梦到这件事,梦见信在水上漂,梦见那个大人物,他的信在那里。"

"给你。"徐弯弯给哥哥倒了杯水。

"曾经有人撮合大爷爷和她好,两个都是外乡人,年纪差不多,又都没成过家,当时大爷爷的腿还没瘸。没料到两个人都不干。"

"她也是一位潜伏者?"

"有可能是,也有可能不是。大爷爷还告诉我一个秘密,他在江西修械厂时,部队总指挥来修枪,他告诉大爷爷,还有一支枪和他这把一模一样,不知道那支现在怎么样。'在哪里呢?'大爷爷问。'很远的地方。'总指挥脸上有几分惆怅。不知为什么,大爷爷从总指挥的神情得出结论,另外一支送给了一个女子。大爷爷听说明月有支枪,手枪,想去看一眼,这期间有人要给他和明月做媒,他毫不犹豫地阻止媒人再提,他的组织纪律规定,不允许他和身份不明的人结婚,他同时打消去看一眼她的枪的念头,心想她能有什么枪,肯定是短火之类的土枪。直到派出所来收枪,他作为生产队队长不得不带路,终于看见这支枪,他才大吃一惊,这支枪和他当年见过的那支一模一样,枪柄上也刻一个'建'字,建国大业的建。大爷爷怀疑明月是另外一批潜伏者当中的一位,他那一批没有女性,不敢肯定另外一批也没有。同时又觉得不可能,真正的潜伏者不可能这么粗心。他在没有任何人知道的情况下,几十年来一直暗中照顾她。他也因此独身,一直到老。"

"老一辈的故事真是精彩。大爷爷在偏刀水镇潜伏这么多年,没有人对他的行为做出过评价,这是不是一种轻视呢?我觉得是,是极大的轻视。把一生献给一声不能吭的事业,我不知道这是伟大还是悲哀。我就不明白,大爷爷为什么要潜伏在我们这里。偏刀水镇又不是军事要地。"

"他是火种,火种藏在偏刀水这样的地方才是最安全的。对他而言,这不是轻视,这是他的意志和意愿。只不过,唤醒他的时候就是现在,他的潜伏任务已经结束。明婆婆也一样,她沉浸在执着的期盼中,也应该被唤醒,只有唤醒后才能重新去经受,才能让心智打开,在天之灵才是真正的在天之灵。"

"不唤醒也许更好,永远保持潜伏的神秘状态,他们的人生反而完整。"

"我必须给明婆婆道歉,我不能背着这个包袱离开人世,你陪我去好吗?我走不动,你借台车,悄悄去悄悄回。"

三十多年来,明月都没上床睡觉,她怀着希望去偏刀水请人替她写信,回来后就不再上床睡觉,她的床等她已经等了三十多年。困了在凳子上打盹,眯上几分钟即可。三十多年来,她记得小状元替她写的每一个字,这些句子成了她身心的一部分,它们就像路过红河的喇嘛唱诵的经文,可以在空中飞翔。她在等他的回信,她相信他,她一生挚爱和等待的人,一定会给她回信。和那些患失眠症的人不同,她并不觉得难受,坐着眯上一会就可以,连梦都不用做。

她坐在那儿,身体越来越小,越来越不显眼,和小小的板凳就要融为一体。身后的厨房很难冒一次烟,她把厨房也晾到一边。来附近走亲戚的人看见她,非常惊讶她还没死。

"天,都快成神仙喽,她不准备死了吗,难道?"这样的话当着她说都没关系,反正她听不见。她没有声,她把自己关闭在自己的世界里,不受外界影响。按说,附近的人她都认识,可他们走到她面前她没任何反应,眼睛偶尔眨一下,没有一样东西能进入眼底,她把自己的眼睛也忘在一边。除此之外,她还忘了白天和黑夜,忘记了日落与日出。她忘了笑,忘了哭,没有什么事能让她笑,也没什么事能让她哭。清风徐来,她忘记了季节。

越是这样,大家越是怕她。夜深人静,总觉得明月是那么清醒,而自己糊里糊涂地进入梦乡,有点叫人抓狂。他们相信,她能看到他们怎么也看不到的景象。他们因此宁愿谈论村里另外一个老太婆,这个老太婆勤快,脾气大,吃糍粑时一颗牙粘在糍粑上,她把这颗牙和糍粑一起咽了下去。而她死去的男人当年犁田,犁出一块伟人像章,他把像章给牛戴上,他大哥忙叫他取下来。公社武装部部长听说后把他抓去,当队长的大哥前去解释说,他不是给牛戴,是留下给自己戴。你们把"留"当成"牛"了嘛,这才化险为夷。明月没什么好谈的,她除了不睡觉不吃饭,不能给他们带来任何乐趣。孩子们也开始怕她,在某处玩耍,只要其中一个故意喊叫"明婆婆",其他人就会惊恐尖叫着奔逃。

与她有关的奇迹都不是她创造的,是神秘的自然在造作。有人从她门前小路走过,看见柿子树上两条青竹蛇在交配,觉得倒霉,立即往旁边草地上看,草地上也有两条蛇在交配,像绳子一样缠在一起。这人吓得屁滚尿流,边跑边吐口水。看见蛇交配,不死也要大病一场。这人埋怨明月,她就坐在那里,可她什么也没看见,偏偏叫我看见。另外一个人牵着牛去耕地,离明月还有两丈远,耕牛掉头就跑,就像见到老虎一样。这样的事情比专门开会周知传播还要快,沸沸扬扬,所有人都患上嘀咕症,无论见到谁都要嘀咕一番。非要把无中生有的不幸往自己梦里塞,塞得越多越好嘀咕。等到真有什么事发生,心里悬着的石头咔嗒落地:"我说的嘛,我说的嘛。"终于印证了自己有先见之明。如果什么也没发生,他们就仍然提心吊胆,现在没发生不代表将来不发生。时间在他们这里是线性的,只要在这条线上,就一切皆有可能。

所有人都知道自己的出生年月和时辰,这不仅牵涉一生的命运,还将作为去世后何时掩埋、坟墓朝向、第一次垒坟时间等的依据。这不仅关系到自己的来世,还关系到子子孙孙。他们完全出于好心,想知道明月明婆婆的生辰八字,以便她死后好好安葬。虽然明月比他们长寿,但总归要死的呀。询问过后,她居然说她不知道。她的命运,他们说不出来是好还是不好。作为一个孤清的女子,似乎很不好。但她活了这么长,并且还要一直活下去,不像有些人轻而易举地把命丢掉。出于对死亡的恐惧,任何人都不能说长寿不好。道士先生为死者入殓时肯定不会说:"你活得已经够长,笑嘻嘻地去吧。"也不会有人弯腰安慰那些被污染而寸草不生的泥土:"不要紧的,你们曾经生长过好看的花。"人们一边相信定数,一边又想方设法躲开定数。

在明月家门前看见蛇交配的人很懊丧,碰到人就说太稀奇,树上两条蛇,树下两条蛇。每次说完吐三泡口水,他以为吐得越多,越有可能把霉运摊薄。有人教他解厄消灾之法,叫他在屋檐下挂两根绳子,让它们像蛇一样缠在一起,一边缠一边念茅山咒,念完后把绳子烧掉。但他没躲过这一劫,骑摩托上街买化肥,过桥时一头栽进河里。水不深,但他的确是被淹死的。他的头插进水中石缝,拔出来时面目全非。

明月忘记了笑和哭,但没有丝毫的闷闷不乐,她太安静,以至让人把她的安静当成一种拒绝。如果是小孩,可以指着对方说"你不理我?再不理我看我揍你不",以此来威胁,以此解决心头的不爽。对一个被死神忘记的人,他们一点办法也没有。人们讨厌她和害怕她都没有道理,她活在自己的梦境中,没有妨碍任何人。他们唯一感到不爽的是不爽本身,是他们对生活的不满意和不满足。他们曾经送过她公鸡和母鸡,甚至一条小狗,一只小猫,一头小猪。衷心希望她像他们一样生活,让鸡鸭猫狗把她唤醒,像他们一样有喜怒哀乐,而不是像灵魂出窍一样安静。但公鸡和母鸡并没变成鸡群,她总是忘记关鸡圈,狐狸似乎也知道这一点,从鸡圈里把鸡叼走一点都不难。她每天只吃一顿饭,她吃什么小狗也吃什么,小狗因此瘦得皮包骨头,最后不是变成野狗就是走在即将成为野狗的路上。猫和猪是怎么消失的她不知道,它们说走就走,没和她打招呼。他们一边埋怨她不理事,一边把米和鸡蛋放在她的灶头上。"不放灶头上怕都不晓得煮来吃哟。"他们说,大声地说。言下之意是,你们看,我在做好事呢。他们的好心并没得到传颂,因为其他人也是这么做的。明月知不知道东西是谁送的呢?他们觉得她十有八九根本不知道,这让他们有点难受,但过一阵还会继续去送:"管她哟,年纪那么大的老人,吃不了好多。"偏刀水人都是好人,也都是凡人。

但有一天,明月对送鸡蛋的说:"请不要再送来,我很快就得走。"提着漂亮篮子的人问她:"明婆婆,你要去哪里呀?"明月微微一笑,指了指天上,送鸡蛋的人当然明白她的所指。"你有哪里不舒服吗?""没有。""那你怎么知道你就要走了呢?不吉利的话不要说哟。"明月摇了摇头,她不知道如何告诉这个好心人,这和吉利不吉利无关,就像出生之前,根本不知道吉利不吉利就来到这个世界,这不由自己选择。她相信来到这个世界之前,她也曾害怕、也曾向往。不知为什么一来就忘得一干二净,来了个最彻底的遗忘。现在就要离去,对将去的地方一无所知。她只知道有一片清纯耀眼的蓝光在向她召唤。

有一天,送鸡蛋的人在回家路上遇到人就嚷,你们快去看看,天啦天,太吓人,吓死我的老先人,明婆婆怎么那么老,前几天还好好的,今天老得不成样子,老之不堪。她怕自己像那个看到蛇交配的人一样倒霉。

明月的房子后面有一棵千年古树,巨大的树冠下面,小木屋像一个小小的神龛。一条粗壮的树根绕过小木屋,从小小的院子里拱出来又一头扎下去。

明月把小铜锅、小坛子、小水壶、小瓷碗、小镰刀等没用坏的东西从屋子里搬出来,摆在树根上,有人路过就叫他拿走,想拿什么拿什么。她的东西不多,当天就拿得一件不剩。这些人对东西并不在意,说:"你老活了这么久,我拿去做个纪念,好赶你的寿。"这多半是真心话,谁不想长寿呢?同时还有好奇,想看看她是否真的能够预知死期。

明月同时做了两个野棉花枕头,这么多年不再睡觉,但野棉花枕头年年做。这次做的枕头与以往不同,是两只仙鹤。她用白布来做,比平时做的枕头小。看着像两只鹅。做好后,她抱着一只走出小屋。认得的人看见后问她去哪里,她说去街上。"天,比蚂蚁还慢,你要哪年才能走到啊?"她停下来,认真地听完,然后回答:"总会走到的。"有好心人要用摩托送她,她婉言谢绝:

"我不敢坐,我怕。"

"怕什么呀?"

"就是怕。"

有人做饭时到菜园摘茄子,看见她走在马路上,饭都吃好嘴已抹干净,看见她还在马路上,只走了几十丈远。

她每迈一步,都不会超过另一只鞋的鞋尖,严格来说不是走,是梭出去三寸再缩回来两寸,和原地踏步没什么区别。

"天,造桥虫梭得都比她快哟。"

"幸亏天气好,要是下雨,她根本躲不过大雨。"

远远地替她着急,又帮不了忙。

但明月再次让他们感到诡异,第二天一早,有人看见她在门前打扫,不知道她是什么时候回来的。如果她是变成蝴蝶飞回来的,他们的疑惑还少些。说她用"梭梭步"走回来,反倒让人难以理解。她扫得非常仔细,发硬的泥皮清扫后泛出微光,门槛抹得干干净净。这同样让人觉得奇怪。

"既然是等死,打扫得那么干净做什么?"

"哪里是要死了哟,怕是想死都死不了呢。"

"不要乱说哟,她几天没吃饭,还能挨得住几天?"

"是哈,煮饭的东西都送人,什么也不吃。"

有人含讥带讽地说:"男饿三,女饿七,老妪妪饿二十一。几天不吃算什么呀?"意思是老太太饿上二十一天才会死。本来可以不说,但不说出来就不痛快,被戏谑的邪恶驱使着,仿佛这样才显示自己正常,别人都有点假正经。

明月扫地的动作很慢,那些灰尘是被她数清楚后扫走的。她像在和这些灰尘告别,光阴的故事将要结束,好让它们得其所哉。打扫干净后,她换了身干净衣服,然后心满意足地躺在阔别了三十年的小床上。枕的是那只塞满野棉花的仙鹤,就像最后时刻到来,她将丢下躯壳,乘着它飞向极乐世界。

大家很快知道她把另外一只仙鹤送给了谁,那是偏刀水镇百年不遇的杰出人物,他们一直为他感到自豪,现在又深深地为他感到惋惜,觉得老天太不公平,他的寿命比明月的一半都还差得远。送仙鹤去时那人还没死,这让他们大为惊讶,她不但知道自己的死期,还知道别人的死期,太不可思议。她为什么要送这个枕头给他,他们之间是什么关系?她的死期越近,人们越不得不心悦诚服,她是他们认识的人中唯一与神相通的人,这才觉得失去她是多么不同寻常。仔细想想后发现,她从没和人吵过架,连鸡和狗都没骂过。没埋怨过收成不好,也没埋怨过那些无中生有的闲话。她的枪被没收时,有人说她是特务,有人说她是大土匪的女人。最恶毒的说法是当过妓女,枪是嫖客送给她的,这是觊觎她美貌而不得的人有意诬陷。她概不辩解,听之任之,眼睛总是那么明净清澈。现在,她的时候已经到来,默默地离开,同样没有任何怨言。

她清理门前的尘土时,有人问她什么时候走,她说大雨一来就走。秋高气爽,怎么会下大雨呢?家家户户都在晒谷子呢。这让他们担惊受怕,怕大雨马上就来,谷子不晒干会发烧,一发烧就可能发芽,发芽后碾不出大米。明月很体贴似的,出了两天明晃晃的大太阳,等大家把谷子全部晒干,到第三天夜里才开始下雨。他们终于相信,大雨什么时候下也是她说了算。

"我们只有理解死亡的真相后,才能渐渐理解生命的真谛。"徐弯弯从哥哥读过的书里读到这句话,感觉太哲学化,不能解决她关于生死的疑惑。她把哥哥读过的书全部翻了一遍,只读被他画作重点的句子。"等有空了再认真读吧。"她想。同时又心知肚明,自己十有八九不会再读。总有一些该读的书阴差阳错地错过,就如同人一生总会错过许多本该认识的人。按照哥哥生前的叮嘱,落气后不能让任何人知道,一天一夜后才能搬动遗体。不准哭丧,也不准放鞭炮。"不能让任何哭声让我分心,我必须专注中阴境界的情景,在中阴阶段让心性得到认证。"利用哥哥的权威,她做到这几点并不难。先让父母去亲戚家,她一个人守在哥哥身边,直到他呼出最后一口气。她看到哥哥哂然一笑,笑得既释然又欣慰。她相信,哥哥一定看到了他自己的前世今生,看到了大爷爷和明月的前世今生,但他再也无法讲给她听。

徐弯弯默默地为哥哥念了十二小时佛号,然后给父母打电话,教他们如何料理哥哥的后事。电话放下,她缩在小时候睡过的床上,不到三分钟就睡过去了。

哥哥说,我死后,你在半年之内不会梦见我。

这半年过得很慢,她果真一次也没有梦见过他。生活好像是在继续,又好像是在原地踏步。半年来,她给人的感觉是时而激昂不定,时而迷茫飘忽。她不再热衷逛街,也不再一边看着糖炒板栗想吃一边担心长胖;不再纠结家里那个人是不是爱她,对生命的理解不同,婚姻也就不那么重要。当有人感叹,现在当公务员不容易,一定要想法给自己留个后门,关键时候要有路可走。她笑着说,前门你都出不去,后门也不会让你走远。

普通人的悲剧具有神话般的伟大。徐弯弯陪哥哥去给明月道歉,惊讶她的相貌那么年轻,仿佛凝固在二十来岁。当她听到哥哥说,他没把她的信寄出去,因为那个人当时已经不在人世,他觉得没必要,他把信撕碎丢掉。她看到,明月的脸上冒出一块灰斑,这块灰斑迅速扩大,同时像听到嚓嚓声,像烧红的瓷器放在水中。她想叫哥哥不要说,已经来不及。明月的脸像皲裂的瓷器,光洁的额头瞬间布满裂纹。她保持着一成不变的笑容,身体越缩越小。

几天后,明月给哥哥送来一个枕头。

在徐弯弯的意识里,明月是个妙龄少女,偶尔才是瞬间衰老的老人。她问自己,我是不是她的前世,如果是,前世与今生不可能同时活在同一个世上,如果不是,我对她如此懂得,邃晓她的一生。重要的是,明月不可能成为徐弯弯,但徐弯弯可以成为明月。一个人,如果能承担自己所有的不幸,能够一个人忍受单相思的爱情,怀揣这样一种不祥的天赋,她肯定是一个乐于逆来顺受的天使。

天使来到人间,不是从她的童年开始,而是从她向往人间的一瞬开始。这是大胆的一瞬,忠贞的一瞬,命运的一瞬,孤独的一瞬。

明月当年住在一条小溪边。溪水有时清澈,有时浑浊,不变的是一年四季都漂浮着白色的薄雾。雾从溪涧升上来,一离开水面,就想和小溪分道扬镳,隐身在明净的空气里,仿佛这才是归宿。这是挂在悬崖上的村庄,村前的小溪流了没多远就一头栽进红河,村后是茂密的原始森林。如花似玉的明月,喜欢在衣裙上绣野棉花,鲜艳生动的花朵惹得蜜蜂一路追随。

明月从没觉得自己一无所有,除了小溪,她还有外婆。外婆拄着拐杖轰赶拐枣树上的乌鸦:"滚,飞到外国去,不要碍我的眼!"外婆和她的拐杖是一起来到世上的,她们总是在一起,拐杖连睡觉也会跟在枕头边。但乌鸦并不怕她,就像早就识破她的伎俩,知道她不会扔石头,拐杖也射不出子弹。乌鸦没有惹她,没吃过她菜园里的菜,没朝她院子里屙过屎,只是借拐枣树歇歇脚。不像黄雀,啄柿子啄拐枣啄稻谷啄小米,还把屎屙在菜叶上。外婆发誓要砍掉拐枣树,但她除了每年春节期间给拐枣树和其他果树喂饭时砍上几刀,别的时候只有抱怨,从没去拿过斧子。给果树喂饭时砍上一刀,然后问:结不结?外婆高声替果树回答:结。往砍开的口子里填上饭菜。再砍一刀,甜不甜?甜。落不落?不落。砍三刀,喂三次饭。明月问外婆,为什么要砍它们呀。外婆蛮不讲理地说,就是要砍。四舅偶尔来看她们,有一次准备朝拐枣树上的乌鸦开枪,外婆却又不准:"把你的烧火棍收起来吧,碍你什么事呀?"四舅总是带着枪。

外婆不准别人说她的脾气,她只是讨厌她不想看见的人,特别讨厌来到村子里的陌生人。有陌生人来她就躲开,说是碍眼。十八年前,村里来了一队马帮,以前住一宿就走,这次遇到战事,停留了三天。他们离开后,明月的阿妈跟着失踪。外婆不反对女儿跟任何人好,但不允许她跟别人走,只能把喜欢的人留下来,让他作为家里的一员。她欢迎任何男性加入他们的家庭。在这里,人们最看重的不是土地和牲口,而是人。他们是遥远的北方迁徙来的异族,迁徙途中,由于追杀不断,来到此处后剩下的几乎只有女人,女人也因此成了这片土地上的主人。在此定居几百年后,人口依然很少,并且男少女多。为了族人的血脉得以延续,他们热情地招待过路的客人,让他和家里的某个女人同宿,留下种子后再离去。汹涌的红河水挡住了顽强的追捕手,也挡住了胆小的探险者。来此做客的人还没有跑到村里来叼鸡的狐狸多。直到多年以后,有人发现翻过村后的大山,去越南更方便,这才有了渡口和悬崖上的小路,才有了转运货物的马帮。外婆不懂女儿为什么要不辞而别,为什么不把意中人留在村子里,即使留不住外乡人,她自己也应该留下来。外婆找不到该责怪的人,只好责怪拐枣树上的乌鸦。女儿离开那天,拐枣树上的乌鸦在"哇、哇"地聒噪。

襁褓里的明月被马帮带回来放在拐枣树下,顺便给外婆一个口信,她的女儿女婿在打仗,从云南打到贵州,从贵州打到四川,又从四川打到湖南。明月有七个舅舅,九个姨妈,有多少个外公连外婆也说不清楚,但这一点也不影响外婆在悬崖村获得的尊重。村里人尊称她多崽婆。明月从小以为外婆来到世上就这么老,来到世上就当起了外婆。外婆大概也是这么认为的,恨不得把外孙女含在嘴里。她还没长大时,多崽婆充满绝望地祈祷,你什么时候才长大呀,我这老骨头怎么陪得起你呀。有一天多崽婆嗅到了危险,掐指一算明月已经十六岁,多崽婆惊魂未定地抱怨,怎么这么快就长大了呀,怎么不慢点长呀。她恶狠狠地给明月敲警钟,不准出远门,不准走出她的视线,晚上睡在她生了十七个孩子的大床上,用绳子将两人的手连一起。"你要是像她一样,我挑断你的脚筋!"多崽婆不愿提及明月妈妈的名字。

马帮和匪帮都喜欢在悬崖上的村子落脚。匪帮在河对岸抢劫后,顺便把船也拉过来,然后在悬崖村大吃大喝。马帮和匪帮有时难以区分,马帮的货物被抢,会想办法去抢别人的货物。这些人把村里人当自家人,每次把抢来的东西分一些给他们。失去这个落脚之地,他们有可能葬身红河。多崽婆有三支火枪,是三个不同的男人留给她的。

明月出落得越来越漂亮,多崽婆在院子里放枪的时候越来越多。这是警告,不准陌生人靠近她家。她放的是空枪,只有火药没有子弹,马帮和匪帮都能听懂。

但她挡不住流言,她越挡流言传得越厉害。终于,这年秋天,红河来了一支剿匪部队,他们的团长挎洋枪骑白马,英姿伟岸,眉目俊朗,堪比吕布赵云。他的英名像阳光一样普照红河流域,马帮和匪帮在说他,村子里的男女老少也在说他。说到他时,感觉房屋、院子、猎狗、鸡鸭都比平时漂亮,仿佛它们也感受到了那个人的光亮。多崽婆听过后惊呼,天啦,这是要我的老命么?有人笑她想得太多,她则坚定地认为,这个流言是冲着漂亮的外孙女来的。

谁也没想到,英俊的团长降临悬崖村比鹰还快,在一个秋天的深夜,村子里人叫马嘶,呼啸山林十余年的响马娄彪被捉拿归案。娄彪是红河水坝塘土豪,率众为匪,先是会办署委娄彪任支队长,娄彪竟然劫了投靠会办署的川军三十二旅的枪支。会办署饬彪归队,娄彪阳奉阴违,不复应命,会办署遂令第四混成旅出兵袭剿。豹团、虎团受命前往,娄彪窜匿未获。虎团遂退,豹团复留兵侦察,得知娄彪潜匿观音洞,团长亲自率兵袭击,将其擒获后押解至悬崖村。

团长派人把娄彪押往红河署,自己和大队人马留了下来。娄彪并不是唯一的响马,另一支猖狂的响马在县城抢劫了三天,把大小商铺的东西全部抢光。县城离悬崖村十五华里,团长决定沿岸堵截,不准响马回南岸老巢,伺机剿灭他们。

团长果然挎洋枪骑白马,年轻英武,脸上透着淡淡的和气和儒雅,他并非整天骑马打枪,来到悬崖村后,他请村里的老甲长给他找个安静的地方,他要读书。老甲长知道最安静的是多崽婆家,他同时知道最不可能去的也是多崽婆家。多崽婆听到人叫马嘶后放了一枪。团长问这是何意,老甲长如实相告。团长听后笑了笑,决定择日去会会多崽婆。

多崽婆和明月正在吃饭,听到一阵马蹄声,明月端着碗就想往外走,被多崽婆用眼神摁住。她还没来得及数落明月,团长已经站在门外打招呼:"大娘,打扰一下。"明月抬头望过去,顿时浑身发飘,仿佛看到一匹狼,一匹让她又怕又不想躲开的狼。她在室内,那人在室外,她看他很清楚,他只能看见她模糊的身影。明月觉得自己和她的小溪都被他攥在手心,还有平时不太关注的瓦房、拐枣树、拐枣树上的乌鸦,全都离不开他的手掌。"大娘,你慢慢吃,你吃好了我再来。"明月像听见雷声一样,脑袋嗡嗡响。外婆问客人什么事,现在就讲。客人说租间房读书。

多崽婆搞清楚客人意图后,叫明月放下碗去收拾房间,她自己端着碗到屋子外面和客人说话。木瓦房用一寸厚的柏木做板壁,可以挡住火铳射出来的铁砂,但挡不住客人的声音。他的话,明月全都听得见,不是她耳朵好,而是他的声音挡不住,像狼爪子一样从板缝伸进来,抓得她难受。多崽婆不冷不热,明月禁不住抱怨外婆话多。她听见客人说,他一日两餐不在她家吃,但他的衣服希望她们帮他洗一洗。明月心里一阵狂跳,她的小溪似乎早就等着这一天,那么好的水,最适合洗他的衣服。多崽婆说,这个要另外算钱。明月忍不住想说,真是财迷心窍。客人哈哈一笑,说这个自然。笑声让她浑身害臊发热,像被当面哂笑一样难受。外婆说,租金要先付。客人说,行,一会就送来。

从这天起,明月无法像平时一样走路,身体很轻,无论去哪里,都像鸟一样飞。晚上睡在床上,想起白天某件事情,还忍不住咯咯笑。外婆不时拍她一下甚至掐她一把,埋怨她不好好睡。

外婆倒也尽心,大概是为了对得起房租,她拿着大烟杆坐在屋檐下,不准闲人打扰,谁要是敢来影响客人读书,她会把三尺长的烟杆当丈八蛇矛,杀他个片甲不留。任何人走进她的院子都必须放慢脚步,不准大声笑,不准大声说话。连她养的狗也越来越怕她,只要感觉到她手里有个什么东西动一下,吓得立即夹起尾巴,跑出几十米才委屈地呜呜叫唤。

几个月后,大股土匪已经被剿灭,剩下的毛贼不用团长亲自动手,他的部队驻扎在这里,毛贼就像多崽婆的狗一样不敢轻举妄动。团长偶尔去一下县城,每次回来都带一捆报纸和一堆杂志。他读杂志和报纸并不认真,拿起随便浏览一眼就丢开,最终还是拿起平时读的书,仿佛这书是一座大山,他非要把这座大山踏平不可。明月把他不看的报纸和杂志归整收好,像对待他所有的东西一样,以便他需要时,她可以立即拿给他。她不动的只有挂在柱子上的手枪,她假装没看见,假装不知道这是什么东西。这是响马在悬崖村借宿时留下的规矩,什么都可以动,客人的枪绝对不能动。

明月在团长房间待的时间不能超过三分钟,超过三分钟外婆就会打炸雷一样喊叫,找借口叫她出来。她替他收拾房间时非常利索,不敢分心。有一次外婆喊得太急,她一头撞在手枪上,疼得她泪花打转。可比起受到的惊吓,疼又算不了什么。她再次进屋送外婆敲好的核桃时,团长笑着把枪挂到她肩上,说要教她打枪。他微笑时,国字脸和胸膛比平时更宽。他们走到屋前的竹林前,他教她向大酸枣树开枪。她浑身发抖,他叫她不要怕。她心里说,我不光发抖,我恐怕要开跑。枪声响后,她顿时大汗淋漓。她实话告诉他,她不喜欢打枪。

这一枪没打着离她二十米远的大酸枣树,打折了旁边一根小竹子。团长哈哈大笑,说她枪法真好,那么小的竹子都能被她打中。

这一枪还打中了多崽婆,她病倒在床。她恨外孙女偷了她的东西,偷了什么却又说不出来。当她像小姑娘一样伤心地哭泣时,她的儿女们都说真是老还小,心想她的时日怕是不长。当她有一天凶巴巴地骂了明月一通,骂完后她恍然大悟,明月偷走的不是别的东西,正是明月自己,明月偷走的是她的外孙女,眼前的明月还是明月,但不再是她的外孙女。

外婆倒下后,明月更忙了,既要给团长洗衣煮饭,又要服侍外婆。但每当夜晚到来,团长就把她扶到马背上,和她一起在田坝里信马由缰。她觉得喜悦就像月亮洒下的光辉,无所不在又无所企求。

一天晚上,她正要悄悄地把外婆拴在她手上的绳子解开,外婆挣扎着爬起来,摸黑端来一碗水,叫明月喝下。明月感到一股涩味,她没有犹豫,全部喝完。她以为外婆又要吼她,没料到外婆对她说,你去吧,从现在起我不拴你。

没有人对明月说,越是美好的东西越容易失去。但当团长说他将要离开,去很远的地方时,明月一点也不惊讶。她失望的心情比红河峡谷还大还长,她有种"意料之中"的感觉。团长说他没别的东西,只有这支跟随了他八年的手枪可以送给她。他要去做很多事,要去很多地方,实在太远,没法带她同去。去那么远的地方干什么呢?她没有问。

团长这一去就再也没有回来过。后来听马帮的人说,他去了法国,又去了江西。一位四海为家的郎中,言之凿凿地说,他亲眼在太行山看到当年的团长骑着一匹白马,率军与进犯的日寇鏖战。

多崽婆又活了两年才去世,去世后,悬崖村的人才说,多崽婆给明月喝过绝育的药。悬崖村可以向过路的任何男人借种子,但绝不要军人的种子。他们南迁之前,杀戮他们的正是朝廷的军人。明月的美貌达到顶峰,但没有人向她提亲,不仅仅是绝育的问题,这毕竟未经证实。最大的原因是她和所有男人,都像红河对峙的两岸,可望又不可即。几十年过去后,人们惊讶地发现,明月美丽依旧,她的相貌仿佛被团长用咒语封住。有个过路的喇嘛,带了十几个随从,在悬崖村住了一宿。都说这个喇嘛是个大修行人,能看见飘在风中的经文。明月非常希望自己也有这个本领,能从风中看到或听到团长的消息。直到有一天,风中飘来的声音说,黔北一个叫偏刀水的地方在剿匪,那是一个非常狡猾的土匪,但指挥剿匪的人身经百战,土匪已经成了瓮中之鳖。声音是从收音机里传来的,明月觉得她终于等到了团长的消息。她带上团长当年留给她的手枪,还有那些发黄的报纸和书刊出发。偏刀水在千里之外,但她一点也不觉得远。

在前往偏刀水镇的路上,她捡到几张报纸,从其中一张上面一眼就认出那是她的团长,她信心倍增。

……

每当想到这里,徐弯弯都会忍不住喊一声:加油!

徐弯弯为明月感到难过,一九六一年指挥剿匪的人跟她没有任何关系。明月哪里也不想去,在偏刀水住了下来,从此爱上了搜集报纸。徐弯弯从她房间里看到堆积如山的报纸,全都和那个人有关。她觉得这非常伟大,一种不知滋味的伟大,既崇高又残酷。这些报纸大多是使用过的,包过黄糖,包过面条,糊过墙壁,因此全都污损残缺。在当时,没有用过的报纸是不可能给她的。它们全都被明月抚得平平展展,清理得干干净净。徐弯弯很高兴,觉得自己掌握了一个巨大的秘密。同时又很惶惑,怎么去认识这个秘密,这当中深藏的人性和人情,她如何理解和把握,才能让自己、让明月、让报纸上的那个人得到安慰,才能把云遮雾障的历史变得有价值。要是哥哥还在有多好。

"这上面的人都不在世了吧?即使还在也有一百多岁了,我觉得不可能还有人活着。"满头白发的老馆长说。"但这份名单现在不能公开,离规定解密的时间还有十七年,不能给你看,更不可能复印。""这么说,他的死是真正的死,是沉沉地睡在地下?"徐弯弯用力地思索,以便抓住一闪即逝的思考。这一点她永远不如哥哥,任何想法进入哥哥的脑子都跑不掉,都会被他紧紧抓住。

"他在坟墓里还要潜伏,我的意思是说,继续潜伏已经没有任何意义。"

"客观上来说,确实是这样。"

"早就应该唤醒他,不能让他在地下沉睡。"

"这不由你和我说了算,要由有关部门认可。"

老馆长早就习惯了忍耐,他一丝不苟的银发证明了这一点。徐弯弯有种深恶痛绝,却又不知道应该厌恶谁的感觉。当她感到大爷爷柴启物事实上已经不能够被唤醒,她禁不住打了个冷战。"有关部门",说起来就是那些部门,而实际上,你又很难知道应该是哪个部门。部门的复杂远不是战争年代可比的。

老馆长对此深感内疚,他努力从记忆深处打捞与红色火种有关的东西,带徐弯弯查看可以公开的档案。在一个最不重要的铁皮柜里,她看到一份手稿。标题很直白:《关于红色火种的一点记忆》。徐弯弯一阵狂喜,感觉尘封的历史就要被自己打开。手稿从当时的艰难谈到保存红色火种的必要性,然后才说到正题。作者说,他作为警卫员,陪同首长与火种们一起喝了壮行酒,首长在临行前一再告诫,忍耐是最大的任务,而忍耐的最终目标是只要没被唤醒,任何时候都要藏住心头的秘密。

原来,火种计划的负责人不仅仅有神秘的大人物,还有那个明月日夜期盼等待、当年在红河边剿匪的团长。徐弯弯浑身冒汗,但她暂时顾不了明月,她激动地说,也许可以从这个人的其他文章里找到相关信息。老馆长说,作者不识字,手稿是别人替他写的,他没写过其他文章。因为红色火种计划没有公开,这篇文章也没敢发表。

徐弯弯回到宾馆,有点绝望,想到大爷爷柴启物还有十七年,他留下的信物才能交出去,她就感到委屈。她相信哥哥所说,大爷爷如果不被唤醒,就仍然处于潜伏状态,就不能投胎转世,以大爷爷的性格,为了保持潜伏者的身份,他是不会丢下这个身份去转世的。转世等于逃跑和背叛。不知为什么,她暗中希望大爷爷和明月同时投胎转世,然后成为相亲相爱的两个人,以此补偿他们这一世的清苦。

她没想到这么简单的问题,居然没办成。两个月前,她拿着有关单位的证明,希望通过和江西这边档案馆的材料形成印证,然后出具唤醒的文件。可事情远比她想的复杂。他们不能凭柴启物留下的信物让她查看这么绝密的档案,而和这个信物相对应的东西,他们根本不知道在哪里,没听说过没见过。她除了这枚小小的信物没有其他东西,她带来的材料只能证明柴启物长期在偏刀水镇生活,务农,未建立过家庭等。更让她难过的是,档案馆的人说,即使找到相关证据,证明他确实是红色火种,他们也没法出具唤醒的文件,他们只是一个小小的档案馆,没这个资格,至于谁才有这个资格,他们也不知道。徐弯弯说,这不过是形式而已,当事人都已去世,不过是给他一个安慰,对他几十年默默无闻的潜伏一个肯定。你们嫌麻烦,内容就由我来写,你们盖个公章就行。文件我拿到他的坟前烧掉,不会外传。烧的时候我可以拍视频,到时候传给你们。档案馆的人说,盖公章的文件一律要进入档案馆的档案,我们不可能把它销毁。再说,即便我们盖了章,你的大爷爷也不会满意的,因为我们没有这个权力,就像村里面的章,不能用来证明省市有关规定。建议你去找军分区,这种事应该归军队管。

徐弯弯没去军分区,她去了朱砂镇,这是柴启物的出生地。

朱砂镇有一半人姓柴,但说到柴启物,没有一个人认识他。徐弯弯找到年纪最大的老人,老人说,柴启物好啊,柴启物好啊,好得很啦。徐弯弯问怎么个好法,他说,这还用问,好就是好嘛。听了半天才听懂,老人把柴启物当成"才起屋",也就是才修建的房屋。告诉他柴启物是一个人时,老人说,启字辈的早就死完,现在最老的是茂字辈。徐弯弯不甘心,请人带她去看柴家老坟,看了三十多座,终于在一块模糊的墓碑上看到柴启物的名字。柴启物是墓主人的长子。碑上有名字的人全都不在人世了,这碑是一九二〇年立的。她找到了其中一个人的后人,柴启物妹妹的小儿子。这位七十多岁的杂货店老板告诉她,柴启物是他大舅,小时候听母亲说过,外公家原先有田有地,外公挖朱砂发了财,买了三条洋枪,抢了娶亲路上的女人来做小老婆,仇家买通外公家的矿工,把外公骗到矿洞里杀害,把他的房子也烧掉。外公的小老婆拿走被火烧变形的银圆,说这是她重新嫁人的嫁妆。为了有地方遮风挡雨,外婆带着最小的两个孩子改嫁,让大儿子柴启物自谋生路,大女儿给别人家做了童养媳。听说逃亡的路上一位挑桐油的人救过柴启物,他最终去了哪里没人知道。一个当兵回来的人说,曾在江西的一个汽车修械厂看见过他。

当年的汽车修械厂非常少见,只有国民政府和军队才能开办。徐弯弯轻松地找到了这个早就消失了的修械厂的相关记载。修械厂在赣南,曾多次易主,在国共的争夺中,柴启物和部分设备到了瑞金。他不是士兵,不算俘虏,来到瑞金后继续当工人。至于怎么成了红色火种,她不想继续再调查。她觉得就这样吧,大爷爷是从瑞金来到黔北的,这足以说明问题。

徐弯弯拿着自己写的调查报告,再次来到这个红色档案馆。这次她没找档案馆盖章,而是找到老馆长,希望通过他证明,柴启物确实是火种之一,告诉他可以不用再潜伏,转世去吧。老馆长说,这个忙他帮不上。

徐弯弯站在窗前,看着川流不息的车流和行人,突然觉得,他们很像急匆匆去投胎的阴魂,那么匆忙,那么自信。大爷爷要再等十七年,十七年是多么漫长啊。十七年将发生什么,谁也说不清楚。要她像大爷爷一样十七年不去想这件事,她可做不到。她把大爷爷那枚信物拿出来,信物已经被她摩挲得越来越亮。据说,人死后可以根据身体余温消失的状况,判断其去向。余温出现在头顶,此人去了极乐世界。余温出现在两眼之间的眉心,此人去了天界。余温在胸口,此人转世为人。余温在腹部,此人去了鬼道。余温在膝盖,此人将成牲畜。余温在脚底,此人已到地狱。哥哥的余温消失在眉心,落气十二小时后,她的手指在哥哥的眉心感受到了微弱的温度,而其他地方像湿铁一样冰凉,一种黏糊糊的冰凉。为此,她特地伏在哥哥已经听不见的耳朵上,向他表示祝贺。可大爷爷呢?他怎么办?再过十七年,自己也该退休。大爷爷的十七年和自己的十七年不同,大爷爷是等待,自己面临的将是无常。等待让人感觉漫长,无常让人感觉刹那即至。为了平复心情,她摩挲着印章,默诵心经,诵到"无智亦无得",不自觉用劲搓一下。她希望明月慢一点转世,等一等大爷爷。她相信,这两个原本毫不相关的人,在自己的默诵下,将会发生某种关联——美好的、让万物发亮的关联。

几天后,她回到偏刀水,去了大爷爷的坟前,把一束菊花放在墓碑上。来到明月的墓地,小小的坟墓张开很多条裂缝,仿佛她的皱纹还在变大。徐弯弯心里一惊,哥哥当时的道歉是不是多余?让明月一直处于期待状态,或许更好?

徐弯弯看到点水雀在飞,蚱蜢在跳,燕子在穿梭。一切都生机勃勃,但一切都将过去。秋天已经到下半场,天空越来越远,溪水越来越清凉……

一只阔嘴鸟

只要注意一下相框,就会发现漂亮油漆遮不住材料的低劣。这是合成材料。照片上每张脸的表情都不一样,年长者比较僵硬,虽然告诫自己一定要放松,但无法做到。年轻人假装严肃,其实满不在乎。在镇政府工作的孙女像教幼儿识字一样指着照片上的人问爷爷这个是哪个,他们是谁,和哪个是一家。他全都能答对,从没出过错。他八十二岁了,并不糊涂,偶尔假装糊涂,以便和孙女玩这种一问一答的游戏。孙女每次都像奖励小孩一样称赞爷爷"真厉害""真聪明"。

照片是两年前的国庆节拍的,他抱着两岁大的曾孙女坐第一排,身后是四个儿子和两个女婿。第三排是四个儿媳和两个女儿。第四排是孙辈,十个人。第五排十二个孙辈七个曾孙辈,曾孙辈被抱在孙辈们的怀里。第六排是身材高又年轻的曾孙辈,九个人,九张脸像九个初升的太阳。没有发福,距离又最远,九个人占据的宽度比第二排的六个人还小。

相片装框挂在墙上，看上去像一棵枝叶繁盛的大树，以他为根，以儿孙辈为横出的枝条，以曾孙辈为花和果。同时也像一个菱形的陀螺，因为生生不息而永远不倒。

他很喜欢这张照片，一个人在家时，他像伟大的艺术家悄悄欣赏自己的杰作一样，会心一笑，露出既得意又满足的表情，同时还有小小的怀疑，担心这不是真的，担心出现变故。

除了自己，他不愿失去他们中的任何一个人。孙女的游戏他一次也没错过，但数清楚到底多少个人却总是出错，他不是忘了数某个曾孙辈怀里的孩子就是忘了数自己。正确答案是五十二个人。数错后重数，乐此不疲，他有的是时间。

拍全家福是在大学当教授的小儿子的主意，"一定要把全家人聚齐，拍张全家福!"说了四年才实现，有两次还是他自己一家缺席。这次终于聚齐，比发起时多了三个人，少了两个人。当时奶奶还在，曾孙辈有一个没成家，两个还没出生。照片冲好后，全都说好，从现在起每年拍一张。但一半人知道这是不可能的，即便聚齐，人数也一定会有变化。就像装满玉米的口袋，一旦有玉米漏出来，即便有人努力去堵塞漏洞，还是免不了有玉米漏掉。

老人想到的不是玉米，而是一堆土豆，只要从中拿走一个，其他土豆就有可能滚下来。看上去全都活蹦乱跳，但老天爷要带走谁是不用和他商量的。他一个人在家时越来越不敢看照片,就像看多了不吉利。越不想失去的东西越容易失去,这是他年轻时就感悟到的,是颠扑不破的真理,进入老年后感悟更深也更加灵验。不过,越是不敢看又越是想看,他像年少时珍惜零食一样,给自己规定每天吃多少次,每次吃多少,以便延长零食带来的快乐。但计划总是落空,刚开始还能勉强执行,只要少掉一半就会自暴自弃地给自己开脱,干脆一顿吃完算了,吃过瘾就不再想了。吃完后又立即后悔,东西没有了,食欲依旧旺盛。现在也一样,他劝自己每天看一次就行了,但等不了多久又不知不觉地站在了相框面前。他像少年一样惭愧,像中年一样耍滑。愧疚抑制不住贪爱之心,同时又包庇地想,看又看不烂。

相框之上有一台石英钟,这是二十多年前买的,当时刚开始流行,这是全村第一台石英钟。每当报时的钟声响起,悦耳又悠扬,听着满心欢喜。石英钟还显示日历,虽然花花绿绿的挂历也很流行,但他更喜欢石英钟上的日历,因为它是动态的,人还在睡梦中,新的一天就已经滚动显示出来了。对一个勤快人,这仿佛是一种鼓励,一种提醒。不知何时,石英钟不再报时,时针和秒针一动不动,分针从六往上走,走到十退下来,像爬坡乏力的老太太。最后终于走不动,在六和七之间摇摆,现在彻底安静下来,停在了一年前某一天三点三十一分。电池没电了,儿子和女婿都说过,下次记得带电池来换上。他自己也想过,应该抽时间去买一对。现在没人再提这事了,看时间的工具太多了,用不着石英钟。当他意识到石英钟停摆的时间,正好是相框挂上去的时间,禁不住深受震动,巧合即暗示,虽然他不清楚这意味着什么。从这天开始,他就宁愿时针永远不要朝前走,仿佛时间一旦朝前,一切就有可能另当别论。

他的担心是有根据的。拍照提前两个月,老伴就会在上面。她病倒后躺了半个月才过世。按照本地风俗,下葬后第四十九天要垒坟,所有的孝子必须回来,哪怕往坟上只加一捧土都行,这既是仪式也是昭示。坟垒得越大越说明人丁兴旺,昭彰家族和睦,后人有地位有教养。照片正是垒坟结束后在老房子前面拍的。与安葬时不同,相隔近两个月,心里已不再悲伤,合家团圆是这么难得,全都禁不住面带微笑,为这难得的团聚真心赞叹。照片挂上去后,小儿子说,要是妈在上面就好了。平时听力不好,但这句他清清楚楚听见了,眼泪一下滚出来。她断气时他都没有流泪,因为他早知道死是必然的,她年纪大又浑身是病。这天晚上,他像孩子一样凝噎,他难过的不是死亡,而是突然袭来的孤单。过了五十多天,他才意识到再也听不到老伴痛苦的呻吟。

还有一个没能参与拍照的亲人是他长孙。长孙在镇政府当电工,能说会道,见到任何人都笑嘻嘻的,嘴甜,能随时随地见机说出逗人发笑的歇后语或谚语:十二岁进养老院——福气来早了点。杀猪不吹气——软打整。肚脐眼打屁——妖(腰)里妖气。一匹茅草顶一颗露水,生成一个人就有一个人的福气。上吊也要找根大树子嘛。要变泥鳅,就不要怕泥巴糊眼。都说他应该去当演员,保证能逗乐好多人。镇政府工资低,当电工又危险,在县水利局当局长的三女婿也就是长孙的三姑爹准备把他调到电站去当调度员,就在办手续的前一天,他爬到电杆上架线和电杆一起倒下来,后脑勺砸在石头上,流血很少,但没能救活。全家人都反对让老人去殡仪馆,骨灰盒拿回来下葬也没让他参加。长孙的死讯传来,他连连唏嘘,老天爷,你不把我这七老八十的带走,把年轻人带走干什么呀。平时,别的年轻人死了他也如此感叹,但人人都看得出两者的区别,情分是大不相同的。虽有不同,情感又真实不虚。他不怕死,怕的是不讲公平正义。死是一个人的事,公平正义是所有人的事。也许正是没有参加长孙葬礼的缘故,他常常忘记他已经死去,老是感觉他出门久不归,不时在心里想,乖孙好久没来看我了。他喜欢他永不凋谢的笑容。

照片上的人因他凝聚,他观看时不想厚此薄彼,对某个人多看几眼,或者对某人视而不见。实际上他做不到平分秋色。他最心疼的是怀里的曾孙女,总觉得她像一口气,像一个脆弱的鸡蛋,不小心翼翼保护就有可能破碎。小女孩的声音一厉耳根,他的身体就有反应,仿佛祖孙之间对上了宿世的暗号,终于找到了自己人。他捉住她的小手,赞美她乖巧、聪明,她会做出害羞状,低眉顺眼,仿佛承受不住老祖祖的夸奖。这在他的一生中从未经历过，年轻时喜欢的女子也没有这种表情，虽然也害羞，也腼腆，但很快就会笑嘻嘻的。他觉得这不是血缘关系在起作用，而是他们之间甚深的因缘。他们的人生注定将擦肩而过，他并不遗憾，唯有感谢上苍给他这么珍贵的礼物。

他的眼睛不好，他自己知道，别人也知道，有一天竟然看见一滴眼泪挂在大儿子的脸上，看得真切，他吃了一惊，立即想到，他在为死去的儿子悲伤，那是他唯一的儿子呀。他顿时感到应该立即和他谈谈，应该劝劝他，人死不能复生，你岁数不小了，要好好爱惜自己。他没有为此和他交谈过，这无疑是最大的疏忽。进入老年后，子女们的事他尽量少管，但作为父亲，他觉得他的宽慰也许比别的人管用。正想着，发现这不是眼泪，是上方的石英钟淌下的液体，电池稀出水了。液体很稠，还有一滴悬在半空，似已凝固。他忙找来毛巾，把相片上的水擦干净，以免电池水腐蚀照片。照片轻微受损，儿子的脸变模糊了，比平时更忧郁。作为长子，他对他管教最严，现在觉得过头了，完全没有必要。他是几个子女中最老实最听话的，弟弟妹妹都爱欺负他。现在想来，这和他的纵容与严苛不无关系，不许他申斥，甚至不允许他诉说委屈，因为他是大哥，"大哥就应该像个大哥的样子"。大哥是什么样子呢？不苟言笑，忍辱负重，这也太不公平了。他觉得大儿子可以对他心生怨恨，可他偏偏是子女中最孝顺的，他有容忍一切的能力和胸怀。想到这里,他又难过又惭愧,一滴浑浊的眼泪不知不觉滚了下来。老大,下辈子我们不要再做父子,我们做兄弟吧,我一定让你开开心心的。

但是,来生是否能够相见?他不敢保证。那么,我就是永远对不起你的父亲!他用叉衣服的叉子把石英钟捅下来,石英钟咣当一声摔在地上,散了一地,还腾起一股呛鼻的灰尘。挂石英钟的原处反倒显眼,白净得发亮。上了年纪后做事,指东打西、力不从心的时候多。今天捅石英钟又准又快,感觉是另外一只手替他完成的。石英钟散开了,时间并没散开,他一下明白,钟表记录的时间容易破碎,真正的时间无边无际又无始无终。就像在大海里舀了一勺水,勺子消失后,水也不会消失,它终究可以通过一种或几种途径回到大海。以身体为载体的生命和勺子里的水一样,身体消失了,生命其实可以通过另外的途径回到它原本的存在,在它的存在里生生不息。

石英钟消失后,老人感到轻松了许多。同时又期待和担心有什么事发生。一生的经验告诉他,轻松过后一定会有预料不到的事情,有可能是好事,也有可能是坏事。

当一只绿得像翡翠的大螳螂啪嗒一声落在相框上,老人既如释重负,又忍不住露出骄矜之色。螳螂足有两寸半长,和照片上的人差不多一样大。它趴在某一个人像上,仿佛在和他拥抱。它移动迅捷,路线毫无规律。一旦停止前进,就嗒嗒嗒地搓着两只钳夹,像在为照片上所有人鼓掌,赞赏他们拍了全家福。

依照本土习俗,家里有人离世,在三年之内凡是进家的动物都是不能打的,它有可能是逝者回来探望,回来寻找。这当中又以螳螂最受重视。螳螂一是命短,所以逝者化作它的形象在转世之前回家看看是极有可能的。二是螳螂命大,一只没有头的螳螂可以活上十天,这和怨鬼长哀不绝很相像。如果是家里原有的动物比如老鼠蟑螂,反倒不必顾虑,看到可照打不误。

老人自然想到这可能是老伴回来了。"过了这么久才来。"他不无抱怨地看着大螳螂。螳螂毫无反应,这一点和老伴很像。她做事情时,他说什么她就像没听见一样,手里的活不停,要做上一阵才去接他的话。螳螂鼓完掌,沙沙地走了几步,举起前臂,像作揖一样拜了两下,然后轻轻地搓着前掌,再次左顾右盼,触须像武生挑动翎子,有板有眼。它作揖的样子不像老太婆,倒像祈祷的少女,明亮的复眼透着机灵和虔诚。

老人疑惑而又欣喜:"你还当女人?"只听见嚓的一声,螳螂飞走了。老人暗想,她害羞了,像年轻时一样。同时想,也许是一只普通螳螂,与老伴无关。

在镇政府工作的孙女回来看他,同来的还有她的同学,老人一眼就看出来,这个年轻人极有可能成为自己的孙女婿。年轻人说,他们在筲箕湾看见一群竹鸡,"一点不怕人,走在马路两边,一边十几个,车头离它们一米远才钻进草丛。我开得慢,估计没听见我们的声音。"孙女正在看手机,笑着说:"我查到了,又叫泥滑滑和山菌子,还有古诗写它们呢:山鸟自呼泥滑滑,行人相对马萧萧。"年轻人说:"山菌子,那就是说它们的肉太香了。可惜没有枪。"老人说,竹鸡不怕人,你不吓它们,它们敢在你旁边打架争食。他还说,打竹鸡可以不用枪,但必须是晚上,手电射住其中一只,不会跑,像被使了定根法一样。它们晚上睡树枝上,一个挨一个,如果其中一个掉下来,另外一个会移过去。年轻人问没有枪怎么打,他教他用鱼线做活套。

暖风让人昏昏欲睡,孙女叫他上床休息,他强打精神说不用。他知道的,真要爬到床上,睡意马上消失。话题一旦与他无关,他就容易打盹。孙女很聪明,尽量让他参与到话题中来。她问他看过哪些电影,还记得不。他说记得,有个电影叫《萨拉热窝》,电影是在冬天看的,下雪天又是露天院坝,很冷,以为萨拉热窝是个暖和的地方,热窝嘛,电影的内容记不得了,印象最深的是萨拉热窝几个字。孙女立即用手机搜索,告诉他电影全名叫《瓦尔特保卫萨拉热窝》,萨拉热窝现在是波黑的首都。老人摇摇头,他没听说过波黑,能想到的是黑黑的波浪,难道和石油有关?瓜子皮撒落在布满裂纹的水泥地上,还有糖纸和香蕉皮。孙女每次回来都会买一大堆零食,清亮的嗓门要不了多久就把邻近的孩子和大人招来。老人喜欢水泥地上落满瓜子皮,这给他一种"萨拉热窝"的感觉。他对帮他煮饭洗衣的罗家嫂嫂说过,不必马上把院子清扫干净,但她理解不了,以为他担心这额外的劳动增加她的负担。"不碍事的,几下就扫干净了。"他为此赌过气,不理她。

孙女和她的同学原打算和他说说话就回去,由于竹鸡的出现,又得到了逮捕的招儿,他们决定晚饭后去捉竹鸡。老人很高兴,吩咐罗家嫂嫂多炒两个菜。平时留任何人和他一起吃饭都难,表面上怕给他添麻烦,其实是不愿和一个老头子同桌吃饭。他留客的计谋偶尔得逞,比当年准许去看电影还快乐。罗家嫂嫂凉拌了鲜笋,早上挖土时顺便挖出来的刺竹笋。只用糊辣椒和酱油,别的都不放,又脆又嫩,透着竹子特有的清香。两个年轻人大赞这道菜好吃,在别处吃不到,尤其是还能减肥什么的。他不能吃这么凉的东西,年轻人这么喜欢,他比他们还要满足,暗想这个月多给罗家嫂嫂一点钱。

夜幕降临后,两个年轻人还陪他喝了会茶。去早了竹鸡还没睡,容易惊醒。聊了一阵,连他也觉得差不多了。没有月光,启明星很亮,这是捉竹鸡最好的夜晚。他上床躺下后,听到汽车发动的声音,像小孩得知父母走亲戚没带他一样皱了皱眉头。不过,总的来说,他很满意。想起萨拉热窝,当时五十岁不到,转眼间几十年灰飞烟灭。怎么会老得这么快?连他自己也不解。可怕的石英钟,几十年光阴被它咔嚓咔嚓吞噬了,连渣也不吐。

白天到来,似乎并不比醒着时快,他舒了口气。两个年轻人捉了七只竹鸡,怕影响老人休息,直接回街上去了。下午约了几个好友,把竹鸡宰杀后爆炒。"太香了,香到省外去了。"孙女在电话里打着哈哈说。

不知为什么,老人放下电话后闷闷不乐,心里扬起一片透明的尘埃。放在过去,所有人包括他自己,会很简单地得出结论:有好吃的没叫上他一起吃。现在别人也许仍旧这样想,但他绝对没有这种想法。他早就咬不动任何爆炒的佳肴了,肉必须炖得一抿就化,还不能多吃,多吃一口身体就会抗议。今天他连看全家福也没兴趣,就像终于看烦了看厌了,再也不想多看一眼。很像熟过头的柿子,全身都在往下塌陷,心情和脑门都薄饧饧的。也像被一个搞怪的窃贼偷走了骨头,留下一堆耷皮落胯的肉,他只能干瞪眼,无限甜咸。

早早上床躺下,一会清醒,一会没入睡眠,两者没有界限,他也没有试探界限的意图。昨天那只螳螂噗地一下飞到额头上,他下意识挥手赶了一下,醒来发现并无螳螂,才知道这是一个梦。不过,连是否挥了一下手也不敢肯定,因为双手仍然焐在被子里面。他笑了笑,在梦里又做梦,并且同时存在,有点意思有点好玩。在梦里随波逐流,这即将结束的一生中不也一样?梦见即看见,看见即梦见。体会到这些后,他既轻松又不无张皇,轻松是身心的感受,张皇的是这种失重状态恐怕不是常态,终究会砰的一声坠落。他跟着一条猎狗奔跑,突然出现一棵大树,猎狗一闪身绕了过去,他改变动作已经来不及,直接朝大树撞去。心想必死无疑,大树却像母亲一样敞开怀抱,让他顺利通过。前面不再有猎狗,只见一片玉米地。玉米将熟未熟,发出闷人的香味。好像有人在打扫,像打扫院子一样。但地上全是扫不走的东西,像玩具,细看才知道是没有头的鸟、断成两截的蛇,它们没有死,像活着一样走动。鸟试图飞起来,刚飞起来又栽到地上。蛇想把断开的身子接上,但两截各自蠕动,只差么一点点又错开了。看着让人着急,却又帮不上忙。正想离开,一只愤怒的猫头鹰向他扑来要啄他的眼睛,他用手臂护住眼睛,猫头鹰啄他的脖子、胳膊。除了猫头鹰还有麻雀,麻雀个头小,但更灵活,它们朝他全身进攻,哪怕啄不痛也要啄上两口。最糟糕的是两截断蛇已经连上,正吐着芯子咝咝地朝他梭过来,扁扁的小脑袋摇摇晃晃,身体刚接上,还没掌握平衡。他想叫,叫不出来;想跑,脚下像生了根的树一样。蛇已经缠在脚脖子上,他感觉到肉叽叽的,它还不咬他,要从裤管里钻上来。我死定了,他想,这是一条毒蛇。他感觉它已经在他大腿上咬了一口,不重,像在试探哪里下口更好。好吧,既然这样,那就死吧,好在对死亡早有准备,没什么好害怕的。"你看你!"一声熟悉的责备。他看见老伴跪在山神庙前。他从来不信这些,出于对老伴的怀念也跪了下去。

"你看你!"有时是埋怨,有时是嗔怪,有时是嘲笑。老伴声调不同,内容也不同,但他完全能理解。

整整一天,这一声响亮的"你看你"都在他脑子里回荡。除了责备,似还有着急和恳求。罗家嫂嫂切蒜薹时,一截蒜薹突然从菜板上飞出来,像长了腿一样。她笑着把它找回来在水里涮了涮。老人顿悟,确定昨天那只螳螂是老伴的化身,磕头作揖不是求菩萨保佑,而是做给他看,要他跟着她学。"你看你!"再不学就晚了,来不及了。他的身体快要回到泥土了,生命不知道往哪里去。

他从没打过猎,也不喜欢。年轻时看见鸟、看见野兔都想吃,不是什么野味的问题,是因为肉食本身的吸引。当时天下无肉。其他人也一样,看见蚂蚱都想吃。说话讲笑爱用"麻雀再小也是肉""老母猪也是一道菜""有肉不吃喜欢啃光骨头",全都和想吃肉有关。打猎被当成好吃懒做,所以不喜欢。但他打过鸟,杀过蛇。

当时他有一把弹弓,就"枪法"而言他是最差的,别人打鸟打灯泡一打一个准,他打树打电杆全凭运气。但有一天他打死了一只鸟,是一只阔嘴鸟。阔嘴鸟站在水田边低矮的野李子树上,离他只有三米远。他捡了颗石子射过去,石子从树杈下面穿过,偏离太远。阔嘴鸟看见了,它没逃。绿胸蓝尾,黄黄的大嘴巴。阔嘴鸟最好笑的地方,是被射击后只要没死,就要回头寻找真相,是好奇心最重的鸟。这只鸟的好奇心更重,大概以为是飞虫,低头四处寻找。他笑嘻嘻地又捡了颗石子,这次正中阔嘴鸟的脑袋。他把它捡起来,鸟还没死,头上只有一点点血迹。他想,若是不死就把它养起来。但没过多大一会,阔嘴鸟死去了。他把它拎回家,叫母亲炒来给他吃。母亲呵斥他,叫他快点拿去埋了。他很沮丧也很委屈又不敢违抗母亲的命令,把阔嘴鸟埋在菜园。

一直以来,他为没吃掉它感到遗憾,一口到嘴边的肉没吃让他心有不甘。这份不甘和他所有的生活比起来如毛尘上的水,小得自己都不知道,甚至知道也不会承认。后来的内疚若有若无似是而非,是自古以来生存之道的最大公约数,古老得可以忽略不计,"你看你!""你看你!""你看你!"

阔嘴鸟站过的树杈早就不见了,水田也变了样。他拿了一支香,一沓纸。出门前有点犹豫,怕人家问他干什么。试了试火机,如果一下打燃,他马上就走;如果不是,那就再考虑一下。火机没有问题,明亮的火苗闪烁着柔弱的光芒,他的心被照亮了。

他觉得阔嘴鸟不可能原谅他,毕竟是他要了它的命。他希望它知道他在忏悔。

晚上竟然没有做梦。天亮后他认真准备了一下,因为路途比较远。当时刚参加工作,整天无所事事,他扛着同事的气枪,在树林里在田野中追逐。不是为了吃肉,纯粹是为了好玩。枪法依然差劲,追逐了三天,只打死了一只雀鹰,从头至尾有筷子那么长,嘴像鹰,毛像麻雀。它站在电杆上,中弹后飞了二三十米才掉下来。把雀鹰提回来,同事两把扯下羽毛,撕掉脑袋和脚爪,只留下鸟的胸脯,只有小孩的手掌那么大。抹上盐挂起来,等积攒够了再炒来吃。

搭车,步行。到达目的地已经是下午了。电杆居然还在,只是多了几根,电线像枯藤一样又多又零乱。这似乎告诉他,无论世事如何变化,有些事是永远不会变的。

接下来他去了筲箕湾,向孙女同学捕杀的竹鸡忏悔。

再次站在全家福面前,感受和以前大不相同,他坚信照片上的任何一个都不会先他而去。他希望好好做个梦,梦见老伴,梦见那些没有头的鸟,希望它们在梦中继续给他启示。但它们没有走到梦里来。他想,也许是自己还不够虔诚,它们还得看他更多的忏悔。家里人得知他的行为,有的觉得可笑,有的觉得他善良,有的觉得这不过是一个无聊的老人在打发时光。不过,他们更担心的,是别人会因此揶揄他们,说他们家的老人神经病。他呢,拜忏的次数越多,越来越不管闲话,更不会听取家人的劝告:差不多就行了。

他觉得还差得远,还有很多故意杀死的、无意中杀死的生灵。搬进新家时,一只老鼠老在半夜里啃这样啃那样,连包过黄糖的报纸都啃。他用预备在枕头边的砖头、火钳、扳手砸过。但老鼠成精了似的,一点没受到伤害。当时年轻,不想从热被窝里起来。有一次它窜到床上来了。他买了个捕鼠器,放老鼠药,发誓一定要消灭它。有天半夜从朋友家归来,正要进屋,朦胧中看见门口有个东西,一脚踩上去,听见咔嚓一声。从听见的声音和踩下去的感觉就知道是老鼠,真是无比畅快。他像超额完成学习任务的小学生一样,让全家人欣赏这只老鼠。现在想起它来,他没有犹豫,第一时间在菜园里插上香。小型的死东西全都往菜园里埋,不是因为尊重它们,而是觉得这样处理比较干净。

和孙女的争论一直在继续,谁也说服不了谁。也只有孙女敢和他争,她不怕他生气,她有让他消气的办法。他很少生气,孙女天一句地一句也透露着可爱和天真,让他一如既往地感到受用。她的父母嗔怪她时,他反倒会站在她这一边。

孙女说:"老鼠、害虫,它们不是应该打吗?不收拾它们,它们就会损害我们,让农业减产。"她刚被提为管农业的副镇长。

"嗯,你有没有问过老鼠和害虫的妈妈,问问它们的儿女,它们会不会也和你一样,认为它们该死。"

"哈哈,问它们干什么呀,它们就应该被消灭。如果满天下都是老鼠和害虫,人怎么办?"

"不会满天下都是老鼠和害虫。"

"怎么不会,一切皆有可能。"

"不会的,这种事从来没有发生过。"

"没有发生不等于不会发生。"

"老鹰和蛇,还有我们不知道的东西,不会允许它们成为大地上唯一的主人。"

"爷爷你这是悲天悯人,也许我老了也会像你一样慈悲。但现在我做不到,我就是不喜欢它们。"

"我也不喜欢它们,从来没有喜欢过,我现在也讨厌它们的样子,可这不等于我可以要它们的命。"

他希望老伴站在树叶上看着他,告诉他,他所做的是不是她所希望的,还有哪些应该做的事没有做。不管在哪里看到螳螂,他都会想起老伴。希望她再来一句"你看你"。

黔北高原四季壮丽地更替着,从秋天到冬天,天空比以往任何时候都更辽阔也更空虚。时间在乡间缓下了脚步,几十年前开垦的玉米地正在变成树林,梯田正在变成旱地。田坝里曾让人引以为豪的面积达四亩的大田里,紫荆树密不透风,栽种它们的人和儿子进城开饭馆去了。走在田野里,走在山道上,走在树丛中,他的速度很慢,慢得像蚂蚁磕头,不过他的心在飞翔,在明亮的天空下翻飞,像农民相信土地一样相信大地上的一切。他觉得他还能活很久,但彼岸的使者任何时候来召唤他都不怕,都可以放心地把自己交出去。这么想着他禁不住独自发笑,就像和阎王成了亲戚,可以和他开开玩笑,你来或不来都与我无关。

往事越来越温柔。他和几个小孩在放牛时烧了堆火。他们喜欢玩火,用火头把枯叶烙出一个个圆孔是其中一种玩法。红色的火头烧穿叶片时,带给他青春欲望得到满足似的小小的一毫秒的喜悦。大人不允许小孩玩火,说玩火尿床。弟弟说,你死后,阎王会叫你从这些洞钻过去,钻不过去就打屁股。他问谁告诉他的,弟弟说没人告诉他,反正他知道。他觉得弟弟在咒骂他,两人为此打了一架。弟弟比他小两岁,又机灵又壮实,他们打了个平手,两人都哭了。照片上没有弟弟,因为他几年前脑出血去世了。

这天晚上他终于做了个又长又累人的梦。一个人走在旷野里,天空越来越低,像一块黑布就要将大地上的一切覆盖。他感觉呼吸困难,想躲开浸透了水的棉絮似的天幕。他拔不动腿,它们生锈了,一动就看见碎片纷纷往地上掉。地上到处是照片,上面的人一个也看不清楚。再这样下去,肯定会被闷死的。他越来越感觉到窒息,越来越恐惧。天幕上出现一个金色的孔洞,不止一个,有的很清晰,有的模模糊糊。他奋力一跃,旱地拔葱,居然从其中一个孔穿了出去,呼吸一下畅快得如同站在广阔的原野上,如同新生。太好了,太高兴了。心有余悸地抬头一看,他穿过的圆孔是天上的星星。那么我到了另外一重天?四下里却又是见惯的景色。管他的,呼吸畅快就好。不知怎么就来到一所屋子里。屋子当中立着一块板子,板子上有很多圆孔。墙壁像钢板一样结实,他一点也不心慌,轻轻一跃,非常轻松地从其中一个圆孔钻了过去。想起小时候吃桃子吃下了一条虫。他担心虫子在他肠子里作怪,叫母亲给他调辣椒水,他要辣死它。母亲拿来一个粪瓢,叫他蹲在上面,不一会告诉他,虫子已经屙出来了。现在,他比这条虫子更灵活,能从任何一个孔钻进钻出。他感觉自己不像一条虫,更像一股风。穿过针尖一般大小的圆孔时,他并没有感觉身体变长。只要他出现在圆孔面前,圆孔就会立即和他的身体一样大,穿过去后再恢复原状。他觉得太好玩了,忍不住穿进又穿出。隐约听见母亲叫他的小名,叫他不要再玩了。他嘴上答应了,又玩了一阵才停下来。

玩够了,站在开满鲜花的园子里,看到老伴不再是螳螂,而是一只蝴蝶。她没和他说话,专心致志地寻找又大又亮的露珠,好把露珠当镜子,把自己打扮得漂亮点。他知道她就要转世成人,不好好打扮不行。如何知道的不清楚,反正就是知道。听到身后沉重的撞击声,他发现那块板子已经变成一张放大的照片,圆孔不再是圆孔,是全家福上的人的面孔,是他的亲人们的面孔。他们想钻过来,但孔太小了,小得塞不下一根指头,难怪撞击声那么大。他想帮他们,可一点也帮不上,他既无法把孔扩大,也无法把板子移开。有人焦急地哭起来,他既难过又无能为力。回头叫老伴帮忙,连喊几声才想起老伴已经死了,已经变成螳螂或蝴蝶,再也帮不了他了。这时前面出现一只阔嘴鸟,他走过去,阔嘴鸟飞了起来,他也一下飞了起来。阔嘴鸟越飞越高,他感到身边呼呼飘过白云,他想踩上去,又知道根本不可能踩上去。天空变成虚空,没有云,甚至没有空气,阔嘴鸟还在飞,他惴惴不安地跟随。这是要飞到哪里去呀?阔嘴鸟没有回答,又粗又短又宽的嘴里发出嘹亮的叫声,他看着它脚爪上的卷形鳞,感觉自己的脚上也包着卷形鳞,像厚袜子。

  天亮后,他呆呆地坐在大门口,看着雨丝拉长的生命线,他想给孙女打个电话,想请她把照片再放大,大到不能再大。但他明白,即便把每个人的脸放到脸盆那么大也是穿不过去的,就像他不能代替他们去拜忏一样。他惆怅而又缓慢地转着两根大拇指,它们互相为轴,像两个老朋友,相对无言,唯有轻轻摩挲。好多年没有人叫自己的小名了,在梦里没当回事,现在特别想再听一听。这时罗家嫂嫂撑着伞从竹林后面走来,有点像母亲。他幽幽一笑,笑容还没展开就皱起眉头并抿了一下嘴,像刚刚得知真相的孩子。阔嘴鸟飞走了,自己还在地上。

诗人与香菇

平洋叫人来找我,要我给来的人设计包装盒。我告诉他,杂志社的美编只会书刊设计,没设计过包装盒。平洋说,包装盒不是更简单吗?他霸道地补了一句:这么多年的朋友,这点小事算什么呀,你就不要推了,又不是要你亲自做,叫你手下做不就行了。

平洋是我在地质队工作时认识的,他在黄金部队当文书,黄金部队是武警部队,也搞地质勘探,我们在业务上没有合作,共同的爱好让我们成了朋友。他写诗,我写小说。我离开地质队后还在写,尽管江郎才尽,心里总是不甘。他离开黄金部队后不写了,不是对写诗失去兴趣,是兴趣太广泛。在部队时,有规章制度作桶箍,平静如水,失去桶箍后,浪潮迭起,兴趣广泛得让人吃惊。他买过一条橡皮船,从小区门前的河流起漂,这条河是长江的二级支流,他准备从我们这个城市漂到长江。结果漂了一个小时就爬了起来。他住这个城市的上水,小区门前的水还算干净,漂到市中心,臭得他屁滚尿流,急忙上岸。有一次,他问我愿不愿意和他一起出家。早上念念经,下午读读书,晚上,哥俩聊天喝酒,多好的生活啊。我说,出家人是不能喝酒的呀,杀盗淫妄酒,五戒。他说,那算了。

放下电话不到两分钟,平洋介绍的人就来了。这人让我大吃一惊,又高又瘦,身高至少两米,脖子比脑袋还长。我暗想,难道前世当长颈鹿?我第一次没在高个子面前感到自卑,并且非常担心他一不小心折断脖子。他弯腰进来时,就像老蛇进洞,前半截进来了,后半截还撅在外面。他把图片拿出来,是香菇,看上去没什么特别之处。名字怪怪的,叫麻子香菇。我不便多问,把美编叫过来,安排她记下长颈鹿的要求。

长颈鹿不善言辞,这点和我很像。他坐着比我站着还要高,手指像筷子一样长,没肉,我怀疑是指间肌肉萎缩,而不是因为瘦。任何东西到他手里都缩小了一半。美编过来时他已经坐下了,即便坐下也吓了她一跳。她结结巴巴地听我吩咐,接过照片和文字材料转身离去时脸红到耳根,就像刚刚见到了心目中的白马王子。我猜她下班后一定会和闺蜜见面,不把今天的奇迹说出来,她会坐立不安的,说不定还会猛吃,过几天又后悔不迭。长颈鹿请我抽烟,一看就知道是为了见我专门买的。我不抽烟,不知为什么却接了过来。他把烟夹在中指和食指指根,就像指头无力或者缝隙太大夹不住,只能夹在指根。他的手叫爪子更确切,徒手抓乒乓球比赛,可打遍天下无敌手。他没有火,我也没有。从其他办公室找来火机点上后,我和他都松了口气。他把烟吐在大手里,再从漏缝的指骨间冒出来,以免烟喷向我,其实我和他相距至少三米。我告诉他,设计最快要明天才能做好,他点了点头,没有告辞的意思。下班时间已到,他是不是要请我吃饭?我可不想和陌生人吃饭,何况是一个引人注目的陌生人。他突然像生病了一样,手脚抖个不停,这么抖下去会散架的,我忙问他要不要上医院或者要不要吃药,如果他随身带有药的话。他连连摆手,憋不住说了出来,问印这个要多少钱。交流了好一阵才明白,他以为设计和印刷是无缝工序,在我们这儿就能全部做完。我告诉他我这里只负责设计,印刷得找印刷厂。既然是平洋叫你来的,设计不要钱。印刷厂也可以帮你联系,价格你自己谈,印量越大单价越低。他感激地看着我,把爪子放嘴上,吧嗒了几下,烟没吸进去,长脸左拉右扯,像准备调集千军万马与这支不听话的烟决一死战。我忍不住想,他是生菌子的菇木变的吧,被种香菇的女主人唤醒,抖掉满身香菇站起来,待在与世隔绝暗无天日的地方生机勃勃,一旦走出菇房就死翘翘。

美编捂着嘴窃笑着问我要电子图片,长颈鹿正好站起来,要把刚才一屁股下去时坐在下面的杂志拿开。这是我午休时躺在沙发上读的一本杂志,退过我的稿,因此怀着小人心理,看着长颈鹿把它压在屁股下面却不以为意。没料到他拿开它这么费力,几十斤重似的。我沉浸在对长颈鹿的巨大同情中,觉得美编不是要电子稿,是要再次证实她的眼睛,虽然我明知设计要图片电子稿,我还是忍不住想,如果她敢尖叫,那她明天就不用来上班了,哪怕她是杂志社最漂亮的女生。长颈鹿没有电子图片,不知道什么叫电子图片。美编认真地问我怎么办,我叫她用相机翻拍,今天一定要加班做好,人家这么远来,不能让他等到明天。她点头答应的样子美若天使。

烟烧到指根,他的手指太僵硬太不灵活,无法一下把烟蒂甩掉,把他烧痛了。说不定这是他平生第一次抽烟。痛似乎不重要,重要的是摆脱尴尬和羞赧。他嘿嘿笑着,用另一只手把烟蒂顶了出来。

"你今天住哪里?"

"我才来。"

"坐班车来的?"

"平洋老师的车。"

"他去那里干什么?"

"扶贫。"

"在哪里扶贫?"

"无岢。"

"无岢?无岢是哪里?"

"牛栏江。"

就不能多说几个字。牛栏江我晓得。有点远,云贵交界,来此七百公里,自己坐车不可能这么早赶到我办公室。

我这才意识到,那张手写的、有商品名称和产地信息等的材料一定是平洋写的。包装设计、商标注册什么的也是他在帮他张罗。

"平洋呢?"

"我不晓得,他叫我来找你。"

"他把你送到楼下的?"

"送到你门口。"

"这家伙,到了我门口都不进来!"

"他着慌。"

"慌什么,火烧他屁股?"

"嘿嘿。"

我去隔壁看美编进展,还没进去,身后传来咚的一声,看到门口黑影一闪。我立即转身,不知为什么快不起来,待我扑到门口,看见长颈鹿半躺在地上。他本想跟过来一起看看效果,谁知头撞在门楣上了。真是吓人,满脸鲜血,我忙拿抽纸给他擦血,不过更担心的是他的脖子。我的惊叫声引来了所有加班的人,有人说打120,有人说拆下门当担架,还有人拿来创可贴。伤口足有两寸长,创可贴根本用不上。长颈鹿从晕厥状态中醒过来,努力地扭着屁股想歪到沙发上。我轻轻扶着他的头,不敢用力,怕折断他的脖子。还好,他终于坐到沙发上,脖子没断。他的身高让所有人惊叹,他们为此又说又笑,是他们加班的意外收获,比给加班费还高兴。我把一卷纸按在他伤口上,叫人和我一起送他上医院。我看过两只长颈鹿打架的视频,它们互相甩头,撞击脖子,并不激烈,但失败者倒地后站不起来。这位头上开裂的长颈鹿肯定没有真正的长颈鹿强壮,出门、进电梯,我们一齐喊,低点,再低点,同时下意识地想要跳起来挡住门楣。

医院没那么长的床,我估计没哪个医院会有。还好医生总是办法最多的人,他让他半截身体搭在床下,半截搭在床上给他缝针,医生做手术的样子像在维修石拱桥。一直以来,我总是对我的身高感到自卑,悄悄打听过哪里能买到内增高鞋,此时此刻,看着长颈鹿导风管一样长的裤腿,暗想矮个子也好也好。我抽空给平洋打电话,抱怨他怎么不和长颈鹿一起来,把他丢到楼下就溜了,他对城市一点不熟悉。平洋说,他找转业后开公司的战友去了,希望战友替长颈鹿支付包装盒的印刷费。我告诉他长颈鹿受伤了,很严重。平洋一下急了,忙问怎么受的伤,伤情如何,他马上赶来。

缝了七针。缝好后用纱巾缠了一圈又一圈。如果不是伤口有那么长,我真怀疑医生把他打扮成阿拉伯人是为了搞笑。我当时没笑,过后只要一想起来就忍不住笑。平洋来了,长颈鹿一见到他,就像走失的孩子见到母亲一样,长腿长手像蜘蛛腿一样同时弹了弹,激动得话都说不出来。我们扶长颈鹿上车。平洋确实细心,他开了辆商务车,把椅子拆掉一排,让长颈鹿坐在地板上,要不然他根本坐不进去也坐不下。地板上垫了一把谷草,我要是这么坐,二十分钟都受不了,长颈鹿坐了七百公里,七个小时,骨头没散架真是奇迹。他的衣服上有不少血,平洋说甭管它了,找不到衣服给他换,到住的地方给他搓一搓,天气这么热,一会就能晾干。我问长颈鹿身高多少,平洋说两米二七。天啦天,比姚明还高。他要把屁股翘在屋子中间,头才不会撞上门楣。刚才不小心撞上去,一定是地上的漂亮杂志让他踩滑了,否则不会摔倒。那些杂志封面和内页都是铜版纸,和香蕉皮一样滑。

无论走到哪里,我们都会引人注目。我有点恼火,长颈鹿那么高,我那么矮。平洋一米七五,我们站着不动,就像两根壮实的桩子保护一根细细的旗杆。平洋说他最近在山洞里藏酒,每个山洞里藏一坛,等他老了,每个山洞住一阵,这个山洞的酒喝完了去下一个山洞,等到把这些酒喝完,死在某个山洞里,那就是最后的归宿。"要是被别人找到喝掉呢?""我藏的没人找得到。""就怕到时自己也找不到。""我做了记号,只有我看得懂。""等你老了,医生说不能喝怎么办?""医生的话不能全听。""那你得好好保养,保证老了还爬得动。""现在我尽量少喝,等我老了再喝。"诗心永在呀,我暗想。"藏了多少?""几十坛。""不够啊,一坛喝十天,几十坛喝几百天,从七十岁开始喝,八十岁还不死,那得多少坛?""也不是天天喝嘛,心情好就喝,不好就不喝。我在张天祥家那地方藏得最多,他们靠得住,不会有人偷我的。"

长颈鹿的名字叫张天祥,太普通了,我觉得还不如叫长颈鹿。

坐下吃饭时,平洋嘻嘻笑,露出一口白牙。他说你不是经常去扯风吗?你安排下,我带你去张天祥的老家扯风。他嘲笑我,故意把采风说成扯风。不是嘲笑采风本身,是嘲笑我借采风之名为杂志社赚钱。为了把杂志办下去,我的脸皮越来越厚,经常巧立名目干这干那,说是为了文化事业,其实是为了大家的工资和福利。

"他们那地方的人都像他这么高吗?"

"和我们差不多,像他这么高的就他一个。"

平洋说,"他们那地方"不是一座山,也不是一块坝子,更不在河边,而是一个巨大的天坑。这个天坑藏在贵州和云南交界的深山里,就像月亮落下来砸了个坑,月亮变成水变成雾回到天上,天坑却再也不能复原。几千万年过去了,天坑里发出危险的蓝光,自负、自恋,既可怕又神秘。航拍照片上,天坑仿佛一块巨大的蓝宝石。天坑下面有森林,有泉水,有溶洞,换言之,天坑里的一切不是用来吓人的,只是不想和天坑之外有瓜葛。

这还不是重点,重点是几十年前,长颈鹿的父辈们得了麻风病,有关部门让民兵把十几个公社的麻风病人集中起来,用箩筐吊着放到天坑底下,然后往下撒消毒粉。民兵连长允许他们把想带的家产都带下去。他们不带也没人要,他们住过的房子、用过的水井、栽下的果树,凡是被他们摸过的东西,包括他们摸过的钱,都成了邪恶之物,人人唯恐离它们不够远。他们离开后,为了彻底清理麻风病毒,民兵连长下令把他们的房子烧掉,水井填平,果树自生自灭。

天坑四周成了禁忌和禁区,没人愿意接近,谈论时也心照不宣地用隐语,就像直接说出来会引火烧身似的。只有不知底细的鸟儿在越来越翁郁的树林里歌唱。直到二十年后,一位猎人被岩羊引诱到这里,才发现天坑里有人,他们居然没有死,居然全都还在里面,居然悄悄在天坑里面种庄稼。

平洋笑着讲述时,我总是忍不住看坐在对面的长颈鹿,想着食物进入他的嘴,从长长的食管下去,半天才落进胃里,是多么漫长啊。如果他吃面条的话,面条是直直地垂落下去呢,还是盘旋着落下去?他天真地看着我和平洋,偶尔补充两句。他的舌头的长度很正常,但是能与我们交流的词汇不多。

被发现后又过了几年,有关部门组织医疗队下去检查,他们的麻风病已经痊愈。得过病的人留下残疾,但体内不再有麻风病毒,在天坑里出生的人和我们一样正常。几十年只有十一个人死去,也是因为年老自然离世。

他们在天坑里养猪、养羊、种苞谷、种土豆、种青菜。他们还在天坑里修路,一条窄窄的小路盘旋而上,盘到三分之二处,有一个偏岩腔,扩整后在悬崖边上砌石墙,因为最接近坑口,是天坑里最明亮的房间。他们把石屋当成学校,教室只有一间,有人路过还得从教室中间穿过。学生最多时有七个,教室里挤得满满当当的。长颈鹿是这所学校第一届毕业生。说第一届其实不准确,学校不分年级,也不管年龄,没有毕业时间,患麻风病的老师把带到天坑里的书教完,学生就该毕业了。长颈鹿只会用树棍在地上写字,学校没有纸和笔,珍贵的纸笔一直留在教室上方的一个石缝里,连老师都舍不得用。小路修到离坑口还有两米的地方不修了,环天坑修了一圈。他们是不允许到天坑外面去的。民兵连长像炸雷一样的声音还在坑口上方回荡:你们敢爬上来,不要怪我的子弹不长眼睛!长颈鹿和同学攀着石缝爬到坑口往外张望过,眼里只有树,没有天坑里的树高,但比天坑里的树粗壮。

平洋激动时手舞足蹈,长颈鹿的眼睛跟着他的手轱辘轱辘转,像动漫里等着说傻话以便衬托主角聪明的小伙伴。他的话倒也不傻,只是没平洋精彩。

"爬上去一点都不难,可我们都不敢。"长颈鹿说,"我们小时候玩得最多的是假扮大人,假装成了家,假装有了孩子,假装有做不完的事情,故意问这问那,假装打听对方的亲戚叫什么名字,有好久没来了,在哪个生产队。要不就学大人种庄稼,天坑底下泥土太少,大人种的每一棵庄稼我们都看得见。"

平洋说他们现在不种庄稼了,全都种香菇,天坑下面到了冬天最冷时也有七八度,又没有风,一点也不冷,夏天最高气温二十几度,真正的冬暖夏凉,特别适合香菇生长。他们被发现时香菇不多,自给自足,种多了没用。自从开始拿到上面来销售,天坑外面的人也跟着种,售卖时全都冒充无岙天坑的麻子香菇。两者差别非常大,真正的麻子香菇不是一般香菇,是花菇,是香菇中的上品,菇质肥厚,晒干后菌盖上白中带黄的裂纹像盛开的菊花。个头比普通香菇小,但菌褶更细更白更干净,香味更浓郁。天坑里有野生香菇,以前并不清楚野生和栽种的区别,或许真没多少区别,现在区别越来越大,不是口感,是价格。平洋因此叫天坑里的人赶紧注册商标,设计有专利权的包装盒,把假麻子香菇打压下去。天坑最初住的是麻风病人,不好直接说,隐晦地把天坑里的香菇叫作麻子香菇。我认为不应该叫这个带有侮辱和歧视性的名字。平洋说这个名字已经出名了,叫别的名字不好卖,没人要。我无可奈何地骂娘。问长颈鹿怎么看,他说不晓得。每件事拆开看都理所当然,连在一起却又那么荒谬,难不成这才是世道和生活?

即便医疗队检查后没有麻风病,天坑上面的人还是不准他们搬出来。除了怕麻风病毒,还有私心作祟——土地和山林分了好多年了,再要把自己的土地山林重新分配给他们,在坑上人就像从身上割下一块肉啊。长颈鹿说有一天他们发现天坑外面的树全部被砍掉了,不知道发生了什么事。现在才知道,那是土地承包到户时发生的事情,当时山林分不分各执一词,于是各家各户拼命砍,不管有没有用,无论大小,全都砍倒扛回家去,把山坡剃了个光头。

"最初几年还被开垦成玉米地,为了多收几斗苞谷,他们不怕麻风病。不是因为贪婪,是饿怕了。肚子不饿了,皮肤饿、眼睛饿、灵魂饿。"平洋说,语气一点不像写过诗的人,像看不起人的知识分子。

"即使给我们土地和山林,我们还不一定要呢。"长颈鹿摇晃着脑袋,不屑地说,"我们在下面住惯了,住得好好的。"我暗想,有块红玻璃别在纱布上就更像了。如果他是真正的阿拉伯人,又会怎样看待自己呢?

"在天坑看月亮都不一样,很想写诗,可看了半天一句也写不出来。"平洋笑了笑,"我的灵感全都跑到酒杯里去了。"

我无法想象他们被吊到天坑时的心情,无法想象这几十年是怎么过来的,当然也无法预料他们将来的生活,反正觉得这不对头,不是正常的事情。就像长颈鹿的衣裳,既不能说是中式衣,又不能说它是汗衫,这是一件对襟布纽扣、没有袖子、没有衣领、粗针大线的衣裳。最奇特的是两边下摆的口袋,深得出奇,可以放面粉、大米、香菇、猪崽,甚至有可能放得下牛犊。但这毕竟不能算是一件好看的衣服。

"伤口还痛吗?"平洋关切地问。

"痛倒是不痛,就是脑壳有点重。"长颈鹿双手捧了一下脑袋。

"是纱布太厚的原因,还是因为流血过多?"我问他。

"我不晓得。"他说。

"那早点休息吧,躺到床上就不重了。"平洋说。

我们带长颈鹿去杂志社附近的小旅馆,床太短,老板娘哈哈哈地笑着说可以加茶几。但房间太小了,长颈鹿的头和脚都将顶在墙上,睡在里面就像给房间加了一根横梁。这些他都可以克服,卫生间他进不去,即便不洗澡,解手也没办法。这个卫生间比鸡窝大不了多少。我们只好把他带走,去找卫生间大点的酒店。

三天后,平洋把包装盒和长颈鹿塞进双排座,没有我的位置,我只好另外开了辆车,跟着平洋去"扯风"。平洋特地带了坛陈放了两年的白酒,说今晚上在天坑里好好喝。"本来是不喝的,但和你在一起,必须喝,不喝不行。"日落时分,终于到达无岙天坑。这个岙字我是第一次见,念影,无岙就是无山脊。天坑四周确实没有山脊,是丘陵地带。当编辑时间长了,总是忍不住想修改别人的句子,觉得不如叫无影天坑更好。

当地人大概想把这里打造成旅游景点,路旁的标牌看上去有点旧。但长颈鹿说这是去年秋天立的,残缺的标语还能猜出原意:游秘境天坑,品农家美味;麻子香菇香飘四海;发展旅游,共同致富。天坑里的小路也被修整过了,一边上一边下,还加了护栏。不知道为什么没有成功,是忌惮麻风病,还是天坑本身没有吸引力。就像我对自己作品的判断一样,我从来就没搞清楚过问题出在哪里。自以为很好,读者不买账;自以为一般,读者更不买账。失败情绪贻害无穷,但就是不曾骄傲过一回。

天坑里有十一户人家,他们对我和平洋的到来不冷不热,并没有因为平洋给他们送来了免费包装盒就格外热情。习惯成自然吧,被隔绝被遗忘了几十年,和外面的世界不再来往,那种饱含阳光的热情是不可能有的,我想。每家每户都种香菇。麻子香菇出名后,他们就不再种粮食,也不再喂养牲畜了。香菇背到天坑外面的烘房烘干后再背下来,摆在天坑中间的台子上供游人选购。以前要背到乡场上去,现在用不着了,因为供不应求。悬崖上的学校还在,煞有介事地挂着天坑小学的牌子,桌椅也在,天坑里的孩子早就不在这里上学了,他们去无岁乡上幼儿园那天起,就永远离开了无岁天坑。

所有人说话都很小声,小心翼翼,就像怕大声了把悬崖上的石头震下来。说不定真能震下来,有几块大石头看上去摇摇欲坠。站在天坑里面,有种站在地心的感觉。天空是圆的,似乎一下高了许多,也亮了许多。坑底有好几块巨石,巨石之间的大树又细又高,它们为了汲取阳光,忘了长粗,只知道拼命往天上生长。还好里面不会有暴风雨,它们从未折断过。这些树是最近十年长出来的,以前每一寸泥土都被他们用来种庄稼,不允许树和杂草生长。他们没挨过饿,但也没放开大吃大喝过,每天只吃两餐。最艰苦的时候,土豆不削皮,玉米要连同玉米芯一起吃。

天黑下来后,天坑里安静得像在天堂。

天坑里有供游人住宿的六间小木屋,因为地盘所限,每间屋除了一张床,只能摆下一个洗脸盆,没有桌椅。我很难说我喜欢还是不喜欢这个地方,这里清静得让人心跳加快,让人恐慌,让人想说话又无话可说。我觉得这个地方很有旅游价值:无论是麻风病不治而愈,还是他们在天坑的神秘生活都是奇迹。平洋说:"不能以风景之名,让他们重回忍耐之中。外人的好奇心,对他们是一种耻辱,在这里搞旅游开发不人道。"我说,不人道的东西也值得一看,至少可以让人思考。他狠狠地横了我一眼。

晚饭前长颈鹿带我参观了他的家和菇房。房子紧靠悬崖脚下,屋顶是杂草、树枝、碎布,自石壁斜下来盖成一面坡,与双坡屋顶比起来不但难看,也低矮了很多。我说这遮不住雨呀,长颈鹿说再大的雨落到天坑都变小了,被悬崖撞碎了,变成粉状的雨,除了四月八的大雨,其他时候都能遮住。他的床长得像龙舟,被子很薄很干净。他们被吊到天坑后,卫生成了首要需求,比吃和穿还重要。天坑里有一股筷子粗细的泉水——难道是冥冥中早就安排好的?水从离坑底两米高的石缝里迸出来,散开后消失在天坑底部的乱石丛中。他们把泉水箍成两个水池,位置高的那个舀来饮用,下面一个用来洗涮。洗涮过的水不允许流走,挑来淋他们的栽种。半崖上挂着箩筐,当初吊他们下来的箩筐被他们装上土挂在悬崖上,每个筐种一窝土豆。每天都得有人爬上去浇水。现在挂着的是假的,当年的竹筐早烂掉了。假箩筐是塑编的,里面种的是耐旱的天竺葵,缺乏管理,长得瘦瘦的,一副死给你看的模样。菇房就在住房一侧,用草帘子隔开,更简陋。掀开帘子,一股热烘烘的香味和霉味同时扑面而来。长颈鹿说大家能够活下来,是父辈把能带的劳动工具都带来了。在民兵连长的恩典之下,还带了几十筐土。第一代天坑人仍然活着的还有三位,长颈鹿特地带我去看望他们,其中一位两个拇指秃掉了,能做所有的事情,早就习惯了没有拇指的生活。最恐怖的一位,麻风病毒吃掉了他的鼻梁骨,鼻子塌陷后上嘴唇变长了,越看越像大猩猩。他们被参观过无数次,谦虚地微笑着,为自己还活着感到惭愧。"什么药也没吃吗?""吃的,开始几年天上有磺胺飞下来。""是什么时候开始好的呢?""我们也不晓得,反正下来没过几年就好了。"

长颈鹿的女人像猫一样安静,对我和长颈鹿视而不见,他们的三个儿女带着青春去了远方,和其他年轻人一样很少回来。他们到底在哪里,过得怎么样,长颈鹿也说不清楚。天坑里手机不能用,又不敢到镇上去给他们打电话,害臊,怕横眉冷眼。"反正又没什么好说的,不打也行咯。""不想他们吗?""嘿嘿,想也是想的。"他的嘿嘿不是笑,而是企图掩饰他的无奈和忧伤。

我们在天坑正中间的亭子里吃饭,天坑外要再过一个小时才天黑,而里面已经是真正的夜晚。两年前通上电,但天坑里的人不适应亮晃晃的电灯,能不开灯就不开灯,天色擦黑就睡觉。亭子里这一盏孤灯形同鬼火,显得弱不禁风。平洋说今后这里就是他的家,他将终老在这里。"你藏在那些山洞里的酒怎么办?""逗你的,其实我只在天坑里的山洞藏得有。""应该在这里搞一场诗歌朗诵会。"

酒至半酣,平洋朗诵诗歌。没有诗集,手机又没信号。我能朗诵的是当年上学时要求背诵的几首古体诗,新诗一首也记不得。而平洋的记忆让人吃惊,很多人的诗他都记得,随口就来,这些新诗是他在黄金部队时读的,这么多年没忘。当他朗诵到"给每一条河每一座山取一个温暖的名字/陌生人啊,我也为你祝福"时,他没有任何征兆地哭了起来,越哭越伤心。我被平洋莫名的悲伤感动,喝干碗里的酒,然后流着泪一遍遍说:我的兄弟啊,我的兄弟。长颈鹿也哭了,他的哭声像山洪咆哮。在天坑里,我们的柔肠让我们成了不写诗的诗人。

睡着后噩梦连连,就像掉进了深不见底的陷阱,陷阱上面有盖子,盖子是玻璃的,可以看见天空,看得见出不去。惊醒后,听见啪哒啪哒的脚步声,头昏脑涨地推开门,朦胧的光影里有人走来走去。长颈鹿也在其中,我问这是干什么,他说他们要把香菇拿到天坑上面去烘干,天坑下面太潮湿了。这也太早了呀,天都还没亮。长颈鹿走到木屋前,悄声告诉我,天坑里的人睡得早起得也早,当初是因为睡着后感到害怕,一旦惊醒绝不再睡,马上起床干活,现在不再害怕了,但习惯改不了。

被运香菇的人闹醒后,我一点也不想再睡,即便没有他们弄出来的细碎的声音,我也不想睡了。平洋的鼾声一点不比那些细碎的声音小,就像在不断加大油门,准备驾着小木屋起飞,只要他把手刹一放,小木屋就会腾空而起。他喜欢飞,是我们当年常聚的人中第一个飞到天上去的人。武警黄金部队总部与生产战斗机的单位隔一座山,都是三线时期迁到山沟里的国防保密单位。飞机厂的新战斗机生产出来,喜欢到武警部队找人试飞,当兵的年轻,胆子大。平洋当兵到黄金部队后得知有这个"福利",就像捡了个大便宜,有试飞机会抢着去。其他人谈论如何让诗和小说飞翔,他谈的是身体如何飞翔。"写诗要让身体飞起来,只有身体飞起来,灵魂才能飞起来,要让身体摆脱大地的吸引,要像战斗机起飞的时候一样,一飞冲天。"他想要的不是战斗机,而是自己有一双翅膀,甚至不是翅膀,是背上一枚火箭。这种性格在部队上问题不大,转业到地方上后,他这隐形的翅膀屡屡受伤。说话不会转弯,像打炮一样,要么乱说一气,要么搞笑,领导和同事见到他张嘴就心里打怵。被他刺中的人心里怀恨,站在岸上的人幸灾乐祸,巴不得他再说几句,背地里看不起他又不敢惹他,怕他不懂人情世故的毒箭射向自己。刚和他接触的人觉得他必有过人之处,喜欢和他交往,一旦看出他乱放炮的性格,就会疏远他,注意和他保持距离。

只有在天坑这样的地方才不会有人嫌弃他,说什么都不会有人生气。在这里他的箭上没有毒,虽然也没有蜜,但它是干净的直接的。他真驾起小木屋起飞,他们也不会大惊小怪。在他们眼里他无所不能。他组织过天坑攀岩和跳伞,并且亲自参加。

站在天坑上面往下看,感觉天坑下面是圆的,从小木屋看出去,前面是圆弧形,加上小木屋所在的底边,像一道巨大的欧式门,我知道这是假象,天坑的形状要从天上看下来才是真实的。在天坑下面视觉听觉都变了,从上面看下来,觉得它只有一个足球场那么大,站在下面感觉比四五个足球场还大。大石头和大树对视线的干扰、悬崖对身心无形的压力都会失真。平洋说,天坑面积八十七亩,相当于七点五个足球场,悬崖平均高度是两百七十八米,相当于五十层楼高,以前是村里人丢瘟猪、瘟鸡,死牛死马的地方。什么东西需要彻底抛弃,天坑就是他们最大的垃圾桶。

重新安静下来后,我在一块平整的大石头上坐了一阵又躺了一阵,只能侧躺,否则会感觉天坑正在收拢,自己就要成为瓮中之鳖。晨光从坑口筛下来,落到坑底,像毛毛雨一样似有似无。我借着微光走到泉水边,在下水池捧水洗了把脸。他们自己烧石灰,加上石头与石头敲打得来的细沙,再拌和天坑里珍贵的黏土弄成三合土,反复捶打砌了两个水池,经年的踩踏和淘洗,两个水池成了天坑下面唯一闪光的东西。站在泉眼往外看,天坑又成了椭圆形的大扁桶。他们当年是从泉眼对面的悬崖垂吊下来的,对面的悬崖往里倾斜,箩筐下来不会碰到石壁,可以一直垂到底。不是因为人道,是怕落在半崖上又爬上来。感染上麻风病毒的二十九人和他们的家属总共四十三人,从悬崖上垂放下来时是多么壮观,多么惊心动魄,恐惧和屈辱是几百吨重还是几千吨重?这份重量本身就能再砸出一个天坑。

让人惊恐的不只是悬崖,在此之前,他们听说天坑里有一条蟒蛇,水桶粗八丈长,鳞片像铠甲一样硬,刀砍不进枪打不穿。一听说要被放到天坑里,他们就想这等于被判了死刑,这不是让他们到天坑里来喂老蛇吗?虽然是传说,但他们对传说历来笃信,从不怀疑。在天坑下面坐了一天一夜,既不知道饿,也不觉得渴。从害怕蟒蛇到盼望蟒蛇早点把自己吃掉,最初的惊惶过去后,摆在他们面前的是巨大的悲哀,他们宁愿把悲哀放进蟒蛇肚子里。他们还没死,但已经被埋葬了,是活着的死者,因为再也不能和天坑外的任何人联系。这比死掉还悲惨,村里人死了还有人哭,有人送上山,有人埋葬。他们被几百双厌恶的眼睛扫地出门,被当成妖魔鬼怪打进天牢地狱,是地狱又不是地狱,是人间又不是人间。

昨天晚上,长颈鹿讲起这些不时嘻嘻笑:"一开始他们想哭,硬是哭不出来,不晓得是怎么搞的,哭出来就好了,可就是哭不出来。"他去找我设计包装时,像离开水的鱼,只会张嘴不会说话,随时准备死翘翘。回到天坑后立即变了个人,声音和表情无比丰富,连长长的脖子也变软变灵活了,不再让人为他提心吊胆。他女人做的麻辣香菇丝堪称一绝。香菇剪成丝,从菌盖边缘开始剪,剪到最后不断开,足有三十厘米长,炸半干后撒上辣椒和芝麻,又香又耐嚼,可以及时消解白酒留在口腔里的苦味。长颈鹿喜欢吹木叶,平洋朗诵诗歌时他吹木叶,他吹他的,不管平洋朗诵的内容,居然天衣无缝。

"柴八公是个石匠,他对当杀猪匠的张其众说,张其众,反正我们活不成了,麻烦你把杀猪刀拿出来,先把我们杀死,然后你再自杀,请你看在我们同病相怜的分上做件好事。张其众说,我杀过猪,可我没杀过人呀。柴八公说,凡是得了病的人,自己想办法死,没得病的,想办法爬上去,爬上去不要停留,跑得越远越好,跑到外国去最好。大人得了病的,娃娃没得病也被吊了下来。家里只要有一个人得病,他就成了全家人的感染源。那些没得病的人最恨的不是吊他们下来的人,是他们家生病的那一个人。有人一直想弄死家里的祸害,但这种病会通过血液传染,怕血沾到身上才没敢动手。他们吵翻了天,所有人放开喉咙扯旗放炮,想说什么就说什么,说不出什么就吼叫,悬崖上的石头都被震落下来了。我爷爷比他们年轻,当时才三十多岁,比我现在还小。他当过兵,坐过火车,见过世面。听他们越吵越凶,他忍不住大吼一声,不耐烦地问他们,死什么呀你们,都被放到天坑里来喂老蛇了,还要怎么个死法呀,还有死的余地吗?他们不吼了,伤心地昂昂大哭。"

长颈鹿停止不讲,过了一会仰头唱起来:"哭昂昂,昂昂哭,口口声声断人肠。哭昂昂哟,昂昂哭哟,半夜三更断人肠。"

他一边唱一边给每个人倒了杯酒,以掩饰滚出来的眼泪,杯子在他的爪子里像鸡蛋。飞蛾撞在灯泡上,撞得叮当响,就像听了我们的故事难过得要自杀似的。我和平洋慢慢嚼着香菇丝,听长颈鹿慢慢讲。

带到天坑的熟食很快吃完了,长颈鹿的爷爷和石匠、杀猪匠等几个脾气大又心烦的人,把天坑里石旮旯、石洞石缝翻找了一遍,说如果找到蟒蛇,就把它杀来给大家吃肉。"它想吃我们,我们还想吃它哩。"石旮旯没有,把石头掀开来找也没找到,最大的动物是会飞的甲虫。没找到蟒蛇,他们找到了泉水。长颈鹿的爷爷说,只要有这股水,我们就死不了。"这是龙王菩萨显灵,是他给了我们这股水,我们好好活吧。我爷爷高兴得眼泪鼻涕口水一起流。哈,差点发大水。"

但他们高兴得太早了,几个月后,他们带下去的粮食吃完了,只剩几坛猪油。种出来的东西不够吃,阳光太少,土壤又薄,种什么都不肯长,长得死瘪瘪,像和人怄气一样,南瓜、茄子、土豆长得都比在天坑外面小一半,玉米干脆不挂苞。蔬菜倒还不错,因为长得慢,总是嫩悠悠的,但蔬菜不能代替粮食,光吃蔬菜尿都是绿的。

柴八公质问老天爷:你到底是怎么安排的呀,你这个死老头子?要我们死就不要流那股水呀,要让我们活就让我们好好活呀,这二不挂五的,你到底是睡着了呀,还是整起我们好玩呀?整起好玩去整别个呀,整我们这些可怜人干什么呀?长颈鹿的爷爷说,八叔,埋怨老天爷有什么用啊?老天爷早瞎了聋了,既然把我们安排到天坑里,就得问天坑要吃的。柴八公说:"天坑里只有石头,石头不能吃呀。"长颈鹿的爷爷说:"把月亮割一块下来吃。""月亮!我能把天上的星星全部吞下去。"

猪崽吃树皮树根野草,瘦得皮包骨头,整天在天坑里乱窜,土里的草根和昆虫都被它们拱起来吃掉,荤腥不论。长颈鹿的爷爷带人把吊他们下来的箩筐装上土,挂到悬崖上去种土豆,离坑口越近越好,离坑口越近就离阳光越近。柴八公带人修路,张其众带人攀岩管理种好的土豆。长颈鹿的爷爷分派食物,安排事务。他把家里搬得动的都搬下来了,除了行头用具,还有大水牛和猪崽,鸡鸭猫狗。柴八公要张其众杀牛来吃,反正又没有土地请它耕,养它干什么呀。长颈鹿的爷爷舍不得,又没法叫大家不挨饿,只好让张其众杀牛。他们连牛骨头和牛皮也吃掉,和着草根草籽吃了半个月。留下一头公猪两头母猪,其余的猪照大的杀,吃完一头再杀一头。猪杀完后再杀鸡鸭猫狗,长颈鹿的爷爷知道这不是长久之计,继续在天坑里寻找。他平时都是低头寻找,看地上长出来的东西有哪些是可以吃的。他说,再找不到吃的,只有吃人,谁最老先吃谁。还说三国时候有个地方就这样,父亲还在屋顶上盖瓦,有客人来,儿子磨好刀,仰着脸对父亲说,爹,有贵客来了。父亲说,知道了,等我把屋顶盖好再下来嘛,所以吃人没什么了不起。

长颈鹿的父亲跟在爷爷后面,生怕有人杀爷爷来吃,爷爷年纪不大,但他比别人胖。这天实在愁烦,抬头看了看,不是乞求老天给他们启示,而是眼睛看地上看烦看累了,没料到一仰头看见树上全是香菇。别处的香菇都长在倒下的木头上,天坑里的香菇长在活着的树上,天坑里有几千棵大树,一半树上都有香菇。老头子们重新给老天爷平反:老天爷瞎了聋了,但他的良心还在,只要他良心在,我们就死不了。柴八公说,早就看见这些菌子了,不知道这是什么东西,不知道能不能吃,因此没对别人讲。张其众说,管它吃得吃不得,吃死了好解脱,吃不死继续活。他们不知道这是香菇,叫它树树菌。

吃了一头牛,十一头猪,加上树上的香菇,终于熬到笋筐里的土豆成熟,他们的食物终于衔接上了。种在石缝里的南瓜往树上爬,比前一次结得多结得大。天坑里没有四季,冬天不冷夏天不热,慢慢地,他们忘记了季节,忘记了时间,种什么不再根据节气,而是根据土地是否有空——土地一天休息时间都没有,像多崽婆一样,刚腾空又种上。

悬崖上的小路修好后,箩筐里加种了玉米。人在学习,植物也在学习,人学会了在天坑里种香菇和豆角,玉米学会了在箩筐里生长,猪学会了哼哼叽叽。猪关在角落里圈养,吃饱后就睡,虽然吃的是人吃剩下的残渣,洗涮后的潲水,但承担起天坑里长膘的光荣使命,努力地生长着,它们有权力哼叫着互相吹捧。慢慢地,食物有了结余,猪油和猪肉有了存量。随着物产的增加,规矩越来越多,也越来越细。开始只规定泉水的配给,粪便的利用,栽种的管理,收获的分配。自己发明的办法用上了,生产队的经验用上了,古老的家规家教也用上了。长颈鹿的爷爷成了天坑部落的首领,因为他出过远门,见过电灯电话。他把从部队学来的规矩也用上了,一切行动听指挥,不准顶嘴。

为了他们的栽种物得到更多的阳光,种更多的东西,他们把天坑里的大树砍掉了一半,木材用来盖房子、种香菇,种过香菇后不能再种东西的木头,用来当柴烧。柴灰用来洗衣服,洗衣水用来淋庄稼。一撮灰、一泡尿都不浪费,凡是能利用的东西都不再有贵贱之分,都得到一样的重视。

但天坑的出产太有限了,无论怎么计划和努力,都不可能养活更多的人。最让人忧虑的是盐,盐种不出来,盐越用越少,不可能回收,断盐是早晚要面对的问题。其次是工具上的铁,镰刀、斧头、锄头、铁锅,消耗掉的铁不知去向,可以使用的工具越来越少。老天爷给了他们泉水,但忘了给他们盐和铁。天坑里的盐和铁耗尽之日,天坑居民的大限也就到了。有人说真到那时,就到村子里去抢,去偷,"死都不怕,还怕当强盗么?"但他们都知道,这同样是灭顶之灾,这会给拿枪的人找到毁灭天坑人的口实。他们被驱赶到天坑时就有人叫嚣,何必这么麻烦呀,统统枪毙,然后统统烧掉不就行了吗。想到这些,有人愤愤不平地说,等我要死的时候,我要爬回去死,在他们的房前屋后烂掉,在他们的菜园子里发臭,尸水流进水田,流进山塘,他们想忘记我们,我偏要他们记住。理智的人反驳道:恐怕你还没发臭就又把你丢到天坑里来了,以前不是尽往里面丢瘟猪瘟牛吗?说这些有屁用,还是赶紧想怎么节约盐吧。

长颈鹿的爷爷一再启发大家,不管哪家都不准生孩子,这不是某家某户的问题,是所有天坑人的问题。即便人口减少也不能生,增加一个人口,盐和铁耗尽的日子就会提前到来。但愿老的老死的死,最后那个老死的人还有最后一撮盐最后一块铁。天坑本来就不是活人的地方,最后全都死了,我们该受的罪也受尽了。盖房时,他提出只盖两间,男人住一间,女人和孩子住一间。饭各吃各的,不一起吃,人多胃口好,不晓得心疼,各吃各的才晓得心疼。没有一个人反对,都觉得是这样,只能这样。

老年人可以不要男女之间的生活,中年人也可忍着不要,来到天坑后长大的少年,性冲动像一群小鸟,在他们身体里尖叫、飞翔、蹿上蹿下,即便不吃不喝,也不可能让这群小鸟安静,它们如此强劲如此张扬,占据了全部身心。未来越是绝望,对爱情的渴望越是强烈。反正没有未来,不如把今天过好。

老一辈为了让天坑断子绝孙,从不在孩子面前谈论男女,还不准他们看猪交配,一只甲虫骑在另一只甲虫背上飞过会被一巴掌拍下来,交尾的蜻蜓躲闪不及也将遭到袭击。以为年轻人只要不学这些,就不懂这些。他们不知道这其实不需要学,就像植物开花结果,是不需要学习的,动物没有学过,最后不是全都无师自通?男孩一到十二岁就被赶到男人的房子里睡觉,美其名曰培养劳动力,实际上是将雌雄分窝,以免节外生枝。他们甚至以减少衣料损耗为由,男人不准穿衣服睡觉,睡觉时把衣服脱光交给睡门口的老人保管。这样做的另一个重要原因是不让人夜里外出。这是个一箭双雕的策略。光溜溜的,想也只能在床上胡思乱想。门口有一块树皮,谁半夜小解,谁用它挡在前面,解完后放回去。不是怕起夜解手的女人看见,女人的茅厕在另外一边,是不能让雷公雷母看见,不能让天上的星宿看见,不能让牛郎织女看见。

长颈鹿的父亲十六岁了,像惊蛰过后恍然大悟的野草,根茎疯长,烈日和暴风雨都不能阻挡。天授男人女人的秘密使命仿佛一道光,把他的身体点燃了,他热血沸腾地做好了殉道的准备,赴汤蹈火在所不惜。他的渴望如此清晰,和他模糊的岁数截然相反。来到天坑后都没心思去计算时间,四季又不分明,谈论来到天坑有多久又没什么意义,慢慢地,天坑人忘记了自己的岁数,忘记了孩子的生日,忘记了今夕是何夕。没人关心他多少岁,就像没人关心他传宗接代的秘密之门已被打开。

神秘之门的打开看似偶然,却又像上天有意安排。这天他去剔树丫柴。天坑里烧饭用木柴光靠菇木和秸秆不够,还得从大树上剔下一些树枝来添补,剔树枝不能伤树,先要反手在树枝下方砍上一刀,再从正面相对位置进刀,这样树枝折断时不会拉伤树皮。每棵树只能剔两股三股,剔多了也会伤树。他这个年龄爬树最在行,剔树枝是他最喜欢干的活。爬到高高的树上,天坑里的景物尽收眼底。树枝剔下来后由妇女和半大孩子剔除细枝条,把带叶的枝条和大股的树枝分类,以便公平地分给各家各户,软柴引火,硬柴熬火,要善于利用才能做好一家人的饭菜。

下午,大家都累了,妇女们叫他下来,"够了,蓄到下回再剔吧。"骑在树上,他觉得他比她们能干,是她们中唯一的男人,那些撅树枝时划伤手指的小屁孩还不算男人。他因此有一种很受用的猴王般的惬意。他喜欢听她们叽叽喳喳地讲话,喜欢听她们夸他力气大,赞扬他动作麻利。她们叫他收工时,他不冷不热地回答道:"晓得了,你们硬是话多。"其实心里想的是她们再说几句,说他好看,说他能干。

滑到树下,看到半大孩子在玩跷跷板,他颇为不屑。他们不懂用又直又粗的树枝,随便找一根架在石头上,骑上去一颠一耸就笑得哽儿哽儿的。他先用三股短料绑了个三脚叉,再把一根又长又直的长料削光架到三脚叉上,这才是天坑里最标准的跷跷板。他很有风度地让给比他小的人玩,自己去帮大人捆扎木柴。

男劳力来扛硬柴,妇女扛软柴,他们最关心的是分配,一刻也不敢在树下停留,慌慌张张地回去了。孩子们玩腻了,到敞亮的地方玩跳房子打乌鸡棒。孩子们怎么玩没人管,天坑里没有吃人的野兽,钻进林子也不会迷路,不回家吃饭睡觉也无所谓,只要他们张嘴永远喂不饱,不喊饿就好。他们是最后的收场者,还不知道等待他们的是什么,父母们怀着巨大的悲悯和同情,放纵几乎是故意的,"让他们玩吧,玩个够,他们比我们更惨,最后连盐都没得吃的。"

他坐在跷跷板上,略有失落,哪里也不想去。他是打乌鸡棒的高手。地上挖一个小坑,将七寸长的小棍子斜在坑上,然后用大棍子打下去,小棍弹起来,再一挥将其击打出去,看谁打得远,同时还要看同伴是否能接住。这说不定是棒球的起源,管它的呢,给孩子们带来快乐就行。他在想昨晚上的一个梦,梦见一只大白鹅,他抱着它,喜欢得要命,亲它,抚摸它,那种感觉前所未有。今天早上看见张其众家的鹅没那么白,也没那么干净,嘎嘎叫起来还有点傻,抱它的冲动一点也没有,只有难堪和庆幸,庆幸这只不过是一个梦。在梦里跟它亲嘴了,为什么就那么喜欢呢?百思不得其解。

"噫,没人陪你玩,我来陪你吧。"

一个提了根棍子的"小子"一下骑到跷跷板上,险些把他跷下去。他敏捷地调整好身体,和她用力地跷了起来。他知道面前这个小子不是小子。肥皂和洗衣粉用完后,男女老少都剃光头,以免生虱子。假小子的衣服还是几年前的,补了又补,把身体裹得紧紧绷绷。她是来找她的纽扣的。把分得的柴拖到自己家的柴垛才发现胸前的纽扣不见了。刚才她一直用手捏着胸襟,坐到跷跷棍上后只好撒手,必须双手抓住跷跷板才不至于摔下去。他看见她的乳房后浑身一热,原来大白鹅是这个?不大呀,和梦里的鹅并不相同,但他确信它们是同一个东西。他往下蹲时突然发力,故意把她高高跷起,想让她的衣服完全敞开。她哈哈笑着往前爬,离三脚叉只有两尺远时,他再怎么使劲都没用,跷起来落不下去。这样一来她也无法把他跷起来,他说她耍赖,她说"哪叫你整人呀"。

她往后摆了几下屁股,移到末端坐稳,两人你来我往,老老实实地跷上跷下,但玩兴已经没有了,感觉没刚才好玩。他提议去找山核桃,"天都要黑了,不去。""那去干什么呀?""还能干什么,回家。""我不准你回家。""你要做什么呀?""你讲个故事给我听,这根柴归你。"他指的是那根跷跷板。她笑起来。"可是我不会讲呀。""坐着也行。""坐哪里呀?""就坐这里。"他把跷跷板朝她那边移,变成一条长凳。"坐拢点。""好嘛。"他闻到她的气味,这在男人那里是闻不到的。离得越近,他的脑子越迷糊,不知道该怎么做,甚至不知道自己要什么。他想说句让她喜欢的话,可他不知道怎么说才动听。她身上散发出的气味能统治一切,他浑身发抖,一把搂过吻她咬她的想法烟消云散。她依旧用手抓住胸襟,没头没脑地甩着右脚。她的左脚杵在地上,右脚悬在空中。他呢,双脚踩在地上,这似乎限制了他的聪明才智。他拍了她抓胸襟的手:"我看一眼,要得不,就看一眼。"她愣了一下,待她明白他想要看什么,她反手给了他一巴掌:"要死呀你。"

她像站在电线上的麻雀一样单脚跳了一下,头也不回地飞走了。

"柴不要了吗?"

"不稀罕!烂柴。"

"不要就不要,凶什么凶嘛。"

"我要去告你。"

他闷闷不乐地横单在跷跷板上发呆,试图搞清楚刚才做错了什么,想了半天没有结果。

第二天,长颈鹿的爷爷安排他和几个妇女加工山核桃。天坑里只有一棵山核桃树,在天坑外面是不会有人对它感兴趣的。山核桃又硬又光滑,核桃仁和仁上的皮一样多,吃起来涩嘴。但这毕竟是可以下咽的东西,在天坑里不允许浪费掉。他们把山核桃捡来,暴晒至开裂,然后用石头砸碎。用筛子把碎屑筛一遍,再用簸箕扬掉碎皮,得到碎米一般的果仁。碎米可以用来做核桃糕。味道并不好,坚硬的碎核桃壳总是弄不干净,不能多吃,吃多了解不出大便。

山核桃很不好敲,一石头下去没敲碎有可能跳起来,跳起来打人像石子打人一样痛。好几个半大孩子还砸到了手指,痛得哇哇大哭。他比他们聪明,找了一块有个小窝的石头,山核桃放上去不会乱滚,双手抱起大石头碎下去,山核桃立即四分五裂。把裂开的核桃再敲碎就简单多了。他很自豪,砸得多的人有奖励,奖励一百个山核桃。昨天要是有一百个山核桃就好了,他想。

他去领没砸过的山核桃时,看见女人筛起筛子来全身都在画圆,屁股、乳房、脑袋,屁股和脑袋在一条轴线上,乳房在另一条轴线上,甩起来像要飞出去似的。他顿时觉得,这才是自己要的大白鹅,他不要别的,只想和她们中的某一个抱在一起,长相和年纪都没关系,只要是女人就行。胯下倏地一下挺起来,猝不及防,他忙假装肚子痛蹲下去。女人那么柔弱,男人那么坚硬,他更想了。

这天晚上,他翻来覆去睡不着,悄悄走到屋子外面,顶着树皮站了很久。树皮上没有洞,这让他非常遗憾。他在女人们的房子里住过,他想钻进去,随便和什么人强行解决自己的烦恼,反正又看不见。他同时知道这是不可能的,虽然他想得厉害,但他不知道哪个女人愿意帮他,同意他去钻那个洞。强行的结果除了受到严惩,还会给自己带来耻辱。他隐约听说,过去这种事是要被杀头的。

从这天起他就不想好好干活,觉得什么都没意思。只要有空闲,他就去林子里闲逛,有时靠在树上遐想,思绪飞出天坑,满世界奔跑。有时爬到树上去,一直爬到树梢,在上面摇晃。他不怕死,什么也不怕,只感觉无聊。对那些不怕死的人,大人们有一句恶毒的咒语:要死就死吧,明年就有人给他泼水饭了。他不要水饭,水饭是给孤魂野鬼的,他只要一个女人,甚至一个女鬼都行。

在悬崖上种土豆的人发现了一个山洞,洞口以前被垂挂在悬崖上的藤竹遮住了。他们打着火把钻进去,火把用完了也没走到底,不知道到底是多深。长颈鹿的爷爷说,能穿出去就好了,照这个方向走出去应该是贵州。他这句话在天坑里激起巨大的反响,只要嘴巴有空大家就谈论这个山洞。山洞给他们带来无限的希望,如果能从这个洞去贵州,他们可以从贵州买来盐和铁,还可买布匹,他们带到天坑里的钱还从没用过哩。真要是这样,天坑就没有后顾之忧了。他们从此管这个洞叫贵州洞。为了探查清楚,这个洞是不是真的可以去贵州,大家一致决定派三个勇士去探险。他们除了棉麻藤做的火把和拐杖,不再有其他装备,但他们必须赌一把,这关系着所有人的未来。溶洞探险最怕缺氧,怕迷路,怕暗河,怕石头落下来。

长颈鹿的父亲第一个报名,并且想到了避免迷路的办法。有人说用火炭做记号,他说火炭不好,如果火把用完了还没出来,根本看不见火炭画下的记号。他要女人们给他准备一根足够长的线,分成几团,他们进去后从洞口往里牵,火把用完了,可以摸着这根线出来。最关键的是他没得过麻风病,贵州人看见了不会驱赶他。和他同去的人也要没得过病,得过病的人不能去。大家这才意识到,隔离到天坑后,他们的病没有恶化,也没传染给其他人。刹那间,生的希望让他们热泪盈眶。因老伴被赶进来,当过多年老师,到天坑里已经六十多岁的秦老师第一次振作起来,自告奋勇地把孩子们集中在屋檐下,在天坑里教他们读书。长颈鹿的爷爷说天坑里光线不好,他们在偏岩腔的岩筐里砌了垛墙,煞有介事地叫它天坑小学。

天坑里像过节一样热闹,所有人都把希望寄托在三位勇士身上,每个人都把钦佩和祝福送给他们,仿佛这些目光能够留在他们身上,成为他们的保护膜,任何意外都不可能伤害到他们,它们是那么坚韧和坚强。他们也暗自发誓,一定要不惜生命探查清楚贵州洞,把贵州的盐和铁带回来。

长颈鹿的父亲要给自己好好打三双草鞋,收集了一堆碎布头和从悬崖上拔来的珍贵的蓑衣草,他不要别人帮忙,他把这些珍贵的材料用在最重要的部位。草鞋打好后,要用木棒轻轻地捶打一遍,让它变得软和些。自从获准去探险,他就变得老成持重,做事有条不紊,像老人一样接受别人的祝福。当一颗石子飞到头上,他没理会,心想我哪里有时间跟你们这些小屁孩玩。又一颗石子打在耳朵上,他火了,回头正准备呵斥,那天和他玩跷跷板的假小子笑盈盈地看着他,悄悄向他招手。他皱着眉头,坚持把最后一只草鞋捶好挂到柱子上,这才去找她。

她把他带到玩跷跷板的地方,躲到一块大石头后面。他激动得嗓子发干,想笑,又觉得不能笑。想到肩负的重任,他立即恢复少年老成的表情,忍不住傻傻地问,你有什么事情嘛?非要跑到这里来。她没理他,朝四周看了看,确认只有他们俩。她把抓住胸襟的手放开,"你不是要看吗?现在给你看。"纽扣没找到,她钉了两根带子。打成蝴蝶结的带子是他有生以来看到的最漂亮的造型,终生难忘。"我怕你再也看不到了,所以现在就给你看。"她满脸慈悲。他看了,觉得没什么特别的。她把他的手放进去,他这才感觉到确实与众不同。他轻轻地握着,抚摸着,她浑身发抖,对他更大胆的举动也没制止。他们钻进树林,跑啊,跳啊,亲吻啊,拥抱啊,在地上打滚,在蓬松的枯叶上滚来滚去,不停地低声叫对方的名字。鸟在树上欢叫,他们认为是和他们打趣。她的衣服上沾满了草屑和树叶,他为她一片片摘下来。他问她怕不怕,她说,你连死都不怕,我怕什么呀。他紧紧抱着她,比抱大白鹅舒服,他爱死她了。

出发前,长颈鹿的爷爷一再叮嘱,感觉火把的火苗小下去后一定要回头,绝不能再向前。他们带的火把是他们体重的一半,另一半是干粮,他们带的棉线足够绕天坑三圈,一圈差不多三十公里。还有水、火镰和火绒,全部加起来远远超过他们的体重。但不能嫌多,因为这些东西会越用越少,负重越来越轻,行程越来越艰难。

他们进洞后,天坑里的人就开始默默祈祷,有人祈祷他们平安归来,是否打通贵州不要紧。另外一些人则祈祷他们把贵州的东西哪怕是一枚钉子带回来都行。男人们睡不着,朦胧的月光下,他们雪白的身体一会熠熠生辉,一会暗淡无光。他们第一次光着身体聚在屋子外面,第一次感到集体的温暖和力量。想到贵州洞打通后的生活,血液就会沸腾,身体就会发光,想到三个探险者可能遭遇不测,贵州洞到不了贵州,他们的身体立即变暗。情绪互相感染的结果,是他们站立的地方因此一会明一会暗,如果有人从天坑上面看下去,会以为下面是一群萤火虫。

溶洞的走向没有规律,大小也总是出乎预料,大自然随心所欲的造就,不给你任何规律可循。他们时而惊喜时而沮丧,累了就休息,休息好了继续探索。不知道走了多久,只知道休息的时间越来越长,爬行的距离越来越短。有一天,火把上的火光越来越黯淡,火苗比平时小了很多,人特别容易累,有点坡就气喘吁吁。三个人犹豫着要不要继续前进。这时他们听到了嗡嗡的声音,声音不大,但很清晰,像在远处敲一面巨大的铜锣,铜锣的声音不是通过空气传来,而是通过大地传来。三个人大为振奋,甩掉疲劳继续向前。走了一阵,声音变得更大了,轰隆轰隆。他们没见过火车,听长颈鹿的爷爷说,火车特别响,他们一致认为这就是火车。最让人高兴的是火把明亮起来,有一股风向他们扑来,火把被吹得呼呼响。当他们胆战心惊地走到声音的源头,一个石滩瀑布,正对着他们悬挂着。脚下有一口深潭,瀑布分秒必争地注入,却不见水潭里的水涨上来。他们目瞪口呆地看着,既震撼又失望,纷飞的雨雾把他们淋湿了,他们一动不动。没有路了,不可能再往前了,去贵州的愿望落空了。

回到天坑,没有人把失望说出来,但所有人都感觉到了失望。长颈鹿的爷爷说:"回来就好,回来就好。"深夜里却忍不住长吁短叹。他们从贵州买回任何一样东西,天坑里的规矩都将被幸福打破,带回来的是一挂瀑布,只能当故事来听,解决不了任何实际问题。

只有长颈鹿的父亲没受到影响,他现在不用再到梦里抱大白鹅了,他和她发明了十几种约会的办法,巧妙地避开大人的看管,在石缝里,在树上,有一次还跑到山洞里面,他们一刻也不想分开。直到她的肚子大了,小小的衣服再也无法遮住,他们的约会才少了下来。

除了双方的家长,没有人感到吃惊,这些人早就看出他们的把戏,他们自以为做到了遁形匿迹,实际上别人只是不说出来而已,连他们躲在石缝里说的话都被人听到了。算不上情话,但在他看来,这毫无疑问是他经过深思熟虑说出来的情话。他说他在溶洞里探险时,想得最多的是她身体上那个洞。"我现在才知道,原来最好玩的东西都是洞,不管这个洞长在石头上,还是长在你身上。"她说最好玩的是嘴巴,可以吃好吃的,还可以亲嘴,吃好吃的和亲嘴都舒服。他惊呼:"嘴巴也是一个洞呀。"

得知儿子把张其众孙女的肚子搞大了,长颈鹿的爷爷就做好了死的准备。这话是他说的,谁家增加人口,谁家派一个人自行了断,以此抵消口粮和盐的消耗,反正天坑里的总人口不能增加。他从减少饭量开始,每顿饭少吃一碗,然后每天少吃一顿。长颈鹿的奶奶担心他饿坏身体,悄悄把饭团装进他衣兜,以便他挨不住时拿出来吃。他不领情:"你这是害我呀知不知道,我不死,生下来的人就没口粮,没口粮怎么养得活呀?"长颈鹿的奶奶说:"养活他干什么呀,生下来掐死不就行了呀?何必留下来受罪,趁他不知道活在天坑这么丢人,不活下来不是更好吗?""他哪里知道天坑丢不丢人啊,他不知道又要把他生下来,不能这么不讲道理呀。""就你讲道理,把自己都逼死了逼疯了,这是什么道理呀?""死不怕,道理讲不通才可怕。"他有时也希望其他人来劝劝他,叫他不必这样做,可真要有人劝他,他又觉得是在等着看他的笑话,是在拿他的人格当夜壶。

随着孕妇分娩的临近,长颈鹿爷爷的意志越来越坚定,饿得头晕眼花,吃饭时绝不多吃一口。以前他最胖,现在最瘦,皮肤薄得几近透明,连骨头都看得清楚。柴八公骂他,你这样做有什么用啊,人又不是石头,到了年纪就会像骚公鸡一样,不是自己要这样,是老天要这样,你能叫树只长大不开花、不结果?你死了有什么用,你死一百回,那个生下来的人也不可能长命百岁。你给我好好活着吧,老天没叫你死自己就不要作死,娃儿些长大了该生娃让他们生吧,至于盐和铁,到时候再说吧,你以前哪里知道会到天坑里来生活呀,一切都说不准,先活着再说吧,你这个自以为是的老公鸡。他感激地看着柴八公,苦不堪言。这天在地里晕倒了,长颈鹿的父亲赶忙把他背到床上,以为他死了,爹呀爹呀,我对不起你呀,是我把你害死了呀。他后悔抱大白鹅。柴八公见他还有口气,大声叫他名字,说必须马上把他从鬼门关叫回来,再不叫来不及。叫了一阵,终于醒了,问他要什么,他说,来口米汤。长颈鹿的奶奶急得直抹眼泪,哪有米汤,天坑里又不种水稻,只有酸菜豆米汤。柴八公说,管它什么汤,快拿来。

长颈鹿的爷爷喝了一碗酸菜豆米汤,活了下来,但从此听不得别人说米汤,甚至连汤字也听不得,听到后无地自容,恨不得钻到石缝里去。生活在继续,不可能不说汤这个字,每次听见,他都会浑身一紧,然后散架似的又浑身一松。孩子当然生下来了,天坑里又不可能做人流。这个孩子就是长颈鹿,是天坑里出生的第一个孩子。

"我为什么长这么高?估计和小时候踮着脚往天坑外面看有关系,手扒在石头上,脖子尽量向上伸,脚拼命往上踮,一看就是半天。嘿嘿。"长颈鹿说。

乡亲们打趣的说法有所不同,说他父母是在树上做那事怀上他的,所以他比照树在生长。

"我没看出有什么危险,有一天爬了出去,嚯,外面的树比天坑里的树更多更好,刺呀藤呀,花呀草呀,全都没见过。爬出去一次就会有第二次,胆子越来越大。我知道天坑缺土,有一次'偷'了一包土回来,大人知道后很害怕,但没有怪我。大人跟着我去偷土,我们用偷回来的土种这样那样,像强盗一样快乐。我父亲胆子更大,干脆在天坑外面开荒,晚上去,种上东西后梭回来。种了一年没事,忍不住开了一片,种苞谷洋芋黄豆南瓜,比天坑里种十年还要多,他一个人种的够天坑全部人吃。除了盐和铁,我们再也不用担心粮食啦。天坑里只种香菇和魔芋,不再种其他东西。我爷爷一次也没到天坑上面去过,他一走到学校附近就不敢往上走,站不住,头重脚轻。在天坑外面种粮食,我们才知道什么是季节,种了三年,被一个打猎的人发现了。没过多久医疗队来给我们检查了身体,我们的病已经全好了。上面送来了新书和作业本,还有笔,可我不能再读了,按课程还不到毕业时间,但我岁数大了,身体又高,比新派来的老师还高,不好意思继续坐在教室里。"

"这是哪一年?"

"第一个教师节那年。秦老师老了,爬到学校去上课摔断了腿,不能再教了。派到天坑小学来的老师很不高兴,说上面真会整人,第一个教师节给了他一个先进,然后就派他来这种鬼地方教书。他说起第一个教师节和评先进,就像在说一帮坏人,他被这帮坏人算计了。本来那个先进是给别人的,他不服气,发了几句牢骚,没料到真给他了,发完奖就调他到天坑来当校长,他后悔得要死。他不准学生碰他,和他说话要隔三尺远,每天放学后拔腿就跑,宁愿走十公里路回家,也不愿住在下面的村子里。最后还是坚持不住,教了两个月,丢下学生跑了。我爷爷的同学王老师接着来教我们,王老师已经退休了,得知我爷爷还没死,他说既然你都没死,我就来教你的孙娃们,他一直教到天坑小学与中心小学合并。"

阳光灿烂,天坑里并不热,太阳一斜就照不到下面。平洋在搬书,从停在天坑上面的车里搬下来。我以为他要建个农村书屋,文化单位扶贫最爱搞的就是农村书屋,大部分书是省内作家捐赠的,自费出版的特别多,反正卖不出去。我去帮他,发现全是旧书。平洋说,他把他喜欢的书全部搬来了。我说,你真的要在这里住下去?他答非所问,说在这里看书不一样,能看到文字里面去。

平洋和长颈鹿认识三年了。三年前,单位有下乡扶贫任务,都怕落到自己头上,平洋却主动争取,就像当年去当试飞员一样。和另外三个单位的人组成扶贫工作组,进驻无岁乡豹子洞,豹子洞九十年代初大量开采金矿,土壤破坏严重,平洋他们希望通过栽种果树帮村民脱贫。这天他从县城买地膜回来,看到一个高汉扛着一根长钢钎,像扛枪的猎人,他往哪里走,哪里的人便纷披让道,让开后嘻嘻笑,朝他指指点点。回家路上再次看见他,钢钎横在肩上,钢钎上挂了两个橙子,走得摇摇晃晃,不是因为喝酒,只因为身体太高。平洋停下车,问他去哪里,要不要载他一程。长颈鹿激动得说不出话来。平洋开的是皮卡车,长颈鹿爬上去后直挺挺地站着,平洋哈哈笑着说,天啦,你蹲下去呀,要不然你会一头栽下去的。到分往天坑的岔路口,长颈鹿没叫平洋停车,他不好意思叫,坐到豹子洞扛着钢钎再往回走,反倒多走好几公里。平洋叫他来做小工,他犹豫不决地点了点头。平洋以为他嫌工钱少,其实是他不敢相信有人要他。熟悉后说起搭车被拉到豹子洞,他笑着说:"我不怕走路,我腿长。反正没坐过车,你再把我拉远点我都高兴。天坑除了我爷爷,别的人都没坐过车。我爷爷当过兵。"最后这一句,他希望别人听出弦外之音。可实际上,这话给别人的印象正好相反,就像越穷越讲究打扮一样。平洋问他,为什么街上的人看见他就闪开。他老老实实地说,他们怕我。平洋以为他们怕的是他的长相。直到有一天他带了一袋鲜香菇来,平洋才知道吓人的不是长相,而是他们被赶到天坑的原因。

"你们敢吃不?"长颈鹿把香菇放在地上,面红耳赤地说,就像他拿来的不是香菇,而是毒菌。天坑出产的东西没人敢吃,就像它们不是从地里长出来的,而是从天坑里的人的肚脐眼长出来的。医生说他们的病好了,但传说的力量还在,宁信其有不信其无。观念一旦形成就难以改变,就会保持敬而远之的同情和冷漠。没人敢吃天坑里的东西,也没人愿意和他们来往。平洋知道原因后也有点紧张,但他不想让长颈鹿失望,当天就把香菇炖来吃了。这是向阳的菇木上生出来的,特别香也特别难得,一般香菇只能在阴暗处生长,不敢晒太阳,一晒就死。天坑里的日照时间短,阳光穿过天坑里的空气后变弱了,正好适合这种叫日蕈的香菇生长。其他人见平洋都不怕,也和他一起吃。长颈鹿感动得直摇头:"这是第一次有人吃我们的东西,今天安逸,今天真是安逸。"平洋无法体会这份感激和感动。长颈鹿回到天坑后把这事告诉父亲,父亲百感交集,牙齿脱光了的柴八公听说后老泪纵横:"他们把我们当人啊,把我们当人。"长颈鹿的父亲和爷爷叮嘱他好好帮扶贫队干活,不要偷懒,长颈鹿很不服气:"我哪要你们讲,我又不是不晓得,从那天叫我坐车开始,我就打定主意要报答他们。"

日蕈是花菇中的极品。平洋吃一次感叹一次,这么好的香菇没人敢吃,深感不平和遗憾。长颈鹿傻乎乎的,干活特别卖力,"力气又不是盐,吃了就没有了,力气是个怪,使了它还在。"他喜欢待在扶贫队,喜欢和他们说话。平洋叫他和他们住在一起,免得每天走那么远,来去七八公里。他也想,犹豫了一会笑着说,算了,你们没这么长的床。"不是床,是舍不得媳妇吧?"他嘿嘿笑。他不便说穿,他看出来了,有一个人处处防着他,他动过筷子的菜碗那人不会再吃这碗里的菜,每天吃饭前还专门用开水烫自己的碗。这个人长得很帅,专门负责土壤化验,看提炼黄金后残留的有毒物是否超标。豹子洞的泥土都被氰化钠浸泡过,氰化钠剧毒。他工作时穿白大褂,风度翩翩,长颈鹿很尊敬他,尽量不挡他的道,不和他坐一条板凳,以免他贵族般的淡漠让他变得笨手笨脚。

长颈鹿宁愿当平洋的跟班。有一天碰到一个比冬瓜还大的马蜂包,平洋说蜂蛹可以炒来吃,香酥脆嫩,高蛋白。天黑后,他们在树下烧了堆火,把马蜂从蜂巢里熏出来,然后摘下蜂巢。长颈鹿提着蜂巢往回走时,愤怒的马蜂向他们发起进攻,平洋趴在地上一动不动,长颈鹿一路狂奔。马蜂只攻击移动的物体,长颈鹿的腿再长也没马蜂飞得快,他的头被蜇了十几下,肿了,眼睛眯成一条缝,走路时摇摇晃晃,平洋给他一根竹竿当拐杖,他好几次杵在自己的鞋尖上,险些把自己绊倒。平洋问他为什么不趴在地上装死,他说,马蜂看见的是两个人呀,两个人都装死,它们一定不相信。

每次到吃饭时间,长颈鹿都会有意去做点什么,不管谁喊他吃饭,他都宣称他不饿。天坑里的人就是这样表现他们的谦虚和教养。直到别人开始了才可以坐上去,斯文地只夹离自己最近的菜,等大家吃差不多了,才以风卷残云的速度狼吞虎咽。

长颈鹿一次次带香菇到扶贫队,给钱又不要,"你们喜欢吃,就是我们最大的安逸,收钱就不安逸了咯。"他没听说过荣幸这个词,天坑里一切激动和美好的事都叫安逸。平洋说你可以拿到街上去卖。长颈鹿说,你看到的,他们连挨我坐一下都害怕,哪敢买天坑里的香菇。平洋说我来帮你卖。

平洋把乡长请来吃饭,他们在山上栽树时捉到一条菜花蛇,香菇炖蛇肉,乡长吃一口就连呼太香了。喝一小口汤,慢慢咽下去,嘴巴闭上一小会,然后打开,香味从嘴里喷出来,香得鼻翼连连打战。几天后乡长回请,平洋又带了一包香菇去,等他们吃完了才告诉他们不是在山上捡的,是天坑里的人种的,他们已经种了几十年了。一位副乡长马上到卫生间吐了,就像要把吃进去的病毒吐出来一样。

天坑也是重点扶贫对象,扶贫的方式是送米和油,送到天坑口,站在悬崖上叫天坑里的人自己上来拿。"他们什么都不干,送给他们的米和油也够他们吃了。"言下之意已经做得很好了,他们不应该不满意。

"对你们来说是恐惧,对他们来说是耻辱。"平洋说。

乡长是个雄心勃勃的年轻人,知道豪言壮语没用,必须实实在在做点事情,把天坑这张牌打好,对他是一个不错的契机,符合当时以人为本的说法。

为了消除大众的恐惧感,乡政府邀请县卫生局组织医疗队对天坑里的人又进行了一次体检。没查出麻风病病毒,大多数人身体健康。主要疾病是关节炎和偏头痛,血压血糖血脂很正常,没有冠心病,尿酸、肝功也都很正常。因为对盐的担心,他们吃盐一直吃得少,为了改变口味,他们习惯了吃酸,凡是能制成酸菜和酸汤的都用酸来解决,心血管因此没有受到损伤。他们苍白,细瘦,沉默,如石缝里长出来的树枝,韧性十足,却又自轻自贱,他们需要搀扶,需要真诚的友谊。平洋知道消除隔阂的最好办法是一起吃饭,"好事做到底,你们在这里吃一顿饭,比其他人说一百遍一千遍还管用。"在他的劝说下,参加体检的医生和乡政府干部在天坑里吃了顿饭,不怕的人吃得很开心,害怕的吃得心惊胆战。

这顿饭确实管用,不过最管用的是天坑里的人,第一次这么多人在天坑做客,还是代表政府部门,他们激动得像初中男生得到女生的明确答复,她可以收下他送的笔记本,其他事再说。平洋也一样,对天坑的未来充满期望:搬到天坑外面去,像普通人一样生活。

头一件事,是把天坑小学的学生合并到中心小学去上学。中心小学的老师没意见,学生家长有意见,他们要求单独给天坑里的孩子开班,不要和他们的孩子同在一个班。"不是怕他们有病,是怕影响娃儿的学习。"其实还是怕有病,麻风病,几十年来谈虎色变,他们怎么也忘不了。天坑只有六个孩子,年龄又大小不一,不可能单独开班,只能插到相应的班级里去,让他们单独坐后面一排。孩子毕竟离天使要近些,没过多久他们就打成一片,互相成为好朋友或暂时的敌人,相互感染着情趣和乐趣,无忧无虑。

让天坑里的人搬出来没这么简单,他们当初不是来自本乡,而是分别来自当时的十一个公社,他们无法回去,无岁乡又安置不了这么多人。没人愿意重新分配耕地,"我们分的又不是他们的土地,凭什么叫我们拿出来?""扯远了说,以前一半的土地是大地主梁习安家的呢,难道能叫我们还给梁习安的后人?""让娃儿上来读书已经仁至义尽了咯,还要怎么的,莫非还要让我们供起。""就是,我们又没做对不起他们的事情。"

平洋叫长颈鹿卖香菇,带动天坑里的人一起卖。天坑里的香菇并不多,种多了没用。平洋说从现在起要多种,能种多少算多少。他说什么长颈鹿都信,就像长颈鹿在天坑里说的话,没有人不信。长颈鹿带着几个人在乡场上卖香菇时,有人说那是麻子香菇,吃不得。平洋说不要管,只要有人买就行。卖了几场无人问津。平洋和同事约好,只要天坑里的人到乡场上卖香菇,扶贫队就派人去买,买回来再悄悄还给他们,继续把香菇摆到街上卖。平洋请乡政府的人也这样做:"你们不能给他们土地,帮他们卖一下香菇总可以吧。"他叫长颈鹿不时故意大把大把地数钱。乡政府和扶贫队逢人就说天坑里的人卖香菇发财了,发大财了。这一招很管用,其他人也开始种香菇,还有人直接到天坑里去收购,卖到更远的地方去。平洋说:"谣言比真话厉害,全都相信长颈鹿发大财了。哈哈哈哈。"

扶贫任务结束后,别人都走了,平洋把行李搬到天坑,向单位申请让他继续在这里扶贫。他叫长颈鹿好好种香菇,有钱了到镇上买房子,把家搬出去。住在天坑毕竟不方便,要为下一代和再下一代着想,搬上去后可以继续在天坑里种香菇。长颈鹿说好的,要得的。

平洋叫长颈鹿搬出去,他自己却在天坑里搭了两间小木屋。

"再干一年,以我的工龄可以申请内退。和张天祥他们在一起,我浑身自在,就像海子说的:从明天起,做一个幸福的人,喂马,劈柴,周游世界。从明天起,关心粮食和蔬菜,我有一所房子,面朝大海,春暖花开。哈哈,我已经有这样一所房子了。"

"你在这里干什么?"

"看书、思考。或者不看书,也不思考,一个人发呆。我希望所有的人忘记我,觉得我既活着,又没有活着。我在这么低的地方,低过了地平线,可以逃过别人的关心。我本来是一颗小石子,一颗坚硬的小石子,对世界一无所知,后来被人捡起来,随心所欲地在两只手之间倒来倒去。我要回归原位,不再给他们倒腾。几十年来我一直寻找这种地方,现在终于找到了,这个天坑不是为张天祥他们准备的,是为我准备的。太好了,太好了。"

平洋带我去钻贵州洞。洞口原本很大,被塌方落下的石头封住,从外面看,不太像一个洞,像一个乱石堆。从石缝爬进去,约二三十米,是个巨大的洞厅,进深七八十米,穹顶到洞底至少五层楼高。洞底也有落石,最大的一块像一座小山。石头上是粉状的绿色的苔藓,不像长在上面,像铺在上面,摸上去很不舒服。乱石之间的缝隙阴森恐怖,想到老蛇和妖魔鬼怪,一股冷风从脚脖子吹上来,从尾椎骨一直到天灵盖,倏地一下通电一样发麻发凉。石头上的小动物全都是灰色的,有的像蟋蟀,有的像蜘蛛。再往里走,溶洞一会狭窄一会宽敞,有的地方要梭下去,再往上爬。长颈鹿的父亲当年牵的棉线还在,仍然结实。平洋带我看他藏的酒,洞顶有一处梳妆台似的石龛,酒坛和钟乳石浑然一体,我不禁拍案叫绝,很想舀一杯出来尝尝。平洋叮嘱过长颈鹿和天坑里的人,叫他们不要告诉别人天坑里有个贵州洞。他在里面已经藏了十坛酒,但不是酒的问题,这是他的秘密城堡。他对赚钱没兴趣,却只要有空就督促长颈鹿好好种香菇,香菇是天坑的一部分,不应该消失,不让它消失的最好办法就是让它变成商品。

走了三个多小时,我们终于到达当年让长颈鹿的父辈们震撼的瀑布。水量并不大,但它们撞击深潭发出的声响,能让周围的石头发抖。声音的冲击力远远超过流水重力势能产生的能量,和诗歌有相似之处。

如果有专业的设备,感觉可以爬上瀑布,继续往前走。平洋说他希望水量再大些,任何人走到这里都应该保持沉默,不能再有继续向前的想法。如果真像他们说的,一直往前走能走到贵州,能见到那边的村寨甚至街市,那就太悲哀了。平洋希望走出去后,是一片原始森林,只有各自用尿画地为王的动物,特别是大型动物,和从没见过刀斧的参天大树。不过,最好的还是没有出口,这里就是溶洞尽头。

"你就这么恨人类吗?"我半开玩笑问他。

"我不恨人类,我只是不喜欢有些人。"

"比如?"

"比如那些自以为是,滔滔不绝讲了半天,你感觉那不过是一个蠕动着肛门,连一个屁也放不出来的人。"

这个恶毒的比喻让我不敢说话。

走到洞子外面,有种重新回到人间的轻松。望一眼天坑,又觉得这不是真正的人间。

长颈鹿和他父亲在洞口等我们。"吃饭了。"他们说。其实是担心我们出事,他们拿着火把和绳索,再过一小时我们不出来,他们就会钻进去找我们。

晚饭比昨天简单,仍然可口:香菇水饺,油炸豆腐丁,凉拌柴胡,鸭儿芹炒腊肉。酒是要喝的,三个人先说好今天限量。长颈鹿以前不喝酒,平洋是他师父,他说他没醉过,喝多少都没感觉。平洋没以前喝得多,他说不是身体的原因,是忧伤填满了肠子。我问他九紫普米最近如何,现在有无联系。他进屋把手机拿来,叫我看九紫普米发给他的短信。

"你太不在意你自己了,你以为钻到地洞深处,躲在最黑暗的地方,耐心地等着,直到所有的烦忧都结束再出来。你以为自己是一个别人看不见的精灵,一个地球上的天外来客,一个超脱于世俗之上的人物?你错了,社会不是因你而设,它一直就存在,并且一直就是那样。你不愿妥协是和自己过不去,和别人无关。"

这条短信是一年前的。平洋没回她。上一条是:"我是唯一把你看成原来那个人的人,超脱等级分类的人。只有你,追随着你的白痴一样的梦,想按照古老的方式生活。"

平洋说,扯淡。

我认识平洋时,也认识了九紫普米。她也写诗,取过一百多个笔名,但没有一个名字让人记住,九紫普米是她微信昵称,头像随时更换。三十年前,她年纪和平洋差不多,但处处护着平洋,像姐姐护着调皮的弟弟一样。我们都以为他们很快就会结婚,几个月后,我们去参加她的婚礼,新郎是杂志社编辑,比她大二十岁。事后的聚会中,有人问她怎么不和平洋结婚,她笑着说:还不到时间,等我离了婚再嫁给他。几年后她果然离婚了。可她再婚时,嫁了一个生意人。没有人再关心她对平洋是否有感情,平洋的失落让人觉得不值,又觉得无可厚非,当时交流的最大兴趣是如何赚钱,反倒是九紫普米写作兴趣浓厚,发表了不少作品。这期间平洋在单位上很不顺,倒霉的事一桩接一桩。九紫普米说他有一个没有被教条和历史触动过的灵魂,我们都觉得她说得很好,很准确。两人一起去过凤凰,笔会时公开住在一起。七八年一晃过去,九紫普米不再参加笔会,重新嫁给一位官员,在本地电视台的新闻节目上能看见那人,长相似乎还不错,始终保持着神秘的微笑。坊间说九紫看在第一位丈夫的份上,为杂志社争取到了一笔拨款,使这个文学杂志的稿酬大幅提升。当年一起写作的人拿着比别处高出三倍的稿费,心里酸酸的,既高兴又莫名其妙地感到自己可怜巴巴。

像老话讲的,平洋依旧孑然一身,无所依倚。中间买了一辆双排座货车,请汽车改装行把它改成房车。"我要带着爱的人去远方。"他的爱人还没出现。他告诉我们,房车改好,志同道合的人一定会出现。为此,他还专门研究了一番旅行食谱和旅行路线。房车没改装成功,改装行一拖再拖,不时找平洋要钱,每次理由都很充分,平洋一律照付,直到他对房车失去兴趣为止。这辆车后来无影无踪,改装行变成了轮胎专卖店,手臂上有刺青的年轻人也不知去向。平洋决定向梭罗学习,去森林里砍树造屋。结果只砍了一棵树就被村里人赶走,交了一千元罚款,他这才知道神州大地每一块土地都有主,梭罗的时代一去不复返。

长颈鹿说,他想在天坑里面修一条自行车道。他第一次见到自行车,觉得它比别的车都好,不烧油,响声又小,跑起来不吓人,铃铛声清脆悦耳。他还想把贵州洞的水引出来,修一个游泳池。前几年刮旅游风,上面要求每个镇至少要有一个3A级以上景区。无岁乡的领导们不假思索,立即对天坑进行动手打造。所有的打造都是一种破坏。为了吸引游客,乡政府在天坑上面大摆宴席,凡是到天坑旅游的人都可凭门票饱餐一顿。持本乡身份证门票免费,开业这天过生日的外地旅客也免费。确实很热闹,当天游客达到两万人,吃掉二十多万。组织者自以为豪壮,是创举。第二天起再也没人来旅游,遍地垃圾清理了好几天。平洋和长颈鹿都反对在天坑搞旅游,旅客私采香菇,在泉眼边吃零食,在树林和菜园里大小便,搞得乌烟瘴气。平洋的小木屋也遭殃,有人在屋子前面卖旅游纪念品,这些全国各地都能见到的玩意挂在木屋上,木屋被钉了几百颗钉子,拔掉后全是麻子眼。现在全免费也没人来,旅游局指责乡政府操之过急,乡政府埋怨有关部门宣传不够,有关部门抛白眼说关我屁事。

平洋和长颈鹿悄悄对旅游设施进行破坏,难怪看上去那么旧。长颈鹿说,天坑外面的土地没人种,他也不想种,等它长树。平洋叮嘱我,不要告诉九紫普米他在这儿。"我不想和她见面,更不想她来这里,她无法理解我,我也无法理解她。"我说:"把电线穿管,从地下走,不要架在空中,架在空中太难看了。"平洋说:"不用不用,我要把电线拆掉,照明用蜡烛或者美孚灯,烧饭用木柴。像龙二婆一样。""不是你一个人呀?他们怎么办?""只有五家了,只有一家不愿意,这家人明年搬出去,等他们搬出去,我们就可以把电线拆掉。"

平洋在豹子洞扶贫时,扶贫队给一个叫龙二婆的孤老人买了个电饭煲。龙二婆问,谁给我开电费呀?不是刁蛮,她一个人的饭,房前屋后薅几把枯枝落叶就能搞好,用不着烧电。电饭煲反而增加她的负担。她不看电视,天黑就睡觉,一年最多用一度电,这一度还是有亲戚和领导去看望时,不得不开灯浪费掉的。她觉得自己过得很好,没什么问题。但在他人眼里,觉得她真可怜,可怜到死了。

我在天坑里住了四天,手机没收到一条短信,一个推送,一个电话,一条广告,越到后面越不想离开,天坑不但隔绝了尘世的喧嚣,还有一种无意义的宁静。

高脚女人

高脚女人脾气不好时,连太阳和雨都要骂。不发脾气的日子很少。她不会用形容词,谩骂时粗鲁的字眼脱口而出,任何人听见,都觉得她骂的不是太阳,而是自己。虽然耿耿于怀,却不敢撕破脸,不是怕骂不过她,而是确实骂不过她。她不骂人时,什么都好,晴也好雨也好都应该,对老鼠都舍不得打——"打它干什么呀,它也是为了一口饭呀。"对人也特别大方,菜园里的茄子南瓜豇豆辣椒,摘下来就往别人怀里送:"这么多,哪里吃得了呀!拿去吧拿去吧。"甚至把一只羊赶来说:"这是你的了,我不相信这么好的一只羊你还看不起!拴起来吧拴起来吧,免得打脱了明天又要给你送来,麻烦死人。"

和其他山区一样,留在三斗坪生活的人越来越少,好多人搬走了,近的搬到山下的乡镇,远的搬到省外去了。不同的是三斗坪的人搬走时,都会暗中松口气:"终于可以离开这个恶婆娘了。"庆幸远远超过对故土的留恋。

怨气传到高脚女人耳朵里,寒婆岭上会响起惊天动地令山河失色的骂声。骂了半天只有一个意思,你们都走,走得越远越好,都走了我好放羊。

寒婆岭是三斗坪最高的山,站在山顶上,可以看见山下的平坝,蜿蜒的马路,以及远方隐约的乡镇。

咒骂晴天和雨天时,她给太阳取了一个外号:老昏头。"你这个老昏头啊,明晃晃的,晒得人一点心思都没有。""老昏头啊,你怎么还下雨呀,你要不要人活呀。"

对搬走的人,她也取了一个外号:溜尸的些。谁也不知道这是什么意思,但谁都知道这是最恶毒的咒骂。

高脚女人养了一百多只羊。三斗坪只有她一个人养羊。

虽然全都是她养的,但她并不喜欢它们。她最恨的是一只她称之为大耳的公羊。这只公羊是畜牧局赠送的,国外的优良品种。公羊好,好一坡,母羊好,好一窝,畜牧局希望她能养出一坡优质山羊。但高脚女人并不高兴,连一句感谢的话也没说。畜牧局的人以为她没教养,没文化,独断专行惯了,不喜欢别人插手她的事情。三斗坪的乡亲则认为,根本原因是她不喜欢公羊的骚劲,她长期一个人在家,对骚劲十足的男人和女人,对公羊和公鸡,全都恨之入骨。负责山羊品种改良的畜牧站老李告诉她,这是一只戴尔公羊,是外国的优良品种。高脚女人看着这只小牛犊般的公羊吃了一惊,觉得这是一只怪兽。公羊的毛色红褐闪亮,鼻腔仿佛被打肿一般高高隆起,一对又粗又圆的犄角向后弯曲,特别是那双耳朵,又肥又大又宽地耷拉着贴在脸颊上,哪像本地羊,小巧尖削,硬硬地直立着。她没把老李的话当回事,也不觉得这只羊多么名贵,无所谓它的出身和来历,她叫这只公羊大耳,倒也贴切。

公羊大耳精力充沛,每天早上从羊圈出来,争前跑后,看着面前个头娇小,几乎比它小一半的母羊异常兴奋,也不管这些母羊是否发情,抬起前腿就上。母羊们都惊惧地躲闪着。只有那些有经验的母羊,总是在上斜坡时等它爬上来,突然一撅屁股,把它顶个四脚朝天。大耳滑稽地挥着四条腿向天画符,硬邦邦的羊鞭反倒一动不动。高脚女人多次挥起棍子,向大耳的后胯横扫过去,试图打断其鞭而后快。惊心动魄的瞬间,大耳一个滚翻,刹那间逃之夭夭。大耳跑到远处,庆幸地眨着贝母似的眼睛咩咩叫,并不看高脚女人。高脚女人看着公羊,笑了起来:躲得过初一,躲不过十五。

羊群里的本地公羊,它们的羊鞭像蛇芯子,越到梢尖越细。畜牧站送来的这只大耳公羊不同,又粗又长且圆,从根到梢粗壮如一。两者的差距,如筷子与擀面杖。这让高脚女人无名恼火。

慢慢地,大耳学会了察言观色,不但会观察母羊,也学会了观察高脚女人,一次次躲过她的监视临幸成功。受过它宠幸的娇小母羊,从此黏着它,瞪着贝母般的眼睛,"咩嘿,咩嘿嘿"向它示好。大耳完全享有交配权,高脚女人的羊群里,全是这只公羊的后裔。大耳的后裔个个体型高大,肌肉饱满,全身红褐闪亮,皮毛上镶着一块块白斑。它们细嫩鲜美的肉质大受欢迎。

高脚女人的羊很好卖,她却没有因此而兴奋。她说:我养来又不是为了卖。

"那么养它们做什么呢?"

"养起好耍。"

她从不漫天要价,乡镇干部对此很满意。他们和她签了个协议,只能专供山下的乡政府。她呢,来者不拒,也不因此给他们好脸色。

最近,高脚女人对代表政府来买羊的畜牧站老李越来越看不惯,故意砸盆子摔碗。山坡上没有盆子和碗,她挥起棍子打羊,把羊打得满山跑,吃了她毒打的羊痛苦地咩咩叫。老李看不下去,不高兴地问:"平白无故的,你打它们干什么呀?""我喜欢!""是不是嫌价钱低了?你要多少,你说。""没什么好说的。"

她依旧打羊,有一天居然把一只母羊打流产了。在别的地方,她的长相和年纪,都会被当成老太婆。老李是个中年人,干了很多年仍然是个普通干部。他从没叫过她老太婆,即便背着她,也叫她高脚孃孃。

"高脚孃孃这是怎么了?再这么下去就没有羊了。"

谁知第二次来买羊,发现她把公羊大耳打残了,这下老李感到的不是担心,而是恐惧。村里一个老男人向他讲述了大耳被打残的过程,他一边听一边不由自主地夹紧裤裆,甚至感觉小腹隐隐作痛。

这天,大耳被母羊摔了个四仰八叉。它几年没出过这种丑了。但这次不能怪它,斜坡上满是青苔,太滑了。它举起前腿,母羊没有动,它自己一不小心摔翻在地。高脚女人看着它小腹伸出专事繁衍的粗大阳具,如此蓬勃张扬,顿时涌起一股无名怒火,使劲一棍子扫过去,正中羊鞭。公羊惨叫着爬起来,肿胀的羊鞭缩不回肚子,疼痛难忍,见什么撞什么,恨不得弄死自己,最后狠狠地撞在一块岩石上,嘴里淌着血,痛苦地叫唤着。高脚女人似乎一点不内疚。"死就死吧,我也离死不远了。反正。"她对眼睛闪烁着贝母光泽的母羊说。所有的羊都看得出她厌世、自暴自弃,但这不能成为弄死公羊的理由啊。

"她是不是疯了?"

老李决定搞清楚她到底要什么。他找村里人问了问,结果出乎预料。

留在村子里的全是老人,他们的儿女没有能力把他们接出去。但这些老人没有怨言,年纪越大,越愿意终老三斗坪。他们不擅思考,不善表达。种地、吃饭、等死,有什么好想的呢?有什么好说的呢?老李和他们说话时,觉得他们也是一群羊,一群衰老不堪的羊,被生活折磨得两眼混浊,漠然地等待着死神来牵手,高脚女人的羊,反倒因为眼里闪着贝母般的光而灵气十足。但他们对高脚女人非常了解,他们毫不隐晦地说,高脚女人最想要的既不是男人,也不是钱,而是想和人赛高脚马。

高脚女人不姓高,腿也不长。从小到大,她的生活平静得死气沉沉,忧郁的眼神总是闪忽不定,这都是因为她的右脚。她的右脚生下来就往外拐,再往里拐。就像被接生婆生生别过去,发现不对又别回来一样。但一切都晚了,这只脚从此赌气似的不好好长,又弯又小,像盘羊的犄角。老天为了对自己的一时大意进行补偿,往她的魂魄里注入一股狠劲,无论什么事都不服输,为了争抢河边一个晒太阳的好位置,比她大的男孩都被她打得抱头鼠窜。

嫁到三斗坪,也因为这只脚。男人本来很英俊,年幼时弄瞎了一只眼睛。两人都心高气傲,又不得不面对现实。媒人去她家时,她听说是三斗坪来的,坐下还没来得及听介绍男方的情况,便冷冷地说,用不着介绍,我答应了。她冷静得让父母过意不去,说凡事应该好好想一想,不着急。她一转身拎起提篮,走到门口回头说,哪有资格想呀?我早就想过了。

三斗坪是高寒山区,只能种苞谷等旱地作物。遇上旱灾,连苞谷也不能种,只能种苦荞。苦荞开花时,红白两色统辖山野,纯洁又漂亮。但苦荞饭很难吃,要把全部力量运用到舌头上才能搅动并嚼碎。吞咽时把眼泪都挤出来才能咽下去。"吃得苦中苦,方为人上人",三斗坪的人从不相信这话。他们吃了那么多苦,从没做过人上人。

不公平的事远不止这些。她结婚那年,电影《少林寺》正热,娘家那个村有年轻人看过,而三斗坪的年轻人因为交通不便,又买不起电影票,竟没有一个人去看。离过年还有两个月,她和男人去给父母拜年,十月一过大雪封山,下去上不来,上来了下不去,只好提前。男人被看过电影的人撩得心痒,也想去看一场,被她厉声喝住。

"看什么看,看又看不饱。"

嫁到三斗坪才几十天,可奇怪得很,她好像早就为三斗坪准备好了,拒绝代表山下优势的一切,以此维护作为三斗坪的自尊。山下说什么好,三斗坪都要嗤之以鼻。

寂寞而漫长的冬天,三斗坪每年都要举办走高脚马比赛。这是让三斗坪沸腾的角逐,能把五脏六腑翻洗干净。激动驱除掉冷漠,三斗坪满是吼声和笑声,邻里隔阂烟消云散。

高脚马不是马,是将夹板绑在直溜溜的木杆上,绑两支。起步时借助高坎,双脚踩在夹板上,木杆夹在腋下,倾身上去,手提木杆,就可行走了。走高脚马的诀窍是同边手脚配合好,手提木杆时脚也跟着提起来。一旦开走就不能停,一停就会掉下马来。高手不但可以前进,还可以后退。上"马"时也不用借助土坎或石磴,将一只脚寄在夹板上,身体轻轻一跃,把另一只蹁上去,沿地踏几步,就能稳稳地站在"马"上,然后开步走。

谁也没料到她会报名参赛,都在心里嘀咕:何必呢?这不是丢你自己的丑吗?

她谁也不看,提着一升米,跛着脚,两只肩膀一升一降,径直走到挞斗面前,把米哗啦一声倒下去。这是报名费。

比赛以原生产队收谷房为起点,沿天生桥上猴子湾,从猴子湾上马鬃岭,再从马鬃岭拐山羊坪,从山羊坪下风吹坡回收谷房。

她的高脚马是她自己做的,两根做过晾衣竿的荆竹被她锯断当提杆,这倒好,又直又轻。篾条厚薄不匀,绑得又没章法,缠绕成了一个难看的篾团,夹板都快被包住了。

但是,她一站上去,不但高了,也不瘸了,年轻的脸竟然有几分动人。别人扛着高脚马到赛场,她一出门就走高脚马。走得并不快,但步幅很大,她有意把夹板绑高了一尺,这样一来,她的腿就变长了,变成了一个高脚女人。为了照顾变形的脚拐,右边夹板朝外,拐脚绕过竹竿再踩上去,比左边略高。这样一来,她也不瘸了。

迎着好奇的目光,她早有心理准备。有人想开个玩笑缓和一下气氛,终觉不妥,转而催促裁判:怎么还不开始呀,还在磨蹭什么呀?裁判是上一年的冠军,为了兼顾公平,冠军不能继续参赛。

比赛开始。参赛者蜂拥而出,走到前面去的是少年。

他们你追我赶,谁超过了谁,高兴地回头嘻嘻一笑。中年人不慌不忙,知道这是耐力比赛,还不到较劲的时候。他们轻松地走着,扯着闲篇,看上去谁也不在乎比赛,其实他们知道,冠军一定会在他们当中产生。

高脚女人走在少年之后,但落后不远,在年长者之前,又注意不让任何年长者超过。她不和任何人说话,也不看别的地方,专心致志地走着。年少者中,有人急于追赶,从高脚马上掉了下来失去继续比赛的资格,队伍里又是一阵笑声,这时她也会轻轻一笑。

走到猴子湾,再也没有两两同路的了,也没人讲笑话了。上猴子湾的路不光陡,有一段还是燧石层,很容易搓沙。有人的马脚踩进沙石拔不出来,有人踩在松动的燧石上摔倒,前面摔倒的常又把后面的人撞翻。

高脚女人超过了前面这拨年轻人。但她也慢了下来,汗水打湿了头发,湿发缠在脖子上,挂在脸上,爬到一半,背心湿透了。后面那拨年长者赶了上来,高脚女人故意挡住他们,有几个心急的,见路稍宽一点大声喊让路,结果只有一个人超上去,另外几个不是踩虚脚,就是因为燧石滚动掉下马来,气得恨不能用高脚马打她屁股。但她毕竟还是新媳妇,别说打,连骂也骂不出口。

跟在她后面的人都是老手,心机很重。他们知道猴子湾的厉害,有意把马绑低一点,这样一来步幅小,但很稳当,爬到一半就把前面的损失夺了回来。被高脚女人挡住也不急,没有十分的把握决不赶超。原地踏步,既可把时间留给高脚女人,自己也可稍作休息。那副稳操胜券的得意和高脚女人苦巴巴的狰狞比起来,就像锤子可以随时捶扁一枚豌豆。

高脚女人摇晃得越来越厉害,一支马脚破开了,嵌了一颗石子进去,行走难度增加了数倍,她既要避免杵在坚硬的石头上,还要避免杵在不知底细的枯枝败叶上面。她这才知道别人为什么不用竹竿,而是用杉木做提杆。杉木看上去粗实笨重,实际上木质轻便,又不会被石子硌破。

"算了吧。"

"不就一斗米嘛。"

在路边观战的人劝她。

"比赛是为了好耍,不是为了争输赢。"

"明年好好做副高脚马。"

高脚女人没有理他们,她几次想拍掉马脚上的石子,没有成功。她咬着牙,决不从马上掉下来。

紧紧跟在她后面的人以为她快不行了,也不催,等她慢慢往上走。路旁观战的人说,咡呀,她是吃了秤砣铁了心,非赢不可。

猴子湾爬完了,还有马鬃岭。马鬃岭没有路,沿着松林里的山水沟行走。山水沟里的泥沙、腐叶,从荆棘丛里伸出的青藤、枝条都是很好的陷阱。它们不来明的来暗的,谁大意,谁就会受到惩罚。高脚女人终于爬完陡坡,钻进松树林。她的竞争者只剩跟在身后的四个人。

从马鬃岭下来到了山羊坪。山羊坪是大片玉米地,路又宽又平,是比拼速度的路段。一到山羊坪,跟在后面的四个人轻松超了过去。他们知道,如果不在这一段建立优势,凭他们每一步都要短四五十厘米的高脚马,一定会成高脚女人的手下败将。

在任何人看来,高脚女人都没有希望,几个老手把她甩下不止一百米远。但没过多久,她突然振作起来。山神似乎也觉得刚才的玩笑过分,把破开的竹竿喂满黄泥,把嵌在里面的石子牢牢裹住,这样一来就没什么影响了。

只用了一会儿,她一下冲到前面几个人身后。这几个人无法矜持,全速前进。但任他们如何努力,都甩不掉饿虎似的跟踪者。走完山羊坪再下风吹坡,能和她角逐的只剩最后一个了,这人是去年的亚军。去年他本可获冠军,但当上冠军后不能再参加比赛,只能当裁判。当裁判只领一升米。亚军的奖品是七升米,他宁愿要七升米。现在不同,输在女人手里,不是米的问题,是尊严问题,必须全力以赴。在高脚女人的紧逼之下,越用力心智越打折扣,下完风吹坡,前面的路更好走了,他莫名其妙地走上一条岔道。旁边的人看出来,高声呼喊,等他折回来,高脚女人已经超了过去。

就在这时,高脚女人也出现问题。绑夹板的篾条松了,是拐脚那支。有人提醒亚军,哈,你的机会来了。但高脚女人没有掉下来,她用力抖了抖提杆,让松开的夹板掉下去,然后将拐脚像蛇一样缠在提杆上,和刚才一样快。没走多远,一股鲜血从竹竿上流下来。

众人的情绪由惊叹和赞许转为怜悯和难过,替她抓脚指头,喉头哽哽的,心尖上痒痒的。他们故意把她流血的事告诉亚军,看他如何选择。他要赶过去,别人会说他不地道,不赶过去,又会说他输给一个女人。这时裁判走过来,踮起脚把自己的烟杆递给亚军,劝他退出比赛,他吸了两口烟,摇着头答应了。

高脚女人第一次比赛就获得了冠军,还是三斗坪第一位女子冠军。

因为是冠军,事事受尊重。她呢,无论去哪里,都用高脚马走路。嫁到三斗坪一年,肚子仍没变化。有人开玩笑说,一定是站在高脚马上睡觉,她的独眼男人够不着。第二年再比赛,她不做裁判,她说她不管谁规定的,反正她不当裁判。只好让去年的裁判继续。这一次,从出发,到回到终点,她一路领先,无可争议地获得冠军。体力、技术、节奏堪称完美。

接下来几年她都是冠军。

但冠军的分量一年不如一年,外出打工的人越来越多,参加比赛的人越来越少。她的独眼男人也打工去了,弄了个假眼,戴副墨镜,还有了别的女人。到了山下开始修高速公路那年,比赛不得不停,除了她没人报名。

高脚女人郁郁寡欢,像失掉江山的女王。她每天放羊的路线,是高脚马比赛的路线。羊天天在这条路上啃草,可吃的草越来越少,但她不允许它们离开这条路线。如果哪只羊不听话,想离开羊群,一定会受到惩罚,她的速度不快,但她走一步,羊要走好几步。她挡在其去路上,轻蔑地骂一声,羊只好低头归队。她还练就站在一支高脚马上,挥起另一支高脚马打羊的特技。高脚马挥出去,收回来,迅疾而威猛,可以和张飞的丈八蛇矛媲美。

时间一长,她心情又抑郁下来。赢任何一只羊,都没有赢一个人快乐。和羊在一起,她越来越喜怒无常,对羊好起来时,像全是她生的,发起狠来,一出手就往死里打。

畜牧站老李听完后哈哈大笑,说高脚孃孃这是高处不胜寒啊,决定把全村的人组织起来,再办一次高脚马大赛。他问高脚孃孃是否愿意,其他事他去张罗,高脚孃孃只要出四只羊当奖品就行了。高脚孃孃皱着眉头说,哪个还兴这个呀,早就过时了呀。但老李看出来,高脚孃孃是愿意的。他一家家做说服工作:这是多好的事呀!冠军是一对羊啊,一公一母,你们家出门打工的,一个月也才挣这么多哩。

老李把大家说动了,比赛就在秋天里举行。老头子们重新做了高脚马,虽然有点生疏,有点摇晃,但像骑自行车的人多年不骑一样,只要骑上一会,肌肉里的记忆就会重新迸发出力量和技巧。高脚女人从家里走来,他们用谦让的表情向她行注目礼,以此感谢为比赛捐出的四只羊。等到看清她的高脚马,他们不由一阵惊愕。高脚女人用绳子把脚绑在高脚马上,把自己和高脚马连为一体。如果在悬崖上摔倒,就是为高脚马事业鞠躬尽瘁了。她这视死如归舍我其谁的气势,让老头子们面面相觑。

比赛开始了,老头子们故意落后,担心万一逼紧她摔倒了,负不起这个责任。没走多远,当奖品的羊以为高脚女人带它们去放牧,全都跑过去跟在她身旁,从她胯下穿过去,绕回来,随时都有可能把她绊倒。她呵斥,用高脚马踢打,它们被呵斥惯了,被踢打惯了,根本不知道躲远一点。高脚女人一旦抓住机会突出重围,就以最快的速度行走。可羊比她快,不但快,超过她后还偏过羊身,似在向她表白:我可没落后噢。高脚女人不能挥起高脚马打羊,气得她不顾一切地踢它们。羊痛苦的哀叫让人一阵阵心悸。

在高脚女人的叫骂声和羊的惨叫声中,高脚女人摔倒了,压死了作三等奖的羊羔,别的羊从她身上踩过去,把她踩伤了。如此不堪一击,连她自己也没想到。她永远也不会想到的是,她用蛮横、用隐忍维护的一切经不起这简单一摔。她摔倒后,老头子们停止了比赛,坚决不要那几只遍体鳞伤的羊。三斗坪的高脚马比赛再次停办。

三斗坪迁出的人越来越多,高脚女人变得越发乖张暴戾,寒婆岭上时时传来她肆无忌惮、嚣张恶毒又无比孤独的咒骂声。

当大耳重新站起来,跟随母羊们上山觅食时,它曾经壮硕的身躯显得委顿、衰老,曾经光滑闪亮的毛皮变得暗淡肮脏。母羊们懵懂地向它示好,它羞愧地躲避着。曾经阳刚无比的睾丸日渐萎缩,母羊们慢慢与它渐行渐远。它跪卧在草地上,抬起那双失去光泽的眼睛,茫然地望着虚空,仿佛要凭借记忆和目光勘破自己的遭遇。

它是一只来自阿尔卑斯山的公羊,和同伴在牧场一望无际的草坡上啃食青草时,远处雪山在蓝天下闪着光。明净的空气在风中颤抖,山下传来教堂迷人的钟声。牧羊人用草帽遮住脸,躺在远远的草地上。当它们只顾啃食青草,渐渐走远时,牧羊犬便跑过来轻吠提醒它们回头。太阳从雪山上滑下去,牧羊人眯缝着眼打出一声响亮的呼哨,牧羊犬便奔跑吠叫着,驱赶羊群回羊圈。在路上,它们拥挤着,争相团聚在满脸慈祥的牧羊人身边,老人总会弯下腰,用一把面包屑喂食离他最近的山羊。

大耳模糊地想起遥远的时光。只要不越过牧羊犬划定的边界,胃里填满多汁鲜嫩的青草后,就可以和其他公羊抵角打斗,山谷里回荡着头角碰撞的"砰砰"钝响;也可以和母羊们调情嬉戏,用嘴唇去触摸它们的尾部,嗅着令它着迷的气味。得不到回应,就向母羊脸上喷气,然后轻快地跃起,落地时用头轻抵母羊。

这里的母羊全都壮硕丰满,发情时毫不掩饰对公羊的渴望,它们厌烦那种小打小闹的调情,用充血的眼睛鼓励邀请着中意的公羊。受到鼓舞和诱惑的公羊,急不可耐地跨上肥硕的臀部,母羊便兴奋得阵阵颤抖,粗重地喘息,用前蹄刨击着地面,放肆地表达着浸透全身的快感。当筋疲力尽的公羊前肢垂落地面,尚在喘息,母羊早已离开它,寻找肥美的青草去了。

大耳不知道为什么会来到这遥远又陌生的地方。

这里没有广阔的牧场和肥美多汁的青草,只有干涩粗硬的杂草。但在漫山遍野的灌木丛中,有柔嫩的枝条,多汁的藤蔓。当地母羊虽然体格娇小,白色的毛皮甚至有些肮脏,但它们温柔娴静。发情时,那琥珀似的眼神羞怯迷离,特别惹人怜爱。来到这里不久,母羊们便对它情有独钟。大耳跨上它们的臀部,它们向前轻移两步,不知是不堪承受它威猛的体魄,还是表达半推半就的矜持。大耳从它们身上滑下来,喘息未定,它们这时回过头来,眼神愈发温柔迷醉,用脸颊在它身上轻轻触碰,含情脉脉地和它温存。

高脚女人突然对残废的大耳表现出少有的宽厚和仁慈,她用麦麸拌着菜叶喂它,把红薯切碎喂它,甚至把玉米粥放到它面前,大耳总是淡淡地瞥一眼,扭头静静离开。高脚女人骂它"不识抬举的畜生""挨千刀的畜生"。但不再打它。

寒婆岭一年最酷热的季节来临,知了长鸣,草木葱茏。畜牧站的老李冒着大汗,牵着一只和大耳个头仿佛的山羊,来到高脚女人面前。

"高脚嬢嬢,这是只比戴尔羊还好的波尔山羊,你要好好喂养它。戴尔羊我牵回去,看能不能治好。"

已经习惯大耳模样的女人,看着这只浑身雪白,只有头部和半个颈部呈红褐色的种羊,感到一种不伦不类的滑稽。更可气的是那双耳朵,尽管比她的山羊大,却只有大耳的一小半,虽然也耷拉着,却没有贴到脸上,而且有只耳朵还缺了一块。高脚女人的脸色愈发狰狞,恶声恶气地说:

"我才不稀罕你的破耳羊,要牵走大耳也是妄想!"

高脚女人十分讨厌"戴尔""波尔"这样的洋名称,觉得不如"大耳""破耳"准确。

老李人已中年,却未混得一官半职,整日奔波在乡间。面对如此横蛮霸道的女人,真是颜面丧尽,他提高声音,自顾自地说:

"你要是再虐待波尔羊,政府以后就不管你了!"

"我才不稀罕哪个管我,我才不稀罕那个古怪稀奇的破耳羊。"

高脚女人的嚣张如同利斧,向老李挥过去,吓得老李落荒而逃。

高脚女人从此赶着波尔羊上山,厌恶地叫它破耳。她把这只羊看成大耳的儿子,一个叫大耳,一个叫破耳,顺理成章。其实它们的老家相隔万里。

破耳和过去的大耳一样,快乐开朗满是激情,也常常可笑地从母羊背上摔下来,但很快融入羊群。

高脚马比赛摔倒后,高脚女人允许羊们到一些更远的地方吃草,不再踩着高脚马放牧。她找到一根三四尺长的油茶棍,打磨得通体光滑锃亮,握在右手,拄着行走。放牧时,左手握着一根丈余长的竹竿,既可当丈八蛇矛,也可当旗杆。

大耳的胃口越来越差,越来越不愿觅食,瘦得只剩一副骨架。它大半天跪卧在地上,孤独地陷入沉思。唯有那只被打流产的母羊,不时来到它身边,嗅几下,或者叫几声。

秋风飒飒,天空愈发瓦蓝,一股生命的气息在空中弥漫,母羊们又开始发情了。这天,高脚女人把羊群赶到寒婆岭一片草坡,草坡斜斜地向下延伸,边缘是伸进幽深山谷的崖畔。破耳没有心思吃草,兴奋地在羊群中追逐,把头伸到母羊的臀部又嗅又闻,不断和发情的母羊交配。

大耳卧在离崖畔不远的草丛中,它现在连发出"咩咩"叫声的力气都没有。高脚女人坐在大耳后面不远的灌木丛中,拄着油茶棍,监视着既受她保护也被她鄙视的臣民。

远处,破耳"咩咩"地召唤着它的妻妾。秋阳悄无声息地抚摸着绵软的草坡。当一块巨大的白云飘过头顶时,那只追随着大耳,已几年没有发情的母羊,突然感到了异样。

它忸怩地来到大耳面前,温情而羞涩地看着大耳,低头用嘴唇轻轻摩挲大耳的脸。大耳在母羊眼里看到亲人般的鼓励和信任,它缓缓地站立起来,向前跨出两步。母羊调整好身体,将那美丽动人的臀部送到大耳面前。大耳竟然"咩"的一声低吼,奋力抬起前腿,骑到母羊背上。

大耳的叫声,惊动了高脚女人,她无比厌恶地快速站起来,向前跳跃几步,将长竹竿朝大耳头上打去。毫无防范的大耳,头上挨了重重一击,一下从母羊背上掉下来,像面袋一样瘫软在地上。高脚女人怒气未消,尤其痛恨勾引大耳的骚货,她丢掉竹竿,拄着短木棍跳跃着向母羊扑去。母羊在惊骇中慌不择路,向前蹿出几步,看见悬崖准备后退时,高脚女人已经扑到它身上。女人咒骂着拼命地把母羊往崖下推搡,非要把它掀下悬崖不可。

大耳从剧痛中缓过来,听到母羊痛彻心扉的悲鸣,它摇晃脑袋,想看清楚母羊在哪里。

高脚女人和母羊在崖畔搏斗相持,大耳不再摇头,它挣扎着站起来,蹒跚向前迈出几步,突然奋力跃起。

大耳在空中调整了一下姿势,低着头向前俯冲,只听得"咚"的一声闷响,大耳用犄角撞到了高脚女人的后背。高脚女人似乎并不惊异,只在喉咙里"哦"了一声,便从母羊身上掠过,像一团乱草向峡谷飘去。待母羊明白过来时,大耳已越过它,在空中画出一道美丽的弧线,比高脚女人飞得更远。

寒婆岭更加寂寥而荒凉,冬天也格外长,每年的二三月仍铺着积雪。然而草木却疯长,寒婆岭和周围几座大山莽莽苍苍。最后两户人家也搬走了,留下的房屋在草丛灌木中圮废、倒塌。

倘若天气晴好,常有远道而来的年轻人带着帐篷在草坡上露营,远山上奔跑的羊群在他们眼里时隐时现。

这是大耳和破耳的后代,在与寒婆岭峰峦相连的几座大山里奔跑跳跃,心无旁骛地悠闲觅食,自由的身影在丛林里时隐时现,像山神一样逍遥自在,来无影去无踪。山上原本有野生岩羊,它们互相试探后,认可了共同的遗传基因,岩羊带领它们走进更广阔的山野,家羊让岩羊明白了三斗坪不再有危险和束缚。被人类驯化的山羊重新学会了跳跃和奔跑,现在一跳可达三四米,从高处往下跳,十米也很轻松。即便高脚女人在世,她的丈八蛇矛也伤不了它们一根毫毛。它们时而爬到山顶,时而拱进乱草蓬松的庄稼地,有时甚至在无人的房舍里栖息。它们不走固定的林中小径,这里和那里,于它们全都无所顾忌。春去秋来,它们的身影和叫声与溪谷水泽融为一体,与山光鸟影相映成趣。它们机警敏捷,强健善跑又野性十足。

破耳已不再是它们的头领,每到入秋,野化的山羊们由头领率队回到寒婆岭,在大耳跃下山崖那片草坡上,由母羊围观监督,成年公羊经过激烈决斗,全胜者成为羊群服膺的首领。现在的头领,是本地岩羊与破耳交配所生。

十字弩

细灰十六岁了,像一只青春期的小公狗,整天扛着十字弩在山林里追逐毛羽漂亮的鸟兽。衣服被挂成布条,皮肤被挂出一道道血丝,有时还会鼻青脸肿。衣服是母亲用织布机花了半个月织出来的土布,又粗又厚,但经不起荆棘条的撕扯。母亲因此骂他"挨刀砍的"。衣服的线头散开后,像蓬松的毛发,他变成一只难看又不知疲倦的怪兽。父亲也骂:"等他狗×的跑累了晚上好睡觉。"是笑着骂的。母亲明白这句话的深意后,把举起的锄头轻轻落下去,皱着眉头,满脸担心,"那么,"她重新举起锄头,"干脆请人访问个姑娘,早点娶进来,还能给我节省点布匹。"父亲笑着说:"还嫩了点。"

和真正的猎人不同,细灰对肥硕的竹骝、懒洋洋的鼬獾都不感兴趣,他喜欢松鼠、野鸡。类似的精灵都擅长跳跃和飞翔,它们从这个树杈跳到那个树杈,像细灰眨一下眼睛一样容易,被追烦了,从这座山飞到那座山也不难。细灰穿林越泽,在滑桨桨的石灰岩上攀爬可就难多了。膝盖磕在石头上,小腿撞在树桩上,手臂碰上倒钩藤,都会痛得他哭爹喊娘,把所有的脏话喷出来也解不了气。"×你妈哟。"石头岿然不动,似在说:"我又没妈。"倒钩藤摇摇晃晃幸灾乐祸,"你才有妈呀。"痛得眼泪滚出来,一瘸一拐走上一阵,碰上另一只野鸡或松鼠才会忘记疼痛。山林里,连最弱小的动物也不怕他,旱地芦苇举着锋利的锯片,阎王棘架着尖锐的蒺藜,青藤在昏暗的地方布绊子,大树则像壮汉一样挡住去路。它们不欢迎任何异类,想要拿走山林里的东西必须付出代价。

细灰在山林里追逐累了,会情不自禁地拐向白泥塘。白泥塘是一个幽静的山湾,山湾下面是白水河,河边有一间碾房。去年冬至,村子里一半人家把谷子挑到碾房,准备碾米过年。平时添加一半杂粮,腊月和正月吃纯米饭,以祭祀感谢土地的恩赐,犒劳辛苦的劳作。河对面的土匪抢劫碾房,携走几千斤大米,看守碾房的年轻人不愿放弃自己的职责,用火枪和土匪对干,撂倒三个土匪,他也被梭镖捅死了。

村里人谈论惨剧时,细灰跃跃欲试,"要是遇到我!"他认为他的十字弩比火枪厉害。年轻人的枪法很好,但装火药耽误了再次开枪。细灰认为十字弩还有一个好处,声音小,匪徒不知道他躲在哪里——"一箭一个,保管送他们上西天。"

打劫的土匪是河对岸的农民,某人与河这边的某家还是亲戚,打劫时用锅烟抹出一张鬼脸,认财不认人。河这边也抢过对岸,细灰的大伯抢过对岸一个盐巴贩子的女人。盐巴贩子娶亲那天,细灰的大伯在悬崖边上码了一溜石头,娶亲的队伍走进河谷,他鸣枪叫对方留下新娘子各自逃命,否则他掀下全部石头。确实是大山丛中的绝色女子,细灰的大伯贩卖桐油时见过,前去提亲被揍了一顿,他明知女子已经订婚还去提亲,女子的兄弟们很是生气,说他没道德。细灰的大伯和漂亮女人只过了半年,有一天被女子骗到河边,和盐巴贩子一起把他"办掉了"。这女人喜欢盐巴贩子,不喜欢细灰的大伯。

白泥塘像磁铁一样吸引细灰,也是因为一个女人。细灰有一天从屋后的山林追一只山鸡追到白泥塘,撞见一个女人摘刺莓,他感到一股热烘烘的气息扑面而来,女人边摘边唱歌,他因此认为,她摘下的刺莓是别处没有的。细灰怀着同情看着她,没敢和她说话就溜开了。她是碾房看守的女人,她的男人在碾房被捅死后,细灰这是第二次见到她。前一次见面,是她成亲那天,当时他对她不如对一片夹沙肉更感兴趣。她比死去的男人大四岁,比细灰大六岁。在春天的松树林里,细灰觉得她像一朵绽放的马缨花。他宁愿把她当成一朵马缨花,也不敢叫出她的名字。就像这是一种特别的隐私,他一想到她的名字就感到害羞,她的名字叫喜芹。

细灰再在山林里追逐漂亮动物时多了一缕忧愁。一种易逝的、不易到手却总是渴望的东西折磨着他。他在追逐和猎杀鸟兽时，比以前更下得了手，射杀之后却又感觉这不是自己想要的。在成人的眼里，把这当成他父母对他的娇生惯养。母亲前面生的几个都没带大，都像水泡一样破掉了。他现在有一个比他小三岁的妹妹和一个小五岁的弟弟，但父母对他的宠爱并没因此减少。他们都是父母担惊受怕的漂亮水泡，父母宁愿他像一粒灰，踩不烂，锤不破。两口子常嘀咕给土地菩萨听："都贱成细灰了，死神想不起来，瘟神也想不起来哈。"他觉得自己不是水泡，也不是细灰，他是一支飞出去的箭。

这天他扑腾到白泥塘，远远看见喜芹在挖洋芋，细灰把一束花绑在弩箭上射进洋芋地里，箭飞出去后，他立即扑倒在草丛中，心脏咚咚地跳，等他抑制住心跳爬起来，她已经不在地里了。他哈腰走进洋芋地，猛然看见喜芹在地角的水坑里洗洋芋，他像受惊的野兽一样掉头就跑，钻进树林，跑到另外一座山才停下来。

晚上，喜芹像一只毛茸茸的野兽在他心里拱来拱去，他并没有如父亲所说，跑累了倒床就睡。喜芹洗洋芋时，后腰露出一指宽三寸长的雪白皮肤，像一片月牙。桐油灯一吹熄，这片月牙立即从窗户飞进来，在他眼前晃动，他神魂颠倒欲罢不能。它闪着幽光，仿佛是一道深不可测的温柔之门，他想进去但进不去。他握着那根撬不开任何幸福之门的门杠，准备像前几次一样，让它飙泪之后再胡思乱想。

正在这时,杉木门被父亲撞得嘎吱响。以前他从不闩门,从在山林里追逐漂亮的鸟兽那天起,他要细心地插上门闩才吹灯。他们都不兴敲门,要么一把推开,要么站在门口朝里喊。父亲没料到他闩门,手臂横推出去把自己撞了个趔趄。

细灰首先想到,一定是喜芹上门告状来了。如果是这样,就决不承认那支箭是自己的。整个雨田乡,这样的弩箭很多人家都有,每个猎户都能从上千支弩箭中认出哪支是自己的,打猎时拔出弩箭,猎物归谁是不用争论的。但对常人来说,是根本分不清的。细灰假装已经睡着,故意不耐烦地回应父亲:

"搞哪样嘛。"

他希望父亲从他的不耐烦里听出他是无辜的。

"灰儿,快起来,有重要事情。"

父亲的语气让他释然,也让他感动,既把他当大人,又把他当儿子,两种口气都有。

火堂屋里,石板砌的灰坑里燃着油桐果壳,不是为了烤火,是用来驱蚊的。全家人都睡下后,祖父还要在火堂屋坐很久,不点灯,将三尺长的烟杆伸进明火,将不大接火的叶子烟点燃,将苦得熏人的烟雾一团团吐向沉重的黑夜。细灰的母亲悄悄叽咕过:"半夜三更的,硬是吓人。"睡得迷迷糊糊的,去水缸舀水喝或者撒尿,都会被祖父吓一跳,虽然都知道是他在那儿。哪天他出门或者早早躺下,家里人也发慌,总感觉家里空空荡荡,失去了某种依靠。白天他是一个普通老人,晚上他是家神。

  细灰没用火镰点灯,摸黑走进火堂。他不喜欢摸黑讲话,但祖父为了节约桐油和灯草不许点灯。他靠在门上,过了好一阵才看见除了祖父和父亲,还有三叔和四叔。祖父说:"你们以为我想当呀,帽子戴上了,不是想脱就能脱的。"四叔嘻嘻一笑,小声说:"给你戴的不是帽子,是孙悟空的金箍。"说到最关键的事情,他们说得隐晦,细灰听了半天才听出个大概。政府的军队在一个叫甘溪的地方打了胜仗,活捉了几百名"红匪",其中一部分已经押送到松烟铺,要由各区派人去领取。区长下午亲自通知保长、甲长,要求保长带三人,甲长带一人,配合区保警中队去松烟铺领人。区保警中队只有十三人,十三支枪,是无法把一百多人领回来的。细灰的爷爷是甲长,六十六岁了,本应由父亲或者三叔四叔替他去。"古有木兰替父从军,我有这么多儿子,一个也帮不了我。"爷爷感叹道。但他不能怪他们,正值秋播种麦子,耽误一天有可能耽误一季,他们都去不了。他们愿意去,他也不准他们去。商量下来,由细灰陪爷爷去。他这个甲长安排不动其他人,只能带自己家的人。爷爷背火枪,细灰背十字弩。他们没问细灰同不同意,而是唠唠叨叨地叮嘱,押解时一定要小心,不能像平时一样"嘻尔白痴的",像个傻瓜一样。

"他们长什么样我也没见过,听说不好惹。不过也不要怕,你们手里有家伙,他们早就解除武装,手里什么也没有。"父亲说。

从长辈的话里,细灰得知,母亲不想叫他去,为此哭了一场,但被父亲镇住了。"都这么大了,我像他这么大的时候,一个人连野猪都打过,有什么好怕的呀。"

为了抄近路,细灰和祖父翻过一座大山,再走几里路就到松烟铺了。爷爷说,黄区长昨天险些摔到堡坎下面去了,快到细灰家时大烟瘾发了,爷爷一眼看出不对,飞身上前把他从马上扶下来,让他坐在屋檐下烧了一泡才缓过来。一路上,爷爷心事重重。细灰感觉到了,这是来自押解的压力。与他们有关的传说很多,有令人激动的,也有令人恐惧的。翻过大山,看到田坝里的人家,爷爷才放松下来。他没有提起"他们",细灰也不敢问。爷爷说,黄区长不识字,但有钱,家里土地宽,鹅水坝、白泥塘、窑上、平桃都有他家的水田。老家在平桃,平桃有一半水田和山林是他的。从平桃出来的马路都被他买下了,别人可以走,但他骑马跑在这条路上,马踢伤了人不负责。"人不错,就是爱开玩笑。"爷爷说。他骑在马上时,爱用马鞭去吓人,或者故意让马屁股去撞走在路上的妇人。

走到山脚大路上,碰到各保各甲的人,爷爷高兴得像小孩子似的。

"你们也来了?"

"不来能行吗?"

他们合成一路,结伴而行。人一多,速度就慢了下来。在一棵大檬子树下,又有两个人赶上来。其中一个人让细灰既惊喜又害臊。喜芹和她公公也来了。她公公也背了支火枪,她则扛了杆梭镖,她一会把它当拄路杖,一会扛在肩上,对前来当差,似乎又好奇,又有点心不在焉。几个老人家笑他们,"你这可是花木兰从军呀。"喜芹的公公说:"没办法,家里劳动力少。"细灰故意不看喜芹,将路边一颗石子踢进草丛。老人们悄悄议论,他们不说"红匪",用"他们"代替。说起"他们"全都不得要领,曾经的谣言又被翻出来再讲一遍。只有一点可以肯定,他们擅长打仗,打起仗来不要命。

离松烟铺还有一里路,区长拍马而来。

"大爷些,你们快点呀,就差你们了。"

细灰的爷爷说:"你是四条腿,我们是两条腿,当然没有你快呀。"

老人们嘿嘿笑,同时加快步伐。

区长看见喜芹,皱着眉头说:"天啦,怎么来个女将,是哪家的儿媳妇? 这是去押送呀,不是去赶场,她能行吗?"

喜芹的公公说:"有什么不行的? 他们长得有角,难道?"

松烟铺是一个小镇,只有一条百米长的小街。俘虏集中在小街后面的稻田里。水稻收割后,还没来得及翻耕。从被踩烂的谷茬可以看出,他们昨晚上就在这里过夜。真是不少啊,黑压压一大片。只有少部分人的军装看得出是灰色的,其他人军装颜色杂乱,并且破破烂烂,有的简直就是百衲衣。衣服脏,头发脏,脸也脏,大概被俘后就没再洗过脸。衣服上的血渍和灰尘已经成了铁褐色,这铁褐色隐约显示出他们曾经的勇敢和坚强。现在,他们只有沮丧、绝望和麻木,因为饥饿,他们脸色发灰,有一半以上正在生病。他们的手被绑在身后,并且连成一串,像待宰的羊群。少部分人穿着草鞋,其他人全是赤脚。个别人缠着包脚布,大概是脚受伤了,包脚布已经磨破,就要散开了。

细灰一看见他们,心里就咚咚跳,双腿发软,激动得满脸通红。看清他们的穿着和病态后,他心里非常难过。他无法把他们当成坏人、敌人,他觉得他们中有些人也许连说话的力气都没有了,如果倒下去,可能再也站不起来了。把他们押到这里来干什么呀,应该送到别的地方去。他模模糊糊地想。

耀眼的蓝天,蓝天上缓缓飘动的白云。山丘上郁郁葱葱的枞树,从田坝里穿越而过的小溪,农舍冒出的炊烟。这一切,和稻田里受难的人格格不入。大雁在远处鸣叫,它们飞得特别高,嘶哑的叫声带来了秋天的忧愁。

端着毛瑟枪的士兵在稻田外面围了一圈,他们站累了,站厌烦了,但当着围观的老百姓和甲长保长们,不得不强打精神,心里却在诅咒这该死的差事。

没人发表高论,也没人站出来替这些可怜的人说句好话,弄点东西给他们吃。几个区长只用了半个小时就分好了,骑白马的黄区长分得八十九个。他把人数点清楚后,像隔开牲口一样把他们分开,然后命令两个保警过来把他们带走。保长甲长和他们带来的人走在两边,剩下的保警压阵。

细灰跟在爷爷的后面,十字弩仍然背在背上。出发时,爷爷悄悄叮嘱他,不要和他们说话,也不要老朝他们看。上路后,细灰离他们很近。路一旦变窄,只能肩挨肩并排行走。所谓的马路,只够单骑乘行,并辔而行都做不到。最窄处,押送者需跳到路边,或者往宽处紧走几步,所以前进速度很慢。阳光越来越强烈,凝结在头发上的脏东西被太阳一烤,臭味既特别又浓烈。细灰不想离他们太近,像小马驹一样一会朝前,一会往后。他的心一直无法平静,心里可怜他们又无能为力。他看到虱子在一个人的脸上爬,小家伙的精力反倒比它的宿主饱满。他感觉到他们的饥渴,他自己也想喝水,但他不知道怎么办。看到喜芹的背影,他不再激动,觉得挨着她走的人也许好受些,有种莫名其妙的安慰。

走到一个幽静的村寨下面,一个姑娘挑着满满一担水拾级而上,押送和被押送的人都更渴了。几个领头的商量了一下,同意去水井喝水,但不能解开绳子让他们喝,得让人用水瓢舀给他们喝。区长派几个老汉去借来水瓢,细灰的爷爷也借了一把。细灰从爷爷手里抢过水瓢,"公,我来吧。"爷爷以为他渴了,想先喝,带着责备的神情看了他一眼,细灰没理会。他不是为了自己,他是为了"他们"。

有七把水瓢,因此喝水被分成七人一组。细灰把水面上的碎草荡开,尽量把水瓢往出水的地方伸过去,以便舀到刚从岩石里淌出来的水。舀起来发现有异物,哪怕再小,也立即倒掉重新打水。轮到一位腿受伤的人喝水时,他请求细灰让他洗洗脸,他说他有十几天没有洗脸了。细灰为难地看着他,他不敢解开他的双手。这人叫他舀起一瓢水直接往他头上淋。说着把头伸到水沟上面。细灰连舀了三瓢水淋在他头上,这人歪着肩膀,用肩膀擦脸,细灰帮他提起衣襟,替他把额头上的水擦干净。当他抬起头来,细灰吃了一惊,这是一张年轻又英俊的脸。他说了声谢谢。细灰惭愧地摇了摇头,心想这算什么呀,我什么也帮不了你。

走了四个小时,俘虏被押解到区公所后面的三元宫。这是镇上最大的建筑,也是乡下人敬仰又害怕的建筑。一百多人进去,立即显得促狭。区长用他早上学来的经验,叫每个保长带走三个,每个甲长带走两个。"不是我姓黄的舍不得粮食,三元宫住不下这么多。"喜芹和公公上前领人时,黄区长叫他们只领一个,"行了行了,就一个吧,我晓得你们家的情况。不用感谢我,感谢你们家死去的人吧。"

细灰的爷爷悄悄问黄区长,把他们领回去怎么处理呀?黄区长说,肯定不是为了招他们做上门女婿,怎么处理是你们自己的事情。"你说个可可呀?"意思是具体点。黄区长老老实实地说:"上面没告诉我怎么处理,我能跟你说个什么可可呀?我也不知道可可。"

细灰和喜芹要同行三里才分手。走出小镇,喜芹领的人弯腰哼叫,头上冒出豆大的汗,脸色发黄。细灰的爷爷叫细灰过去帮忙,他严厉地端平火枪,用眼睛命令两个俘虏老实点。喜芹的公公和细灰的爷爷商量后决定解开病人的双手,他们一再叮嘱他:"我们可怜你,但也请你可怜我们,不要逃跑,你一逃跑就是害我们。"病人难受得话都说不出来,细灰心里怪老头子太啰唆了,都这个时候了还说这些没用的鬼话。他用小刀挑开绳子,把病人的双手解开了。病人并没轻松多少,在陌生人面前和陌生的土地上为了保持尊严才没倒下去。细灰一个纵步跳到旁边的玉米地里,急切地寻找草药。他找到一株防风草,连花带叶搓碎后叫病人吃下去。这是爷爷教他的,防风草治肚子痛。

病人蹲了一阵,不知是防风草起了作用,还是疼痛已经忍过去了,也有可能是出于对细灰的感激,不能再痛了,他勉强支撑着站起来,虚弱地晃了几下才站稳。喜芹的公公半是埋怨半是开玩笑:"怎么办?怕是要用轿子来抬哟。"细灰觉得有点刺耳。喜芹看了他一眼,没什么意思,但又不能说什么意思也没有。细灰说:"我背他走,把你的梭镖给我。"说着把十字弩交给喜芹,从她手里接过梭镖。他把梭镖绕到病人身后,放在屁股下面,然后腰下弯,双手提起梭镖杆,轻松地把病人背了起来。病人很轻。

背了两里路,病人说他好多了,可以自己走。细灰放下他,正好到岔路口,两个老头子互相道别,喜芹接过梭镖时赞许地笑了笑。细灰没有给她同样的笑,他脸色通红,头上正在冒汗,有点生气地接过十字弩。他无意识地流露出对病人的嫉妒,嫉妒他可以跟喜芹一起走,而不是自己。两个互赠叶子烟的老头子没看见,喜芹看见了,觉得莫名其妙。

细灰走在前面带路,他不光是为了带路,是怕别人看出他翘起的上嘴唇和弯下去的下嘴唇。走到看不见那三个人的地方,嘴唇复原了。他叫爷爷把两个人的绳子解开,他说:"公,如果把他们的手放开,可以走快点。他们饿瘪瘪的,跑不了的。"爷爷说:"我们负不起这个责。"走了一会,爷爷把两人的手解开,但仍然用绳子将他们的手臂连起来。

俘虏的到来如同两块干柴,把丘陵中的小山村搞得火星四溅。他们情绪激动,没料到被押送的人是这个样子,比他们还穷,没有一点想象中的匪气,这几乎要让他们失望了。"还不如河对门的。"意思是不如抢他们大米的农民。细灰的父亲和叔叔则有种好戏掌握在手里的得意,既然已经开演又如此精彩,他们也不想让大家失望,热情地转述着老爷子和细灰的见闻。两天后,乡亲们不再激动,细灰的家人也讲累了,院子里一下宁静下来。

老爷子本想把他们关押在猪圈里,正好有一间空闲。细灰和细灰的叔叔们都不同意,觉得他们和他们一样,是人。人是不能关在猪圈里的。商量后决定把不久前入仓的粮食搬出来,把他们关在粮仓里面。粮仓是独立于正房之外的一间小木瓦房,分成两格,一格装苞谷,一格装谷子,腾空一格就可以了。仓板结实,密封性好,门板是一块块装进两边柱子榫槽的厚板子,把下面的仓板都关好,只留一块供里面的人呼吸,要逃出来,取动仓板就会发出响声。细灰高兴地说:"睡在里面暖和得很。"

白天由细灰看守,晚上由细灰的父亲和两个叔叔轮流值班。

细灰非常乐意做这件事情,比在山林里猎杀漂亮鸟兽有趣多了。他和两个被他看守的人几乎成了朋友,他们的年纪一个十八岁,一个二十岁,当兵才几个月。因为细灰的殷勤照顾,他们身心得到恢复,也乐于把他们知道的事讲给他听。

他们的老家一个在南康,一个在于都。当兵后就跟着大部队走,走过哪些地方,要到哪里去,他们也不清楚。十八岁这位,两个哥哥也当兵了,他们在哪里他也不知道,是否活着也不知道。十天前,他们走进一个山谷中的小镇,几千人正在煮饭,没有一点征兆就被包围了,包围他们的人从两边山上往下冲,他们还击了一阵,被冲散了,然后就被俘虏了。"从那天起就再没吃过一顿饱饭。"他们感激细灰给他们吃得饱饱的。细灰说:"不用感谢,我们家的粮食吃不完。"

家里人正好相反,白天农活很苦,晚上还要值班。老爷子不值班,但他心疼粮食。"这么一直养下去,什么时候才是尽头呀。""吃了睡,睡了吃,这样的日子是安逸。""养牛得力,养马得骑,养两个闲人干什么呀。""能不能叫他们帮我们干活呀?""跑了怎么办?到了地里谁看得住呀?"

他们听说,有一个保长领回去后,借故带他们去烧石灰,在石灰窑把他们杀掉了。

细灰的叔叔说起这事,老爷子叹了口气:"我们家的人哪里下得了手?"细灰的父亲说:"是呀,虽然他们吃了我们的饭,但我们不可能小气到这种地步,为这点粮食就恨他们。"

老爷子去找喜芹的公公商量,看他有什么好办法。喜芹的公公更是一肚子苦水,他家劳力少,"那个吃闲饭的"拉肚子,"简直臭过了省"。"黄区长真是害人,分给我们这样一个宝贝,像一块烫铁,拿又拿不得丢又丢不得。""我那天就叫他说个可可,他硬是不说……""分一个生病的,还不如分两个好人。"

两个老头子感叹完两张叶子烟,打定主意把他们放走,但两家要共同保密,有人问起,就说带到两县交界的地方处理了。"他们跑得越远,我们越没事。"

这天半夜,喜芹带着换上她亡夫衣服的俘虏来到细灰家。细灰家这两位也换上了他叔叔们穿过的衣服。不再是押送,而是要像送客人一样送走,所以用不着其他人,就让这几天睡好了觉的细灰和喜芹辛苦一趟就行了。细灰很乐意,兴奋得像小马驹一样。老爷子不知道他是因为喜芹。"不要高兴得太早,事情没有安稳落脚,麻烦就没完。"他对三个获得自由的人一再叮咛:"不管发生什么事,都不能说是我们放了你们,要说是你们自己逃走的。"

两家户主都精心准备了足够五个人吃三天的干粮,如果大白天赶路,一天就可以赶到,但他们只能昼伏夜行,得多预计两天。他们要三个外地人装成哑巴,如果有人碰见,千万不能说话,以免泄露外地口音,要说什么由喜芹和细灰去说。五个人的职业是采松脂,三个哑巴是姑妈家的,来帮表姐表弟干活。如果有人问起,可以说出细灰父亲的名字。他父亲每年都要抽出十天采松脂,附近村寨的人都知道。还有对付熊和豹子的方法。说话的人嘴说干了,听话的人耳朵也灌满了,正准备出门,细灰的爷爷厉声说:

"灰儿,我告诉你,把客人送到边界,要给我把空背篓背回来,三个新背篓呢,丢了可惜了。"

喜芹扑哧一声笑出来。

细灰一直体面地听着大人的吩咐,这下再也受不了啦,他叫屈一样喊道:"公,你硬是啰唆,我老了一定不能学你!"

喜芹再次嘻嘻笑起来,其他人也忍不住笑。

走出院子后,其中一个客人给送行的人跪了下去,另外两位一见也跟着跪了下去。细灰的爷爷忙把他们扶起来:

"走吧走吧,不要怪我没有好好待你们就行了。"

第一天晚上他们就走出了熟悉的山林,在一片藤竹林里停了下来。只休息了半天,细灰嫌白天太长了,他一个人到前面的山上去观察,如果没有人,他朝喜芹他们藏身的地方射一支弩箭,弩箭上绑着竹管削的哨子,在空中会发出"喝喝"的声响。这样一来速度快多了,只用了两天就到了大人们说的,"有一条大河,河边有一只木船"的地方,这条河是界河。他们躲在河边,远远地看着老船工在河边烧饭,一边啃着干牛肉一边呷葫芦里的酒。老船工每呷一口,细灰都要举起并不存在的酒杯,"再喝点""喝口大的",他说他喝醉更好。老船工吃好饭,从河边拖了两条树根放在火上,以便保存火种。藏在树林里的人以为所有的事都做完了,没料到他坐在礁石上慢三理四地抽起烟来。细灰不耐烦地说:"酒也喝了,饭也吃了,睡得了。""这条河你天天看,还没看够吗?"天色已经黑尽,河水的响声比白天更大了。老船工钻进树皮屋,细灰等他睡下后摸出树林,在树皮屋外听到老船工的鼾声,从火堆里取了根火头晃了几下,把树林里的人唤出来。他们解下木船,把船往上游拖了几十米远,然后斜划到对岸,再用同样的方法划回来,把船拴在礁石上。

细灰把背篓丢进水里,连自己肩上那个也丢掉了,他嫌麻烦,他对喜芹说:"回去他们问起,你就说过河的时候不小心,被水冲走了。""你为什么不说?""我说他们不信呀。"喜芹笑着答应了,但她的背篓没有丢。细灰说:"要是依他们说的,我们现在恐怕还没走到一半。人越老,胆子越小。"

和客人分手后,细灰像变了个人似的,但既不是阴郁,也不是伤感,而是像发烧一样感到窒息。他的话一下少多了,声音也怪怪的,好像喉咙发干,实际上他并不口渴。他的魂没有被客人带走,离别的伤感很快就被内心的渴望所代替。做事不像之前一样有条不紊,搞笑的话更是一句也说不出来。经过老船工的树皮屋时,他抽了几块柏树皮,由于动作鲁莽,把老船工惊醒了,他学野猪拱地才让老人重新入睡。

柏树皮捶打后绑成火把,是赶夜路最常用的工具,风吹不熄,沾一点水也没关系,缺点是须时时用力甩动,才会冒出一团火苗,火苗很小,不一会就会缩回去。它们喜欢像老人一样安静,不喜欢冒出火星和火苗。因此照亮的效果一点也不好,它的作用更多是用来防止猛兽袭击。细灰和喜芹各执一把,在黑乎乎的树林里,像两只独眼兽结伴而行。

细灰在峡谷里找了一块平地露宿,峡谷里有一条小溪。他不是第一次在野外过夜,所以听到野兽的叫声一点也不害怕。露宿点选在小溪的山坡上。喜芹希望就在溪边,她走累了,不想爬坡,在溪边洗涮也方便。细灰说,不管天气好坏,都不能在溪边露宿,易涨易退山溪水,说来就来。山坡上有很多干柴,下雪时压断的,他用这些材料烧了四堆火,一堆在中间,三堆呈三角形。中间这堆烧了一会,杂草烧掉了,地烧热了,地里的虫虫蚂蚁也被烧死了,这时把火移开,把带叶的树枝铺上去。"保证不冷。"他说,他叫喜芹先睡,他要搜集更多的木柴,以保证三堆火烧到天亮。无论什么野兽,最怕的是火,不是刀和十字弩。

喜芹很难受,野兽的吼叫让她苦不堪言,但又不能表现出害怕的样子。她想叫细灰不要离她太远,话到喉咙又咽了回去。她把背篓放倒,把头伸进去,只要能减轻一点恐惧,仿佛顾头不顾尾也是一种办法。细灰丢掉的背篓叫希篮背,男人不会编这种背篓,十有八九是笨得没办法。希篮背容量大、敞口、粗笨,只有用来装柴草。喜芹的背篓是蚂蟥背,下半截用薄薄柔软的篾片,青篾片在火焰上燎黑,与黄篾片相间编织,编出漂亮的梯步形图案。上半截用细篾丝一圈圈缠绕,编成喇叭口,放在背上又贴身又轻巧。蚂蟥背可以用来装细糠,也可用来背孩子。喜芹把头伸进去后什么也看不见,感觉野兽的叫声反而更大了。这几天白天休息,晚上赶路,她一点也不害怕。何况人多,听见野兽叫声也不怕。现在太孤单了,想到会被野兽吃掉,她想缩到背篼里面去。

她知道豹子的厉害。几年前,有个姑娘和母亲去走亲戚,从山脚的木瓦房走到半山坡,母亲觉得衣服穿少了,叫姑娘钻进堆灰的茅草棚等她,她回去加衣服。母亲返回来时,看见豹子叼着姑娘正往山上跑,她大声呼救,在地里干活的人来不及回去拿枪,提着扁担、锄头追赶豹子,追了几座山,只捡回一只脚板。

越想害怕的事越感到害怕,这时唰啦一声,感觉一个东西从树上跳下来,她再也装不下去,推开蚂蟥背,把头抬了起来。

细灰拽着一棵大树枝站在火堆外面,她看出来了,细灰在火堆外面用大树枝建堡垒,把火堆围起来。如果有野兽过来,把明火丢过去,这些树枝就可以燃起来。

"你睡吧,我还没弄好。"

"刚才是不是你?"

"什么?"

"我听见唰啦一声。"

"不是我,是一只豹子猫。"

喜芹吓得呼啦一下站在火堆后面,同时提起背篼,仿佛提着一门大炮。

"已经走了,不要怕。"细灰说。

喜芹放下背篼。"我和你一起拖干柴。"

"你不睡了?"

"不睡了,睡不着。除非……"

"除非什么?"

"除非你坐在我身边。"

细灰整理了一下树枝,在火堆上添了些柴,然后走到火堆中间,在喜芹的背篼侧边坐下来。他感觉有点热,不一会就烤出大汗。但为了保护喜芹,他没挪动,只把火朝前推了推。

喜芹说:"我们不睡了,摆龙门阵吧,一直摆到天亮。"

喜芹很会讲故事,细灰羞怯地想,和她比起来,自己真是个粗人。就着火光,喜芹看见细灰蓬乱的头发下面,有一双闪着光芒的眼睛,光芒很小,但足可射到天上去,不像身旁的火光只能照到几丈开外。喜芹讲得最精彩的是董永和七仙女的故事。讲到董永卖身葬父,孝行感天,细灰眼里泪光闪闪。讲到王母娘娘派天兵捉拿七仙女,董永追至南仓河口,两人抱头痛哭难分难舍。喜芹自己也感动了,两行泪水滚了下来。她发现细灰的眼睛好像陷入了别的思绪,额头坚毅……他绝不让天兵把七仙女带走。

为了不让火熄掉,除了往火堆上加柴,还得不时把柴火头推到火堆上去。露水在不知不觉中把他们的头发打湿了,下意识地揩擦时把炭灰抹了上去,两个人都抹成了花脸。天亮后看见,他们咯咯地笑了。"哈哈,成花猫了。""老熊看见都会被吓跑的。"

他们在溪水里把脸洗干净,神清气爽地走了一阵,太阳出来后,瞌睡上来了。喜芹不光想睡,还想解大溲。天亮时她就想解,不好意思说出来,又不敢一个人到林子里去。这下再也憋不住了。她没和细灰说,独自一个人离开小路钻进树林。她觉得这些树都不够密,遮不住她的身体,正在发愁,细灰跟了过来。她火了,脸涨得通红。"你来干什么呀?"细灰吃惊地看着她,语无伦次地说:"我闭了会眼睛,睁眼一看你不见了。真的,我一边走一边都睡得着。我瞌睡来了。要是能睡一下就好了。""你靠树上睡,不要管我。""嗯……""不准跟着我,也不准朝我这边看。"

细灰认错一般靠在一棵柏树上,但瞌睡暂时跑掉了。他猜出喜芹要干什么,但他没想到她会那么凶。他胡思乱想了一会,决定还是闭上眼睛。"生气的样子也好看。"他在心里叹息着。鸟在树梢欢叫着,瞌睡又来了。他迷迷糊糊地看见那两个人站在悬崖上,其中一个问他怎么办,哪里有路可走。他说他也不知道。另一个说,我试试看,能不能跳下去。说着就跳了下去。细灰"啊"地叫了一声,险些栽倒在地。发现柏树就在旁边,忙扶住它,只感觉浑身发软。这下脑子彻底清醒。睡了这么久,喜芹还没回来,不禁担忧起来。他朝喜芹消失的地方看了看,什么也没有。

"好了没有?"

他像小时候捉迷藏一样没头没脑地问。

喜芹没有回答。

会不会在哪里睡着了?

他蹑手蹑脚地走过去,走到一棵酸枣树附近,看见树枝上挂着一条蛇,喜芹则蹲在树下,面如土色。这是一条性情凶猛的火斑蛇,似乎拿不定主意要不要把树下这个人当食物。细灰屏住呼吸,从后背取十字弩和装弩箭都没敢呼气,直到箭飞出去,射中火斑蛇的肚子,这才长出一口气并向喜芹跑去。蛇没有死,但梭不动,弩箭卡在枯枝和乱草上,它越动血流得越多也越愤怒。细灰用一根木棍将它打死了。

喜芹走到细灰刚才做梦的地方,靠在柏树上哭了起来。

细灰离她两米远站定。"被我打死了。"他的话在喘息中变得有节奏,一字一顿,"我没看,我只看蛇。"他打蛇的时候,她还光着屁股,眼光余梢看见了。

喜芹扑哧一声笑了出来。

"我以为你睡着了,要不然我是不会过去的。"

刹那间,他觉得那片白花花的东西比蛇更让他觉得激动,他的心狂跳不止。他本想给喜芹讲讲那个梦,但讲不出来。

再到小路上,喜芹看见什么都怕,冒出地面的树根,悬挂的枯枝。一条枯枝被风吹得摇摇晃晃,她再也控制不住了,惊恐地回过头,浑身发抖看着细灰。细灰不知所措,想伸手又不敢。喜芹调匀呼吸,可怜巴巴地说:"我不敢走了,再走就要被吓死了。"说着像要倒下去,细灰忙上前把她扶住,她则像找到依靠一样紧紧地抓住他的衣服。细灰越过她的头顶,看见松鼠在树上跳跃。他咧着嘴,既像在笑,也像在试验嘴角拉扯的宽度究竟有多宽。其实是喜芹把他腰上的肉揪疼了,他又舍不得让她放开。

喜芹放开时,不好意思地说:"我最怕的东西就是蛇,别的我都不怕。"

细灰决定歇会再走,坐到柔软的苔藓上,他假装不小心把手放在喜芹的手上,喜芹没有躲开,心里不再生分。她老老实实地说,刚才一蹲下去就看见树上的蛇,吓得她没解出来。现在不用解了,就像忘记了一样。细灰说,你叫我不要过去,要是我过去就好了。在树林里解手,一定要把上下左右看清楚。"那一会想解时你守在我身边。树林里不会有别的人吧?""谁会到这里来呀?""其实昨晚上我也害怕,走在你前面,怕前面的树,怕遇到野兽,走在你后面,又怕什么东西扑上来,背心发凉。其实,晚上我最怕的是鬼。""如果……有可能,我拉着你的手,你会好些。""是呀,人家哪好意思呀?"说着,她把细灰的手指紧紧地交叉扣在一起。"我不怕鬼,也不怕蛇,有老熊我也不怕,我怕的是你。""……""我喜欢你,我老早就喜欢上你了。这几天走在树林里,就像和一头会吃人的野兽走在一起。有时候又觉得你不是野兽,是一个特别想吃的东西,总是忍不住想把你吃到肚子里去。""不行,我的情况你是晓得的,我不能害你,走,还坐着干什么呀?"

在接下来的行程中,细灰蔫巴屁臭,像被狠狠拍了一巴掌的西瓜一样。喜芹的胆量却似乎大了很多。两人各怀心事,慢吞吞地走着。

天黑下来,他征求喜芹的意见,是摸黑走,还是找个地方露营。喜芹说:"我哪里知道呀,你是男人,这是男人的事情。""那就不走了,反正到天亮也走不回去。"

他们在一片鹿药草里停了下来,绿色浆果上的紫斑正在褪去,有的已经变成黄色。细灰叫喜芹把鹿药草打倒,他去准备柴火。他说起话来干巴巴的,喜芹叹了口气,拉起他的手,问:"你真的喜欢我吗?"细灰在黑暗中点了点头。喜芹说:"我给你。与其被吓死,和被野兽吃掉,不如给你算了。"细灰不甚明白,喜芹道:"我们一起把这些草打倒,铺厚点。"细灰把十字弩放到地上。喜芹说:"算了,不用铺了,你打个滚就行了。"她示范了一下,细灰没有打滚,直接躺到她身边,兴奋得不知所措。她把手伸进他裤裆,捉住那根弩箭。"噫,这么大,人还没长大,这个东西倒先长大了,像老蛇。"她用另外一只手退下裤子,引导他骑到上面。她说:"不晓得那两个人怎么样。要好久才能回到家。他们的家那么远。"细灰用嘴堵她的嘴,不想她说这些。老蛇已经进洞,他感激这次送客之旅,如果不是,哪会有此刻的欢愉。她一边仰起脸迎吻,一边说:"月亮起来了。"他哪管什么月亮,要说月亮,她就是他的月亮,把他的黑暗照亮了。"真好。"她说,笑了,"老蛇进洞后,拔断也拉不出来,你这个也一样。"他的天地已经变宽了,不像刚才那么狭窄,呼吸轻松自在,如在林中徜徉。他笑着问:"你不怕蛇吗?""不怕。"她说。她有很多愿望,这些愿望交织在一起,不知道说哪一个好,于是文不对题地说:"明天就可以到家了。""我不想回家。"他像孩子一样叫道,同时猛抽了两下。她吃吃地笑着,捧着他的脸,仿佛要重新认识他似的。

后来他们烧起一堆大火。捡柴时,细灰走到哪里,喜芹紧紧跟在他身边。现在他是真正的男人,保护她是天经地义的事。她去扛太重、扛不动的木柴时,他吼道:"放下,你干什么呀,等我来。"她不是真要扛,而是玩耍似的想试一试,她喜欢他这样吼。这一吼,她变成了一个小姑娘,有人爱护的小姑娘。

火光冲起来后,她笑着问他:"喜欢吗?"他说:"太喜欢了,我还想。""你等等,我给你看一样东西。"

喜芹把背篼倒扣过来,最下面的东西翻到最上面,一支带着干枯野花的弩箭躺在上面。

"本来那天要还你的,放在背篼里搞忘了。"

细灰笑着接过弩箭,把它插进箭筒,然后把喜芹搂在怀里。

回家的路上充满了甜言蜜语和同样甜的笑声。甜言蜜语的高潮是他再次和她玩老蛇进洞,喜芹担心他的身体,他说死了也值得。离村子越来越近了,他不想就这么快回家去。

在玉米地边上,村里人为了守秋,在树上搭了个小房子。从玉米挂苞开始,得天天派人在小房子里放枪和吹羊角,否则野猪和猴子会把玉米糟蹋得惨不忍睹。野猪一晚上能啃掉半亩地玉米,它把玉米秸压断了再啃,又不好好啃,啃一两口就丢掉。猴子则掰下玉米往树林里搬,来去如风,路上丢下一串玉米棒子,真正吃掉的也不多。

细灰扛了一捆玉米秸垫在小房子里,他吹嘘"和垫棉花一样软和"。实际上有点剌人,即使穿着衣服,玉米叶的毛刺也能刺到皮肤。这天晚上他们没吃早就吃腻的干粮,他们吃的是细灰偷来的红薯和半路上射杀的野兔。

秋天的夜晚,树林里非常热闹,所有动物都在高谈阔论,为自己的生存法则感到自豪,胆小的动物在黑夜的庇护下也变成了演说家,反倒是那些庞大的家伙懒得吭声儿。

树上小屋里也很热闹,干酥酥的玉米叶轻轻一碰就嚓嚓响,用力稍大咔嚓一声,玉米秆断了。半夜过后,树上小屋安静下来,树林里的演讲仍没结束,猫头鹰的叫声特别奇怪,"喔、喔、喔,黄喔,黄喔,喝、喝喝喝喝喝。"声音圆润,前面是一声声叫,到"喝喝喝"时由慢到快,越来越快,很像一串笑声。笑得很严肃,让人头皮发麻。夜莺是个唠叨大师,几个几个,嘀、嘀、嘀,嘎嘎嘎嘎。像在喉咙装了个泥哨,没头没脑地乱吹。

细灰睡着后,一片干枯的玉米叶伸在他鼻孔前面,每次呼气都把玉米叶吹得呜呜叫。喜芹睡得不踏实,在为下一步烦恼,细灰的父母会不会同意细灰娶她呢?她一点把握也没有。在迷迷糊糊中,她被一阵嘈杂而又压抑的声音惊醒了。她拨开玉米秸,看到一行人走在玉米地与树林之间的小路上。行人的身影一会被土坎遮住,一会从翘起的小路上冒出来。有时还会被路边的茅草和刺梨丛挡住。喜芹很害怕,黑夜里的任何影子都会让她想到鬼。她怕蛇,怕老鼠,怕豹子猫,但最怕的还是鬼。树上小屋和小路相距并不远,但朦胧的夜色把空气变得很稠密,她什么也看不清楚。鬼影很长,有上百人,只有最前和最后一位举着火把。喜芹揉了揉眼睛,从衣服的颜色和背枪的样子,觉得走在最后,举着火把的人很像区公所的保警。队伍行进速度缓慢,保安兵的呵斥声反比其身影清晰,他们低声咒骂着,催前面的人快点走。喜芹摇了摇细灰的肩膀,细灰长长地呼出一口气,把鼻孔前面的玉米叶吹得呜呜直响。喜芹看不见,不知道什么在响,这同样让她害怕。她在细灰的耳朵上说:

"快点醒,有人来了!"

细灰吃了一惊,侧身一滚爬了起来。

他们把玉米秆拨了更大一个洞。看了一会,细灰说:"是分给黄区长的那些人。"

"没看见骑马的人呀。"

"他不在,但这些人我认得,就是那天分给他的那些。"

"他们这是要到哪里去?也要把他们送到大河边?"

"有可能。"

"没想到黄区长也是个好人。"

这些人走进树林,动物全都停止叫唤,四下里显得非常安静。

"他们好像全都生病了。"喜芹说。

"我感觉不对头。"

"哪里不对头?"

"我也不知道。走,我们去看看。"

喜芹觉得最好不要多管闲事,又怕细灰不高兴。她第一次感觉到,这个比自己小好几岁的男人任性起来是管不住的。

那些人钻进树林后,不但看不见他们的身影,连声音也消失了。

细灰和喜芹梭下树上小屋,喜芹没忘记挂在树上的蚂蟥背筢。细灰说,一会再来背吧。喜芹说,我害怕,有个东西贴在背上要好些。

他们穿过光秃秃的玉米地,从一条野猪拱出来的通道钻进山林。细灰熟悉每一条林中小道,但树林并不因此就欢迎他,倒钩刺挂破他的手臂,弹性十足的枝条出其不意地抽打着他的脸,还有树叶上的露水,不一会就把他的衣服打湿了。喜芹跟在后面,被枝条抽打两次后,她把背篓倒扣在头上,像一个又长又大的嘴筒子。细灰学她的样子把衣服包在头上,他说:"不管是野猪还是山羊,看到我们准会吓得转身就跑。"喜芹说:"但不能出声,一出声就露馅了。""我要叫公给我编一个头盔,比蚂蟥背篓短一半,敞口再大一点,要能遮住肩膀,留两个洞好看路。""你把他的背篓都丢了。""我有办法哄他高兴的。"

他们爬上山脊,山脊上的土质薄,荆棘也少多了,可以直起腰来行走。隐约听见咒骂声和惨叫声,两人都感到腿发软。细灰叫喜芹把背篓放下,因为枝条抽打的声音太响了。他们蹑手蹑脚走了几分钟,看见那些人在半山的树林里。两人躲在松树后面,看见他们正在砍杀被捕的人。树林里的空气透明,雾气只在树梢上萦绕,虽然有树干和树叶阻隔,他们还是能清清楚楚看见杀人场面。加上是从上往下看,就看得更清楚了。

"那里有个天坑,叫万丈坑,深得很,岩羊掉下去了都爬不起来。他们在这里杀他们,真会选地方呀,丢下去后一点痕迹都不剩。"

"我还以为黄区长是个好人。"

与村子隔了两座山,又有树林掩护,杀人者不再顾忌那么多,火把也增加了,说话的声音也大了。刽子手是两个,保安兵把俘虏带到坑口,两个刽子手或砍或捅,来那么一下后把其往万丈坑或推或踢。被杀者的咒骂声和惨叫声很微弱,他们的身体太虚弱了,连咒骂的力气都没有了。有几个是从镇上抬着来的,他们自己人抬,抬到这里后,由保安兵拖过去直接丢进万丈坑。看不出来是已经死亡,还是只是无法自己行走。

细灰告诉喜芹,千万不能出声,"否则他们不会放过我们。"喜芹看了一会就不敢看了,双手紧紧抠住树皮,浑身发软。"老天爷,你救救他们呀。"她说。细灰怕她再出声,把一支驽箭横在她嘴里。"老天爷不管这些。"他说。

一个保安兵站在石嘴上招呼刽子手:"快点,就要天亮了。我们必须在天亮前赶回去,不能让任何人看见。"细灰认得是保安中队的中队长。

一个刽子手不客气地回答:"嫌慢你来哇。"

另一个说:"我的刀都砍卷了。"

"这个消坑真的有你们说的那么深?"

"你走近点,自己看,不深还能叫万丈坑?"

中队长走过去,刽子手拿起一块石头丢进去,石头的撞击声好一阵才停止。中队长自己捡了一块石头试验,石头跌落的声音停止后满意地点了点头。

"直接丢下去吧,来不及了。"中队长说。

保安兵把剩下的战士押到坑口,把枪托顶住他们的背心,把他们推下万丈坑。其中一个战士就要被推下去时突然一个转身,拽住保警的枪,把保安兵和枪,还有他自己一起拉了下去。保安兵的惨叫声从下面传上来,声音由强变弱,连细灰都竖起寒毛。中队长很生气,叫两个已经坐在一旁休息的刽子手,"妈的私,快过来干活。"剩下的几个,又被砍上一刀再推下去。

天确实快亮了,已经能看见脚下奔跑的蚂蚁和百足虫的细腿了。刽子手们把火把丢进万丈坑,中队长吩咐:"走出山林各走一边,回家后什么也不要说,过几天再来区公所领钱。"

细灰和喜芹在树下一直坐到吃早饭时间。喜芹哭了一场,"他们好可怜啦。"细灰说:"看来,当兵宁愿在战场上被打死,也不愿当俘虏。"

这时下起小雨来了,细灰和喜芹觉得,这是老天对死者的哀悼。细灰望了望天空,又望了望万丈坑,指着天空说:"你除了会刮风下雨,还会干什么呢?我看你也是鸭子脚板——拐的。还老天爷,把天字去掉吧,你就是个老爷。"

雨停后,细灰当着喜芹的面脱下衣服,把它拧干。他要喜芹脱下,他帮她拧,"稀糟糟的树林里头,不会有人来的。"喜芹坚决不答应。"老天爷会看见。"她说。

他们准备离开时不由自主地朝万丈坑看了一眼,细灰看见一个蠕动的黑影,顿时大吃一惊,居然有一个人从里面爬了起来。他激动得连话也说不出来,喜芹又害怕又心喜。细灰拍打了几下胸口,"老天爷,我错怪你了。"他不顾任何荆棘和枝条,向万丈坑跑去。喜芹紧随其后。

已经爬到小路上的人听到脚步声,急切地想寻找藏身的地方,细灰看出来了,压低嗓门喊道:"不要怕,我是来帮你的。"

四目相对时,细灰看出对方仍然惊恐不安。他立住,等喜芹跟上来后严肃地说:"你不用怕,这是我媳妇,我们一定会帮你。媳妇,你快去把葫芦和干粮拿来。"

喜芹没料到细灰会叫她媳妇,羞得满脸通红,同时也很高兴,一高兴就不知所措。细灰急了,"快去呀,还等什么!"

喜芹转身就走。细灰朝她身后喊道:"注意,不要让人看见。"

细灰告诉幸存者,他和他"媳妇"前天送走了三个他们的人,他也会把他送到大河边,"如果你能找到他们就好了。"幸存者完全放心了,但疼痛滚滚而来,他大声地呻吟着。他的两只手掌血肉模糊,头也在流血。细灰觉得他太瘦了,瘦得像一件黑色的衣服,像一块黑色抹布。细灰撕下一块衣服替他包扎头上和手上的伤口。包手时,细灰发现他是一个六指,这个多出的指头一点没受伤。喜芹回来了,细灰夸奖道:"这么快,真是我的好媳妇。"他们给幸存者喝水,给他吃东西。万丈坑的坑口是一个不规则的黑洞,洞口原本长满了蓊郁的巴岩姜和蕨鸡叶,四周还有油麻藤和罗浮槭树,坑里还有树梢伸出来。如果不被打扰,根本看不出来这是一个天坑。细灰找了一根树枝,把它撑在坑口对面,双手握住它,然后趴下去。喜芹看见后,忙跳过去拉住他的脚。

"还有活着的没有?"细灰趴在坑口朝下喊道。"有活着的闹一声,我好救你。"

他的声音落下去又回上来,嗡嗡响。他连喊了几声。不一会,下面传来微弱的求救声。细灰回头大声说:"天啦,还有一个活着的,真的还有活着的,天啦。"喜芹惊恐地叫道:"小心,不要乱动!"细灰没有理会,急吼吼地说:"快拿绳子来呀,放开,我不会掉下去的。"喜芹生气地回敬道:"荒山野岭的,哪里有绳子呀。"抓细灰的手抓得更紧了,同时把另一只手抠在石头上。

细灰撑住撑杆往后退了几步远,喜芹直到他坐起来才松手。细灰嗔怪道:"你力气不小嘛,把我的脚都捏疼了。"喜芹说:"我怕你掉下去。"

细灰找到一棵粗壮的棉麻藤。"刀呢?"他问。喜芹说:"在树窝里。"这是她给树上小屋取的名字。细灰责怪道:"怎么不拿来呀?"喜芹委屈地说:"我哪晓得你要用刀呀,我现在就去拿。""不用,我去。"

细灰拿来砍刀,可棉麻藤砍断后拉不下来,它紧紧地缠在一棵大树上。细灰只好爬到树上把它砍断。棉麻藤本身的重量就好几十斤,并且硬邦邦的,他们费了很大的劲才把它放进天坑。吃过东西的幸存者也来帮忙,三人一起把求救者拉了上来。这人脸上血肉模糊,但细灰一眼就认出来了,是那天请他打水洗脸的那个人。

"还有没有活着的?"细灰问。

"我……不知道。"惊魂未定的幸存者说,气若游丝。

细灰让喜芹拉住棉麻藤,他趴在坑口喊一阵仔细听一阵,喊了几十声,从下面传上来的只有他自己的声音。

第二位幸存者伤势很重,他的后背被砍了一刀。他掉下去时,被长在坑壁上的一棵树接住了。细灰说,必须把他们转移到别的地方,谨防有人看见,这里是去另外一个村的必经之路。他去拿砍刀时,看见村里人正下地种麦子。现在由喜芹背砍刀、十字弩、装水的葫芦。六指可以自己走,他的战友则需要细灰背。他每走一步都小心翼翼,这人后背的伤口一直在淌血。只走了三四里,这人昏迷了过去。细灰只好将他就地放下。

从树梢漏下的天光判断,已经下午偏晚了。秋蝉叮在树上,"孃孃孃孃"的叫声此起彼伏,整个山坡全是它们的声音,它们小小的身体发出的声音让最擅长演讲的动物也自惭形秽。孃孃在黔北是"姑姑",姑姑对待侄儿侄女总是最温柔的。喜芹想到死在万丈坑的人,想到眼前这两个气息奄奄的人,同时想到自己悲惨的命运,泪水再次涌出来。她越喜欢这个带给她无尽欢愉的少年,越觉得她不可能真的当他媳妇。因为他太好了,太好的东西恰恰不容易得到。看到第二位幸存者湿漉漉的血,她觉得这是死亡的气息,同时也是对她不幸遭遇的暗示。她哭个不停。细灰的理解很简单,认为这是她心肠好。而她自己也差不多这么认为。冲击她肝肠的东西是模糊的,她不去理解和分辨,像重病者对药汤的情感:甭管哪一味在起作用,重要的是让自己早点死去,或者早点活过来,否则太难受了。

细灰的心思在伤势严重的"熟人"身上,他朦胧地感觉到和他前世有缘,就像失散多年的亲人,他不能让他再受罪,他受的罪已经够大了。想到这人有可能流尽最后一滴血死掉他就着急,如果能堵住一直流血的伤口,他可以冒险去做任何事情。他和他说的话总共不到十句,他不觉得这有什么问题,他只知道必须救他,他们之间不需要说更多的话。他对他就像对待另一个自己一样,这是他从未经历过的情感,弟弟妹妹和父母以及所有的亲戚没有给过他,连喜芹也没给过。他走进了从未见识过的苍茫的时空,意识到追逐漂亮鸟兽是多么幼稚,于是特别注意举手投足,要显得成熟和严肃才合他的心意。这有点做作,有点过头,但他浑然不觉。秋蝉的"孃孃"声让他感到时间的紧迫,如果再不好好用药,这个人将再也听不到明天的蝉声。

洪荒时代的洪水冲出的沟槽上面横着一棵槽心的枫树,这棵树是动物们的天桥,也是松鼠之类的小动物的藏身之所。细灰把树芯的腐木掏平,然后把伤势严重的幸存者放进去。腐烂的树芯很软和,是这片树林里最好的温床。他叫喜芹留下照顾他们,他必须回去拿烧酒、草药和食物。"他不能再动了,流了这么多血。我快去快回,你不要怕。"喜芹叫他顺便带几件衣服来,这两位客人的衣服已经不能叫衣服了,只能叫布绺绺。

细灰推开门钻进屋,只有爷爷在,其他人下地没回来。他把几天来发生的事大致说了一下,问爷爷如何处理那人背上的伤口,同时叫爷爷赶快弄吃的,他要尽快赶到伤员藏身的地方去。

"我们已经送走他们三个了,不能再管了,再管会惹火烧身。灰,你已经尽了本分,他们逃得脱是他们的命,逃不脱,你不能把自己的命搭进去。"

"这两个被掀下万丈坑都爬起来了,难道再把他们掀下去?公,你不是经常说救人一命,胜造七栋房子吗?"

"什么七栋房子,是七级佛塔。我说是说过,但不是这种情形呀。你大前天就应该到大河边,昨天就应该回来了,你逛到哪里去了?要不是你到处瞎逛,早点回来,不去万丈坑,不就屁事没有了?"

细灰怕爷爷发现他和喜芹的事,支吾道:"救都救了,不管已来不及了。再说,要是有人知道我们放走了三个,同样没有好下场。"

"这下安逸了,你要害了我们全家。我不要紧,老都老了,要死也死得了,可你们还年轻啦。"

"你不要怕,是我救了他们,和你们没关系。"

"没关系?哪会没关系,我不是你公,你爹妈不是爹妈?一人犯法,诛灭九族。现在不说九族,全家肯定跟着遭殃。把你捉到了,有没有关系难道由你说了算?你娃不光嫩,还笨得很,一点都不醒世。"

"怎么办呢?公你说。"

"豆瓣!"

老人一边埋怨,一边告诉他处理伤口的办法,一边生火做饭。他很少上灶台煮东西,拿起任何一样工具都像孩童第一次拿起笔。细灰一到家就感觉特别累,他在灶前烧火,看见爷爷蹩脚的动作,他睡了过去。醒来时,发现自己睡在柴堆上,盖了块破棉絮。煮饭的人变成了母亲。他揉了揉眼睛,发现灶台上点着桐油灯,顿时猛醒过来,"天啦,我睡了这么久,天都黑了。妈,公呢?"母亲娴熟地把菜板切得"嘣嘣"响。"他和他们搜山去了。""搜什么山?""说是有人逃脱了,男的全都去了。保长喊的,不去不行。""你怎么不叫醒我呀?""我们家去了这么多男人,你不去有什么不可以呀?""妈,我的妈呀。"细灰急得大喊大叫。母亲被吓得责备道:"怎么了呀?你喊叫什么呀,有话好好说呀。"细灰把万丈坑半夜杀人和救人的事说了说,他没把喜芹说出来。"现在怎么办呀,他们搜的人会不会就是这两个人呀?天啦,公怎么不说清楚就走了呀?""我们家的男人是从地里被叫走的,你公怎么走的我不知道。"他听见弟弟妹妹在院子里玩耍,妹妹在说:大月亮、小月亮,哥哥起来学木匠,嫂嫂起来舂糯米……他把门闩好,"现在不能让他们进来。"他告诉母亲。

关门的声音被弟弟听见了,以为大人不要他了,要把他关在外面,哭叫着打门。"和你姐姐再耍一会,饭还没熟呢。"母亲掩护道。细灰感激地看了母亲一眼,然后急忙去倒烧酒,寻找爷爷平时采回来晒干的草药。同时叫母亲把炒好的菜装在木盒里,已经蒸熟的米饭他要全部带走。"你们哪里吃得了这么多呀?""要吃几天呢,我不可能天天回来拿饭。""要是被搜山的人看见……""不会的,你放心吧。""你先吃一碗饭再走吧。""我哪里吃得下呀。""细灰,他们毕竟不是我们的亲人。""妈,我们不能见死不救,他们也有亲人,也有妈有爹。"

细灰把东西准备好后,找了个蚂蟥背篼把它们装进来,然后从后门钻了出去。他把父亲常用的火枪和装火药的牛角也带走了。

他不敢走大路,也不敢走小路,他走的是平时追逐漂亮鸟兽的路。这种路叫毛狗路,只有路的影子,没有路的形象,没走过的人不知道这是路,只有走过的人才能从茅草和荆棘的长相知道怎么走。毛狗即狐狸,对影子路的理解比人更准确。细灰怀着令人心烦的不安和急切的苦闷,在树林里拱来拱去。虽然知道毛狗路怎么走,但并不好走,树林里的一切始终维系着树林的尊严,才不管你是谁,为什么钻到林子里来。

毛狗路有时也和林中小道交叉,细灰正觅头往前拱,突然听到说话声,旁边有一块石头,忙趴在石头脚下,没敢掉头去看,从他们的对话听出是村里的庄稼汉。庄稼汉的嗓门很大,树林里所有动物都噤声,它们知道这些庄稼汉很鲁莽,被他们发现难保性命。他们追赶起猎物来,比树林里任何一种野兽都凶猛。

"老鸹坪那块土我才犁一半,铧口都不准我扛回家,像他×的催命一样。"

"铧口算什么呀,铧口又不会跑,我的牛还拴在坡上呢。"

"吃官饭的哪管你这些靠天吃饭的哟。"

"不晓得明天还要来不。"

"明天?明天都不晓得跑到哪个麦子坡去了,来干什么?"

"就是,人家又不憨。"

"我倒想他们跑远点,跑得越远越好,越远我们越清静。"

这些人经过细灰藏身的石头,有一个说:"噫,我闻到一股饭香。"

另外几个笑了起来:"饿昏头了吧?"

"狗×的,光晓得给保安队的人安排饭,把我们饿得前胸贴后背。"

"哪叫你当农二哥呀。"

"农二哥也是人啦。"

"农二哥算什么人啦,要人的时候要人,不要人的时候屙尿淋。"

他们的火把全是柏树皮的,连脚下的路都照不清楚,顾忌不了旁边的石头。"啪哒啪哒"的脚步声表明他们不光饿,还满肚子怨气。

细灰摘了一把树叶把背篼捂紧,不能再让气味飘出来。他离开小路,在一棵树下坐下来。听了他们的对话,他更不敢走小路了。搜山的农民撤回去了,保安中队的人还在山上。他等了一阵,又有几个搜山的村民骂骂咧咧地回家,他才继续前进。

走到藏匿伤员的大枫树附近,他按照事先约定的学小狐狸叫,然后等喜芹用石头敲石头。他连叫了三次,都没有听到敲石头的声音。他心里咚咚跳,一时不知道如何是好。母亲告诉他,保长敲着锣说过了,谁窝藏,谁就会被诛灭。正在这时,不远处传来人语马嘶。黄区长也亲自参加搜山来了。细灰定了定神,等这群人走远了,动物的叫声热闹起来,他再次学小狐狸叫,他一叫,别的动物立即安静下来,它们一下就听出这是一个冒牌货。好在石头敲击声如约而来,并且离他不远。

喜芹藏在一棵山胡椒后面,头上顶了个树叶编的大斗笠。出乎细灰预料,爷爷也在这里。爷爷叫他不要出声,告诉他这里很不安全,离村子太近了,等到天一亮,要躲过搜山队的人就难了。他已经给躺在枫树里的人敷了药,但不能在这里缝伤口。

"看到你在灶门前睡着了,我没敢喊醒你,喊醒你来不及了。保长已经走到对面柿子树脚了,我拿起东西就跑,怕你没把人掩藏好,没掩藏好就糟了。幸好有这棵枫树,要是没有它,我看你怎么办。你这娃儿还算聪明,任谁也想不到空壳树里睡着一个人啦。"

"我天亮前必须回去,家里一下少了两个男人,会遭怀疑的。我不怕碰到他们,碰到了就说哪晓得狗×的些都回去了哇,就我老老实实地在山上瞎摸。早点把他们送过河,他们平安无事,我们才能平安无事。"

"你既然救了他们,就要救到底,不要管他们是怎么来到这里的。人啦,保不准自己也有落难的一天。人生三节草,不知哪节好。"

细灰不像平时一样嫌爷爷话多,他紧赶着用砍刀削树条。挥手一刀就可砍下的树条不得不双手刮削,以免砍树声引来搜山队。他要用树条绑担架。光有树条不行,他和爷爷剥下一块杉树皮。秋天的树皮不像春天那样好剥,爷孙俩吭哧了好一阵才剥下半块,剥下的是朝南的半块,这一半还有些水分,朝北的一面,树皮紧紧粘连在树干上,像施了魔法一样一剥就破。老爷子说:"算了,全部剥掉它会死的。"细灰确实想再剥大一点,以便把伤员完全裹住。剥下皮后的杉树白得耀眼,老爷子吩咐喜芹抹上泥土。"白花花的,老远就能看出来。"细灰不得不叹服,爷爷比他想得周到,也更有经验。

把伤员放到担架上后,已经是半夜了。爷爷把头帕取下来扎担架,这比青藤好用多了。当地不管男女,到了中年都包头帕,因为某次头疼包上去就再也取不下来,成养老疾似的。头帕比帽子便宜,有一官半职的人才戴帽子,一般人买不起帽子。女人的头帕叠得规整,男人随意缠上,越穷的人越随意,打眼一望就能区分出其地位和家境。爷爷没有头帕后,细灰觉得有点陌生,这让他感动,也让他有点担心。担心什么,一时还不清楚。爷爷在前面带路,细灰和六指抬伤员,喜芹殿后,用树枝把脚印扫掉。他们要走到河边的一个山洞去,让伤员在那里休养几天,然后再送他们过河。

他们走的仍然是毛狗路,是细灰爷爷熟悉的毛狗路,多年不走,路变得生硬甚至完全不通,他不时被枝条抽打,但他不能折断任何一枝,哪怕一片叶子,都要原封不动,只好一边走一边小声咒骂。走到天亮,他们还没走完一半路程。天亮后,他叫喜芹给伤员缝伤口。喜芹很害怕,伤口像肿胀的大嘴巴,不要说缝,她连看都不敢看。细灰的爷爷火了,"你不缝谁缝呀。"细灰说:"公,你不好吼她,她是我媳妇了,等我们送走这几个人,你叫爸爸请人去她家提亲。"细灰的爷爷看了喜芹一眼,又看了细灰一眼,无声的愤怒憋得他满脸通红,他突然站起来又蹲了下去,站起来时把一团枯叶踢开,恶狠狠地低声嚷道:

"不要脸,真是不要脸!你不晓得她是什么人呀,提亲,提你×的脑壳青。狗×的,放你出去走一趟,办出这么丢脸的事情来。嗯,你这个下流坏子,我要告诉你爹,我要叫他好好揍你一顿,看他不揍得你稀屎两头飙!"

"公,我已经长大了呀,长大了不该有女人呀?喜芹很好,她嫁过人,但我不嫌她。"

"你信不信,我现在就想替你爹揍你!"

"公,我是向你学的呀。"

老人的嘴动个不停,加上仍然通红的脸,他像一条被拉出水面的鱼一样,既怒不可遏,又无可奈何。

"他们说,婆比你大八岁,她来我们家的时候,你才十岁……他们说,你晚上抱着婆睡……"

老爷子已经气昏了,站起来时摇摇晃晃。他没料到最溺爱的长孙会说出这样的话来。细灰看到爷爷被气成这样也吓了一跳,走过去扶他,被他甩开了。他想说句什么宽慰他,但一时找不到话说。喜芹的脸一阵红一阵白,她被细灰的勇敢深深感动,他不是玩一下就不管,同时也感到细灰一家的反对多么强烈。六指作为一个外人,不明白其中的奥妙,但细灰和喜芹的关系他看出来了,他们都是他的救命恩人,他不能笑,也不敢贸然参与谈话。想到死在万丈坑的战友,顿时生起无限忧伤。他不敢想万丈坑的恐怖。被推下去时什么也看不见,只想着就要死了就要死了,死了会是什么样呢?头撞在岩壁上,腿被树桩夹住了,拔出来后已经失去知觉。树桩离坑口不到一丈高,他爬了两个小时才爬上来。

"我不球管你们了,我走了。"

细灰的爷爷说着弯腰钻进树林。走了几步,细灰问:"你说的那个洞在哪里呀?""不晓得!"他头也不回,走了。

喜芹在细灰的鼓励下,给伤员把伤口缝好了。他们没有停留,越往里走,山林越宽,离搜山者也越远。细灰的爷爷说,那个山洞嘴巴小,但肚子很大,他曾在里面熬过硝,崖畔上有一棵黄葛树。细灰不知道具体位置,但大概方向是知道的。喜芹不无担忧地说:"你把公气成那样,怎么办?"细灰说:"不要紧。我要把你娶进屋,就得等我们家每个人都气够了,不再生气了才行。"

越往里走,树木越高大挺拔,荆棘和杂草越孱弱。这也是大兽的老巢,细灰根据粪便的软硬和尿臊味的浓淡判断大兽是否在附近,他的弩箭对付不了它们,再说也不能随便射杀,打猎会惊动把他们当猎物的人。他让每个人都涂了雄黄酒,蛇闻到这种气味会躲得远远的。

在一处泉眼吃了已经变冷的米饭,他们继续前行。米饭已经没有了,其他食物也吃光了。喜芹担心晚上没吃的,细灰说:"林子里什么都有,哪会没有吃的。"

他们在一棵被雷劈断的枫树上摘了满满一背篓冻菌。喜芹并没因此放心,"没有锅啊,又不能吃生的。"细灰怒气冲冲地说:"你不要念牙痛经好不好。""我说的是实话呀,"见细灰瞪眼,喜芹忙笑着说,"我晓得你是林中大王。大王,把你肚子里的火用来煮冻菌吧,说不定比用铁锅煮的更好吃。"

走到下午,他们在崖畔上看到了大河。大河在这一段变窄了,河水翻卷着浪花,把两岸冲撞得地动山摇。细灰没费多少劲就找到了山洞。凭着对山区的熟悉和理解,这对他不算难事。从洞口到河边是几十丈高的斜坡,斜坡上矗立着大大小小的礁石,越靠近河边石头越大。把伤员抬进山洞,细灰和六指倒在地上就睡着了,喜芹不顾疲劳,到附近找毛栗和野柿子去了。毛栗树不少,但掉在地上的毛栗不是被虫蛀了,就是被松鼠和猴子啃过了。野柿子不多,掉在地上的有一股酒味,正在腐烂,挂在树上的又被鸟啄出大大小小的洞。在悬崖边上遇到一群猴子,它们也许从没见过人,对她既好奇又害怕。喜芹暗想,应该打一只下来当晚饭。她钻进山洞把细灰叫出来,猴子已经不知去向。失望地回到洞口,她把"只够填牙缝"的东西故意倒在地上让细灰看。细灰说:"放心,饿不死你。"

黄昏到来时,细灰背着十字弩走出山洞,那些在夜晚出来觅食的动物成了他捕猎的对象。如果父母都不同意,其实可以就在这个山洞生活,他想。要吃肉,山上有,开荒种点粮食就什么也不缺了。他很感谢喜芹,让他不再为那种事焦虑和饥渴。"我也是有女人的人了。"想着,忍不住笑了起来。

天快黑尽时,他看见一个黑乎乎的东西正往树上爬,他没犹豫,一箭射过去,弩箭把动物钉在树上,挂了一会才和挣扎的猎物一起掉下来。捉住后,发现是一只獐子。他很满意,獐子肉细嫩,比猴子肉好吃多了。

细灰找了些干树枝,用火镰和火绒将它们点燃,用它们照亮,把伤员搬到一个宽敞的洞厅。这是熬硝的人用锄头铲过的洞厅,睡觉的架子都还在,木头还没腐烂。细灰拆了一个架子当柴烧。细灰说:"有床,有柴火,简直和皇宫一样哪,你们说是不是?嗯?"他在火堆上架了块石板,石板烧烫后,把剐了皮的獐子切成块放在石板上,"嗞嗞"声响起,香味一会就把山洞塞满了。后来把冻菌也烤上了。细灰热情地说:"吃吧吃吧,多吃点,白天是不能烧火的。"他的声音在洞子里嗡嗡响。他把伤员扶坐在石头上,把烤得最嫩的肉喂到他嘴里。喜芹说:"听得到水响,得不到水喝。"细灰说:"忍一忍,天亮后我到河边去打水。""山坡这么陡,要是猴子能帮我们打水就好了。""有些人刚才还想吃它们的肉呢,这会又叫它们帮忙打水。""是啰是啰,我怕你下不去嘛。"

晚饭吃好后,细灰将一堆干树枝掩在洞口,然后怀揣十字弩,在离干树枝不远的地方放哨。喜芹依偎在他身后,细灰听到洞子深处传来鼾声,把手伸进喜芹的衣服,喜芹掐了他一把,吃吃笑着说"要死的""他们会听见的""小心把嫩虫虫撅断了"。细灰不说话,已经不再像前几次那么笨手笨脚,不声不响地让喜芹软了下来。

　　白天到来,细灰发现悬崖与斜坡接头处有一片慈竹,他削了几个竹筒,从河里把水打上来,让大家喝得肚子里咕咕响。他重新回到河边,把竹子砍下来后丢到河边,以便过几天扎竹筏。刚砍了十几根,天上放信一般打起雨点,爬进山洞后,雨立即大了起来。

　　秋天的雨来得柔和,但下得缠绵,一下就是好几个小时。到下午,山洞石缝开始滴水,喜芹愁眉苦脸地说:"这下好了,不用到河里取水了。"

　　细灰把砍来的竹子在火上燎过后撕成竹麻,准备打几双草鞋。他对六指说:"昨晚上我放哨,白天该你放哨了。"喜芹听了偷偷笑。

　　细灰每次歪着嘴咬着冒热气的竹筒,喜芹也跟着咧嘴。撕竹麻要用很大的力气,喜芹笑着说:"我真担心把你的牙扯脱。"细灰把竹筒上的麻扯完,将竹芯丢进火堆,自信地说:"竹麻算什么,我的牙和老虎的牙一样厉害。"喜芹说:"那就请只老虎来比一比。"细灰说:"你请得来,我就敢和它比。"

正在斗嘴,一大一小两个湿漉漉的影子闯进来。细灰的眼睛被火光晃花了,没有一眼认出是戴着斗笠的爷爷和六指。六指把细灰爷爷带进来后,又回去放哨去了。

"公。"

老人没理他,斗笠只遮住头,树叶上的雨水把衣服浇透了。

细灰叫喜芹到六指那里去,以便爷爷把衣服脱下来烤。老人背来了大米和一口铁锅。他脱下衣服和裤子拧干水,交给细灰挂到竹竿上烤起,然后责备道:

"大白天你也敢烧火,就不怕别人发现冒烟?"

"看不见,一下雨就起雾了,雾和烟分不清楚的。"

"听见打雷没有?"

"没有啊。"

"你没听见?等你回家就听见了,你爹和妈在家雷霆火闪。"

细灰嘻嘻一笑:"哈哈,等我回去已经雨过天晴了,就像你现在一样。"

老人看了看洞口,哼了一声说:"她老人公来过了,问怎么还没回来,是不是被麻猫拖去了。你呀,真是给我们家惹上大麻烦了。"

"那你怎么回答的呀?"

"我说,各人派出去的人,怎么来问我要呀?"

"你回答得对,就这样回答。"

用铁锅煮好饭,舀在水葫芦叶子上,包成饭团,再用铁锅熬骨头汤。獐子吃了两顿,只剩骨头架子了。细灰的爷爷从怀里摸出一块菜叶包着的岩盐,僵硬地涮了三下,再小心翼翼地重新包好揣上。平时在家,煮汤只涮一下,有客人时涮两下。过年过节才涮三下。"要不是为了他们的伤口早点好,哪个舍得涮三下呀。"老头子无可奈何地说。"三张狗皮才能换这么大一块盐呢。"

汤熬好后边煮野菜就可以边吃饭了。喜芹提出去放哨,"女人家不能上桌的,你们先吃吧。"细灰说要陪她,她瞪着眼说:"你晚上还要放哨呢。"她其实想说的是,公在这里,今晚上无论怎么我都不会让你得逞的。从现在起,你要把我正式娶过去才能答应。

细灰不知缘由,还以为这是女人的菩萨心肠。他用打水竹筒作汤勺,用篾片作筷子。捧着水葫芦叶子上的米饭,喝着汤,连老爷子也忍不住感叹,这样的饭菜真是太香了。

"就在山洞住也不错呀。"

"年轻时可以,老了住不得,住在里面浑身痛。"

"公,这些山都被你钻遍了吧?"

"那当然,山上有什么我一清二楚。"

六指问:"老人家,搜山的人都回去了吗?"

"回去了,你们放心吃。下雨更不会来了。"

饭后给伤员换了药,伤员可以自己活动了,不需要人扶。细灰砍了根棍子给他做拐杖。老人问:"等伤好了,你们要去哪里?回老家吗?在家千日好,出门好丁丁,还是回老家吧。"老人感慨:"你们不晓得,老人对外出的亲人那个盼哟,真的不是滋味。年轻人是不会晓得的,人老了,最大的福分就是看见每个亲人都在身边,要不然,再香的饭菜都吃不出味道。"

"公,你又没喝酒,话怎么这么多。"细灰说。

这时喜芹连滚带爬扑进来,"有人!"她惊恐地报告。

细灰抓起十字弩朝洞口跑去,爷爷提着火枪紧随其后。

透过洞口的乱石,他们看见雨雾中,保安中队的人正朝洞口摸索而来。爷爷叫细灰带人从洞口的另一头去河边,他在这里挡一阵,"你跟他们一起走,回去要坐牢的。"他叮嘱道,"赶紧过河!"

细灰转身离开后,老人又朝深处吼了一声:"快点过河。""晓得啦。"山洞深处传来细灰嗡嗡的声音。

老人把火枪藏进石缝,然后站了起来。保安中队的人已经走到洞口。

"各位老总,天雨地滑的,你们来这里干什么呀?"

保安兵将枪口对准他,中队长用枪探子顶了顶湿漉漉的帽子:

"老汉,既然天雨地滑,你跑到这里来干什么呀?"

"哎呀,农二哥哪能管天气呀,见到獐子往这边跑就追来了。你们想吃野味不用亲自来呀,给我说一声就行了。"

"老汉,不要装了,把人交出来吧。还是个甲长,不晓得你这个甲长是怎么当的,你不知道他们是政府的敌人吗?"

"什么敌人呀老总,我真的是追獐子呀。"随即嘀咕道,"甲长嘛,不就是夹起尾巴的意思。"

中队长使了个眼色,其他人踉踉跄跄绕开乱石爬过来,被雨淋湿的石头太滑了。见到有人摔倒,老人说:

"噫,没见过这么磕头的,拜山神也用不着把脸贴到地上去呀。"

保安兵钻进山洞,一时不适应里面的黑暗,不敢贸然向前,他们命令细灰爷爷带路。中队长朝里面喊话:"里面的听着,敢乱来我一枪打死他。"

走到煮饭的地方,老人说:

"你们看,真的是打獐子呀,獐子皮还在这里呢。还有半锅骨头汤,各位老总要不要喝点?"

中队长没理他,指挥手下寻找出口。"肯定是从出口溜掉了。"他说。

细灰此前已经勘察过出口,保安兵进洞时,他们已经走到山洞外面。细灰叫六指搀扶同伴往河边走,他和喜芹去归拢慈竹。也许是离得近的缘故,也有可能是涨水了,水流奔腾的速度看上去更快了。慈竹拖到河边后,发现又粗又长,无法把它们扎成竹筏。他们搜集慈竹花的时间太长了,保安兵已经从出口钻出来了。他们在上面喊话,叫他们站住，不站住就开枪。细灰和六指说："我们只能各自抱着竹子过河了。""我们不用跟他们走呀。"喜芹害怕地喊道。细灰说："不走怎么行呀，等他们把我们抓去砍头吗？""我们又不是坏人！""现在跟坏人差不多了。"细灰叫六指和同伴快下水，"不管遇到什么情况，都要抱紧竹子不放。"正在这时，一颗子弹击中六指身旁的石头，几个人忙蹲下去，接着更多的子弹飞来。

　　细灰躲到石头后面，用十字弩进行还击。保安中队只有两支毛瑟枪，其余用的是汉阳造。细灰移动到另外一边，射中了离他最近的一个人。这人倒下去时，枪脱手，顺着一块陡峭的大石头滑了下来。六指想去捡这条枪，细灰吼道："你捡它干什么，又没子弹。快走。"他移动到另外一块石头后面，射中了一个保安兵的手臂。"我只有三支箭了，你们快走。"六指和伤员抱着慈竹扑进河中。细灰射中第二个人后，保安兵不敢肆无忌惮，各自寻找掩体后再开枪。六指和伤员趁此机会游到了激流中，瞬间消失在浪花里面。喜芹躲在石头后面不敢动弹，细灰叫她走，她说要走一起走。保安兵发现只有细灰一个人有十字弩，轮番朝他藏身的地方射击。他朝喜芹吼道："你不走，我也走不成！"喜芹嘀咕道："这么大的水，我怕。"她拖了两根慈竹，不朝水里走，而是向细灰靠拢。细灰着急地说："疯了！"

　　细灰躲到离水边最近的一块石头后面，喜芹想把一根慈竹递给他。这根竹子足有碗口粗，太重了，她搬动起来非常吃力。细灰责备道:"拿轻的吧,凫得起你。""这是给你的。"她固执地将慈竹拖到自己身边,然后朝细灰那边送。细灰刚摸到竹子,正准备用力,一颗子弹打在慈竹上,细灰一撒手,竹子掉进水,另一头也从喜芹手里滑落,搁在一块石头上,在水里摆来摆去。

细灰无法向保安兵进行还击,保安兵却可以从容地朝他开枪。这时洞口冒出一团火光,细灰隐约听见爷爷的吼声:"快走啊。"保安兵转身朝细灰爷爷射击。细灰扑进水里,抓住那根最大的竹子,一声高喊:"快跟我来!"喜芹不再犹豫,抱起另一根慈竹扑了下去。

第二年春天,喜芹一个人来到山洞,在山洞外面开荒种地。她抱着慈竹扑进水里后,没被卷进激流,反倒不时被激流推到岸边。她没能赶上细灰,但她记住了细灰的话,无论发生什么事,死死抱住竹子不放,呛了一口又一口水,头昏脑涨也没撒手。第二天早上,她发现水流不再湍急,河面变宽了。看到岸边的木瓦房,她哭了。在码头模样的岸边,她看见六指正吃力地朝坡上攀爬。细灰的爷爷当天被打死了。喜芹相信,她给细灰的是最大的一根慈竹,他不可能不回到她身边来。

慢生活

绿叶在窗子四周生长,叶片里的秒针记录着漫长而宁静的时光。

"慢协会各位同人,请按照慢协会章程,以每分钟呼吸七次的频率进行龟吸法体验:呼……吸……呼……吸……好了,三分钟,我们做了二十一次龟吸法,有的同人还是略快了一点,下去后要好好练习。龟吸法是我会瑰宝,只有掌握了龟吸法,才能做到三分钟二十一次。慢,是生活,快,是反生活。请回应。"

会议室是按岛式音乐厅设计的,主席台具有强劲的反射功能,墙壁石材则具有完美的吸音效果,除了主席台,会场里面的掌声、咳嗽声、手机铃声都会被墙壁吸走,而主持人的声音,无须任何电子辅助设备就能均匀地送进所有与会者的耳朵。

龟吸法是乌龟式呼吸法的简称。

"好,回应得很好。今天的会议是请各位同人观看我会会员、致力推广慢生活的黄叶南寄同人的纪录片。各位同人在观看视频时可随时提问,我乐于解答。虽然我是主持人,但会议的中心是你们,是在座的各位。中间我们将做三次龟吸法,以利大家身心健康。"

慢协会成立于二〇三五年,当时只有二百三十一名会员,国籍仅限于中国、日本、美国、英国。到二〇八三年,会员人数达到一亿三千四百万,国籍增加到三百六十三个国家和地区。二〇三五年去世的人永远不知道,因为互联网造成的封闭性和开放性,地图出版社世界地图编辑室休闲的状况一去不复返。慢协会的理念和政府倡导的经济发展总是背道而驰,世界地图一再重绘并不影响慢协会的发展,只用了十二年,其会员已经遍及所有国家和地区,连非洲一些小部落都有人参加,虽然他们未必完全理解慢协会的宗旨,但他们热衷谈论慢生活、实践慢生活,以能把与慢生活有关的句子倒背如流而深感自豪。

政治家和文化名人如果不知道慢生活,就有被追随者抛弃的可能。

慢协会一直强调,不能把慢生活仅仅理解成吃饭慢一点、行动慢一点、说话慢一点、学习慢一点、爱情慢一点、结婚慢一点、生育慢一点。如果有人如此理解慢生活,会让慢协会的资深会员感到难堪。去邻居家串门像蜗牛一样三个小时才爬过去,这并不是慢协会提倡的。慢协会强调的是适合人类身体和心理的一种慢的状态。要理解这种状态并不是加入慢协会就能实现的,而是要经过多年的体会,练习,在日常生活中形成一种习惯,把慢的趣味融入对世界的理解,并且享受到慢的快乐,这才是慢协会的宗旨。慢,不仅是一种精神上的需要,也是身体的需要。不仅仅是身体的需要,也是社会的需要。不仅仅是社会的需要,也是人类生存的需要。

三年一届的会员代表大会在鸡骨岛召开。鸡骨岛环境恶劣,一面翻滚着被严重污染的海水,一面是终日不停的寒风。不过这里非常适合开会,室内环境最大限度接近自然,空气和水都经过最先进的设备净化,据说已经达到马可·波罗时代的标准。主持人深呼吸了一口气,然后缓缓地说:

"各位同人,请把座椅调整到标准态,采用自由式呼吸法,听我介绍第一位候选人。我会黄叶南寄同人近年来以极梭地下交通为考察对象,行程八万三千四百公里,相当于沿赤道绕地球两圈。大家知道,极梭地下交通集团对我会活动向来有抵触情绪,黄叶南寄同人冒着极大风险,与极梭公司上上下下斗智斗勇,完成这项浩大工程,殊为不易。黄叶南寄同人访问的第一个人是快刀手王印。请看视频。"

王印大学毕业后就在普济医院工作。医院福利好,王印一去就分得一栋独立别墅,虽然并不是真正的独栋别墅,是建在别的高楼顶上的独立别墅,但水、电、气、电梯是独立系统,电梯直达地下高铁贵宾通道。除了别墅,还有最新一代的机器人保姆,由于采用的是眼球识别技术,这个机器人只听王印一人指挥,安全性能和灵活性超一流。医院承诺,王印做完三千例手术,将换成落地别墅。做完一万例,可以把别墅建在人迹罕至的任何一个角落。自从极梭公司垄断全球高速运务以来,全球人迹罕至的角落逐月递减,至今已经变成稀缺资源,最新统计数据不足八千个。普济医院院长手里也仅仅掌握十三个。这十三个是他刚上任时高瞻远瞩,举全院之力买下的。不过,你们不必担心,这个奖励办法实施以来,还没有一个医生获得过。这些医生还没有完成一万例就倒在了手术台旁,自己成了病人。

王印信心满满,并且早就超过了三千例。他没从别人的屋顶上搬下来,是因为从现在的独立别墅到医院只要七分钟即四百二十秒。若是搬到落地别墅,上班时间将多花九百秒即十五分钟。普济医院的计时器只有秒,没有分,没有小时,对外宣称这是视生命为第一的服务宗旨。只有内部人士知道,自从以秒计时以来,这对医生护士的考核几乎是一种摧残,迟到一秒就视为缺勤。考勤设备是一台红外线扫描仪,医院预先输入所有医务人员的红外线资料,只要一进大门,这台最先进的考勤仪就可以记下医务人员的上班时间。虽然每个人都可以发射出红外线,但每个人发射出来的波长是不一样的,就像世界上没有两片相同的叶子,世界上也没有两个红外线波长相同的人。

王印不但适应,并且很赞赏这种考核办法,他一次也没迟到过。

王印做手术时,如果某个护士晚到一步,他会毫不客气地斥责:"你干什么,我都等你两秒了。"

除了做手术快,王印吃饭喝水也快,他吃一顿饭只用一百二十三秒,喝一口水只用零点七秒。只有如厕时间,他无法快起来,因为饮食单调,他的便秘越来越严重,如厕时间也越来越长。谁要是劝他利用饮食改善一下便秘,他会像隐私被揭一样暴跳如雷,从此不和你说话。

这世上,他最讨厌的人是中医大夫,尤其是老中医,然后是京剧演员。有一次,华都戏院一位京剧演员去做痔瘘切除手术。王印知道他的身份后,拒绝给他做手术,叫医院安排别的医生。他认为,这些慢腾腾的人都是对生命不负责任的人。

有一天,传记作家黄叶南寄要求采访他,他一口拒绝了。王印认为文学是狗皮膏药,早就过时了,所以他一开始就对黄叶南寄抱有成见。其实黄叶南寄不是传记作家,他约会王印另有目的。社会上成功人士大都喜欢立传,对找上门来的传记作家,就像幻想当明星的少男少女遇到星探,大多喜不自禁。黄叶南寄以为王印也是这样的人,没料到不对位,碰了一鼻子灰。黄叶南寄誓不罢休,他找到普济医院院长,告诉他,自己采访王印,实际上是宣传普济医院,是为了让更多的病人把医保卡交给普济医院。院长很高兴,答应亲自出面劝说王印接受采访。但院长希望黄叶南寄先写写他,然后再写王印,费用好商量。黄叶南寄嘴上虚应着,心里很鄙视院长假公济私的做法,决定直接去找王印。

王印每天从家到医院,从医院到家,他不走别的路线,只乘坐地铁专线。但黄叶南寄要找到他,并非易事。因为这是一条封闭路线。他从独立电梯进入地下高铁,地下高铁行驶到普济医院,专用电梯直接把他送进办公室或手术室,整个过程就像一颗钢珠从管子的一头滚到另外一头。黄叶南寄要见到王印,必须进入这个封闭系统。医院办公室和手术室是不允许外人进去的,这些办公室和手术室也是密闭系统的一部分。

黄叶南寄希望从王印早上起床后就开始访问。王印说他没时间和他说话,黄叶南寄在电话里保证,王印可以不回答他的问题,只要允许他待在他身旁就可以了,只待八小时。王印说,这是不可能的。黄叶南寄到了王印独立别墅所在的大楼,发现果然不可能,大楼所有电梯和消防通道都无法到达楼顶别墅。王印的别墅具有绝对的独立性,不光电梯直达地下贵宾通道,而且贵宾通道的电子门没有王印的指纹是打不开的。

越是具有挑战性,黄叶南寄越是不想放弃。

黄叶南寄采访王印,是想了解一下,这个传说中的快刀手对慢生活的看法,快和慢在他的生活中如何统一。慢协会主席团成员听了黄叶南寄的汇报后都劝他放弃,另外找一个访问对象,可黄叶南寄非采访王印不可,不达目的不罢休。经过慢协会主席团成员共同努力,他在汽车博物馆租了一架直升机。这是汽车博物馆平时停在楼顶,用于消防的直升机。

在王印走出别墅前半小时,直升机把黄叶南寄送到了王印别墅的草坪上。还好,王印的别墅对天空是开放的。

直升机刚离开,王印的机器人保姆就走了过来,它身兼保安。它一上去就给黄叶南寄一拳,黄叶南寄猝不及防,鼻梁被打断了。黄叶南寄诧异地质问这是干什么,他不是小偷,他是来采访王印博士的。王印没有把这一条信息传递给机器人保姆,所以它毫无反应,继续向黄叶南寄挥拳,黄叶南寄避之不及,手指又被打断了。血肉之躯哪是钢铁智人的对手,黄叶南寄哀叫、求饶根本不起作用,因为钢铁智人根本不懂疼痛和哀求,也没有同情心。黄叶南寄围着假山和荷塘逃命,机器人在后面追赶。机器人的速度虽然不快,但它永不疲倦。黄叶南寄在绝望之中叫唤道:"你再追,我就从楼上跳下去了。"他真的想跳楼,可他惊讶地发现,足球场大小的楼面没有一处可以跳下去,楼顶的围墙是他身高的三倍。要不是在直升机上见过这栋大楼,在楼顶上奔跑和在大地上奔跑没任何区别,天还是天,地也很像一块地,围墙被藤蔓植物巧妙地伪装成自然堡坎,沿堡坎还有一排人造轻材质大树。

黄叶南寄绝望之际,王印终于从屋子里出来了,他及时向机器人保姆下达命令,救了黄叶南寄一命。

王印对黄叶南寄很不礼貌,和机器人保姆一样冷漠,黄叶南寄都伤成这样了,他没有安慰一句,反倒不耐烦地说:"你来干什么,我没时间陪你。"

黄叶南寄没把王印的轻慢放在心上,而是赶紧抓住机会,理直气壮地说:"我的鼻梁骨断了,两根手指也断了。现在我不是采访者,我是你的病人。"说完,不由自主地哭丧着脸。

王印拿起黄叶南寄的手指看了看。他不再冷若冰霜,他关切地问:"你得忍一会儿,你忍得了吗?家里做不了手术,只能去医院。"

"没问题,我忍得了。你的看家护院是不是程序有问题?怎么见人就打呀。"

"程序没问题,给它安装的就这个程序。"

前往医院的路上,黄叶南寄像一个喋喋不休的老太太,想方设法和王印说话,但除了黄叶南寄手术方面的问题,王印对其他事不予回答。

从别墅到医院,用了四百二十秒。路上王印已经做了安排,一到医院,王印和黄叶南寄就进了手术室。王印和助手只用了一百八十秒就处理好了黄叶南寄的鼻梁和手指。他们的手法像机器一样精湛、可靠、迅捷。黄叶南寄还来不及赞叹,就被柔软的硅胶机械手扶到手术室外,请他离开医院。

黄叶南寄向王印叫道:"王医生,我不会走的,我在外面等你。"

黄叶南寄在走廊上一等就是八小时。王印出来时见他虚汗淋漓,关心地问:"怎么了?伤口感染了?"

黄叶南寄回答道:"不是,我怕你中途离开,没敢去吃饭,现在饿得厉害。"

王印按了一下手背,通向餐厅的门打开了。黄叶南寄后来才知道,王印的手背上装有一块极薄极灵敏的芯片,以便他和医院某个部门取得联系,提出要求。

医院餐厅与众不同,每个饭厅只能容纳一个人吃饭,这是为了方便消毒,每个饭厅在用餐前和用餐后都要进行严格消毒。

黄叶南寄得到一份完全按照营养学配备的晚餐,他感到味同嚼蜡,如果不是饿得厉害,他是不会吃的。他对"5S"理念从未动摇过,但为了挤出和王印的说话时间,他以最快的速度吃完了自己那份晚餐,然后等在门口,像推销员一样告诉王印,什么是"5S"理念。王印听完黄叶南寄简单介绍的慢食(Slow Food)、慢写(Slow Up)、慢爱(Slow Love)、慢运动(Slow Motion)、慢旅游(Slow Travel)后满脸困惑,他的表情就像他是一个病入膏肓的人,黄叶南寄却在这里大谈美食与享乐,这根本就不是他所需要的。

黄叶南寄怕他赶自己走,灵机一动,说他被王印的机器人保姆追打时,嵌在他手臂上的银行卡掉在王印的别墅里了。黄叶南寄的银行卡是他十八岁时,他的父亲送给他的成人礼物,这是一块只有米粒般大小的电子芯片,通过简单的外科手术嵌入体内后,直到老死也不会丢失掉。最近推出的银行卡已经没人嵌在手臂上了,嵌入时是液体状态,只有八分之一滴水那么大,用注射器推进人体后自动塑形,而作为银行卡的功能,它呈现什么样的形状都是可以的,可以附带隆胸、隆鼻,特别受女性追捧。据统计,有百分之九十的父母选择在孩子刚出生时将其置入孩子眼底,利用眼球识别技术,用不着另外设置银行卡密码,既安全又方便,置有这种银行卡的人看一眼手机,就可以刷卡消费。

王印做外科手术虽然一流,但对待生活中的事,他像老太太一样糊里糊涂,不是弄不懂,是他压根就不想弄懂。黄叶南寄自己都意识到这个借口太拙劣了,都已经想好了进一步应对的话:"我的卡嵌得太浅了,几年前又不幸受过伤。"可王印什么也没问。

王印破天荒地第一次带外人进入别墅,他自己没去想这有什么特别的,却让黄叶南寄一个人屁滚尿流地激动着。王印仍然没有时间和黄叶南寄交流,他先去健身房跑步,然后冲凉。冲凉后立即进入书房,他还得为一部医学著作撰写相关章节。他撰写的文章每千字可折算手术十例。

黄叶南寄硬着头皮钻进书房。

黄叶南寄问:"你每天都是这么忙吗?"

王印没有回答,他不理解黄叶南寄说的忙是指什么,他像回答不出问题的小学生一样看着黄叶南寄。

黄叶南寄只好改变话题。

"你喜欢古习国的风景吗?"

王印还是没听明白。

黄叶南寄说:"我是说,你的花园是按照古习国的万佛山修造的,是万佛山的微缩景观,你一定去过那里吧?"

王印说:"我没去过,这是医院安排的,我不知道这是哪里的风景。"

黄叶南寄说:"万佛山确实漂亮。你这花园做得不错,不过,置身于真正的万佛山,感受是完全不同的,你应该去看看。"

不知为什么,陡然间,王印的脸涨得通红。

黄叶南寄说:"在万佛山住上一个星期,因为清净无染,对身心健康是很有利的。"

王印的脸依然很红,他诚恳地告诉黄叶南寄,自从地面交通取消,全部转入地下,他就再也没见过地面上的景物。入住医院安排的别墅以前,他从初中到博士毕业,乘坐的都是浅二型地铁,进站口就在他所在的小区,而出站口就在他工作的医院。他已经二十多年没见过地面上的景物。他对风景的记忆还停留在十二岁,当时他正在上八年级,学校老师带班上同学去了一次植物园。

"你应该向医院提出休假要求。"黄叶南寄说。

"休假?休假会影响我的积分。再见,我得去写文章了,我只有快速完成这一切才能向院长提出要求。"

"我再问你最后一个问题,你对女性一点不感兴趣吗?"

黄叶南寄看见王印脸色大变,他正要道歉,不该问这个触及个人隐私的问题,但他来不及了,王印的机器人保姆站在身后,伸出加长手臂,黄叶南寄来不及躲闪,脖子已经被它抓住,随着手臂内部弹簧噔噔作响,黄叶南寄被拎了起来。

机器人保姆的身高平时只有一米五七,比王印矮二十厘米,但抓住黄叶南寄后,它变成了两米五高的巨人。它的身高可以根据环境不同而自行调节。黄叶南寄被野蛮地推进电梯,他没有王印的指纹密码,既不能乘地铁出去,也不能打开电梯回到王印的别墅,他像被关进大卖场升降笼用来招徕顾客的猴子,虽然无人参观,但他所遭受的折磨是一样的。他利用龟吸法、默想慢生活法则,直到第二天王印上班,才把他从普济医院的大门送回到人间。

王印博士按电梯密码时,下意识地翘了一下兰花指。黄叶南寄恍然大悟,原来王印是女博士,这才明白昨天问她对女性是否有兴趣时,她为什么会脸色大变。她的胸部、发型、身材、声音、体味不带任何女性特征。只有兰花指,这个几千年来根植于女性身体的习惯性动作还没消失掉。黄叶南寄为自己的莽撞道歉,王印迷茫地看了他一眼,不明白他在说什么,她在校对自己的论文。

"秘书长,请暂时关掉视频,我实在忍无可忍,必须打断一下。我认为,王印这样的女人根本不适合当医生,她如此对待黄叶南寄同人太不人道了。我提议由我会法律委员会向法院提起诉讼,对王印的人性进行监督,并剥夺她当医生的权力。"

"根据《精神损害法》,至少可以判她入狱一百小时。"

"我反对。我刚从慢慢网搜索到资料,王印毕业于汇仁大学,现年三十六岁,身高一千七百二十三毫米,体重七十四千克,现供职于普济医院,以做手术时速度极快著称。对病人施以手术,当然是越快越好,缩短手术时间不仅可以减少病人痛苦,还可以减少病人出血量,有利于病人术后恢复。我们对这样的人士要格外关心,让她领会什么是慢生活,而不是粗暴地诉诸法律。如果慢协会能让王印这样的人加入,我相信对慢生活的推广,一定会起到事半功倍的作用。"

"秘书长,这些事和今天的主题无关,请继续介绍黄叶南寄的工作。慢生活的精髓之一是秩序,我们的工作必须按照秩序来,一项一项地进行。"

"请秘书长介绍一下极梭公司。"

"好,各位同人少安毋躁,少安毋躁。请随着我的口令做龟吸法。呼……吸……呼……吸……大家踊跃发言,这很好,你们的发言已经同时录音整理,会员协调部将圆满解决你们的提问。为了方便黄叶南寄同人的介绍,我简单介绍一下极梭地下交通公司。

"极梭地下交通公司成立于公元二〇四八年,是从最早的高速铁路和城市地铁发展而来的。

"据史料记载,人类第一条高速铁路距今已有一百八十年。公元一九六四年,原日本国新干线系统开通,是史上第一个实现'营运速率'高于二百公里的铁路系统。

"公元一九八三年,当时的法兰西第五共和国建成了第一条高速铁路,简称TGV,即巴黎东南线(巴黎—里昂),其高速技术超过了日本,运营时速达二百七十公里,之后又相继建成了时速三百公里的大西洋高速铁路和北部高速铁路。公元一九九〇年五月十八日,法国大西洋高速铁路线上,一列火车以五百一十五点三公里每小时的速度疾驶,创造了客运列车的最新世界纪录。

"至公元二〇四五年,时速六百公里以下的火车都被取消了,因为它们太慢了,无法满足人们对速度的追求。从公元一九九〇年到现在,已经过去了一百二十八年,我们无法想象一百二十八年前的人乘坐在今天的地铁线里,会是什么感受。古人不见今时月,今月曾经照古人。这是很有趣的。

"今天早上,我从贝子关来鸡骨岛开会,乘坐的地下高铁时速已经达到一千三百三十三公里。这还不是最快的,极梭公司沿赤道运行的极梭一号线已经达到二千一百公里,绕地球一周也只需要二十个小时。九十年前,地面高铁时速达到六百公里,这些快速行驶的列车在地面行驶太麻烦了,从此全部转入地下。三十年前,地下高铁时速提高到九百八十公里,世界上最后一个航空公司倒闭了。与此同时,高速公路也失去了意义。我们当孩子的时候,还可以跟父母驾车沿京沪高速公路遗址旅游,现在再也没人能上这条路了。据说有一粒枫树种子落在了公路裂缝中间,枫树种子发芽生长,在它成长的过程中,树根不断把四周的沥青路面撑破、掀翻,制造了更多的缝隙,缝隙里落下更多种子,种子茁壮成长,现在,京沪高速已经变成了一条漂亮的林带。每到秋天,枫叶红了,地球资源卫星拍摄的照片上,林带像一条火龙,有人说它是红色长城,有人说它是活着的焰火。时间和自然是制造美的能手啊。

"地下高铁对世界的改变太大了。地下高铁首先使全球货币统一,地球最南和最北的人使用的都是同一种货币。货币统一后,人们很快抛弃一般货币名称,通称其为"球币"。这个"球币"是电子货币,只有数字在流通,没有任何形式的实物,纸币和金属币只有收藏价值,不再有流通价值。

"不过,地下高铁对人类改变最大的,还是日常生活。各位同人,我们继续观看视频好吗?"

"请带领我们再做一次龟吸法,刚才我有点打瞌睡。"

"很好,你的建议很好。来,我们来做龟吸法,请闭上眼睛,调匀呼吸,呼……吸……呼……吸……"

黄叶南寄访问的第二位是小学教师柳左左。她出生于中国,毕业于泛欧陆第一教育学院。现在是贡贝姆村的数理教师,教龄十二年,已婚,是两个孩子的母亲。柳左左的先生在联合国环境署工作,他每天深入北冰洋,在一艘巨轮上收集热量,以此阻止北极冰川进一步融化。这是一份令人崇敬的工作。柳左左的先生在没担任船长以前,每天下班后乘直升机到最近的地铁口,转乘三次,即可在四十分钟后到达法罗群岛上的贡贝姆村,与妻儿共享天伦之乐。当上船长后他就只能一个星期甚至半个月回家一次了。因为他得指挥空勤小组把当天收集到的热量送到外太空释放掉。人类收集热量的技术已经炉火纯青,向外太空释放热量的技术尚在摸索阶段。这些热量是以反粒子的形态存在的,相当于一种高能束流,稍不小心就会爆炸。一旦爆炸,太空中转站会在瞬间化作齑粉。这也是人类现在还无法把这些热量加以利用的原因。这些热量被释放到外太空,对银河系甚至整个宇宙产生什么样的影响,目前还难以预测。为了不让最后一批北极熊在地球上消失,柳左左的丈夫及其团队必须努力工作,不可稍有懈怠。

尊敬的船长不能按时回家,柳左左就再也享受不到慢生活的乐趣了。在此之前,她可是慢生活的忠实拥趸,虽然她并不是慢协会会员,对慢协会毫不了解。她每天悠闲地吃着早餐,惬意地梳妆打扮,花上十分钟寻找不知放在哪儿的钥匙,把盆花放在窗台上又端下来,用白嫩光洁的手试试风速和气温,再确认是放上去,还是不放。坐在马桶上翻看漫画杂志,一个人吃吃地笑。手机"哇哦"一声铃响,这是先生上船后报平安的短信,短信内容是一颗心和一张笑脸。看完短信,柳左左这才稍显紧张,整理一下准备出门。

现在,柳左左再也慢不下来了。她从起床就催自己赶快洗脸,赶快刷牙,赶快换装,赶快吃早餐。她不光自己行动要快,还克制住怒火叫两个孩子快些再快些。这两个天使般的孩子,吃早餐时的表现在柳左左的眼里简直是两个小魔头。他们不是故意把奶油涂到对方鼻尖上,就是把自己不喜欢的东西挑到别人碗里面,把自己喜欢的东西抢过来。老大以大欺小,还喜欢恶人先告状,说老二不好好吃东西。老二动辄张嘴大哭,把嚼得半碎的食物弄得满身满脸都是。柳左左只好在送他们出门之前给他们重新洗脸,重新换上干净衣服。

柳左左的先生荣任船长那年,柳左左请过三个保姆,前两位被两个调皮鬼气走了。第三位非常聪明或者说非常阴险,她把两个孩子的恶作剧通过微博公布出去,从此再也没有保姆愿来柳左左家了。

把两个孩子送上校车,柳左左感觉自己就要崩溃了。可当两个宝贝从车窗伸出小手向她说再见时,她再忙也会停下来,给他们一个飞吻。送出飞吻的瞬间,她的心一软,泪水盈眶:宝贝,我爱你们。

但容不得多想,她像老太太一样转过身,然后像受惊的麋鹿一样向家奔去,表情由年轻母亲变成准中年妇女。院子里一株她最喜欢的七里香枯萎了,她给了不在场的花工一个准中年妇女的表情:指责、无奈、痛心,下次见面,一定要狠狠批评。

屋子里很乱,她以最快的速度收拾了一下。船长曾叫她不必收拾,下班后回来再说。可她做不到,想到家里乱糟糟的,她就受不了,她会整天坐立不安,会感觉讲台上也乱糟糟的,整个学校乱糟糟的,心里更是乱糟糟的,几近崩溃。

收拾完屋子,手机"哇哦"铃响。这声音让她厌烦,她多次想告诉他,不要再发这样的短信了,她没时间看,也没心情看。可她连给他说这事的时间都没有,她只好忍受着这份多余的打扰。她把孩子的房间整理好,感觉已经没时间给盆栽植物浇水了。但必须浇,她不想让它们死掉,她希望它们茂盛地生长,它们是这个家里唯一没给她添乱的东西。

穿上衣服、拎上包,以最快的步伐去赶地铁。钻进地铁,她习惯性地拿出手机,启动家里的摄像头,让厨房机械手检查煤气关没关,门窗关没关,防盗门关没关。一切检查完毕,她额头上的皱纹终于舒展开来。

以前,对衣服不挑三拣四换来换去是不会出门的,现在没时间挑选了,从衣柜里拿出来就穿上。以前挑拣结束后,往往还是选取第一件,觉得第一印象比较符合自己的心思。现在,站在地铁车厢里,车窗映出她的衣服,她有点痛心疾首:我怎么选这件呀,太难看了。

车厢里有座位她也不会坐,她站着,以便以最快的速度下车,以最快的速度出站。她没现在这么急躁时也很少坐。有一次,因为地铁出了点状况停了下来,她看见一个赶时间的中年妇女双手着急地拍打着大腿,仿佛拍打得越快越有可能让列车重新启动。柳左左当时就告诫自己,无论什么时候都不要这样,这副形象太寒碜太丢人了。站着,就不会拍打大腿了。

换乘学校猪笼似的专用地线快车,柳左左突然难受起来,她不知道屋顶游泳池的水是否放掉。这事厨房机械手可帮不了忙。游泳池是丈夫一时心血来潮修造的,不过,丈夫可不认为这是心血来潮。恰恰相反,他认为这比其他任何事都重要。他要孩子们从小就学会游泳。他说,地球上的冰川自二百年前开始融化以来,人类就没法让它停止,海平面一直在持续上升。冰川热量收集工程耗资巨大,众多高海拔国家玩着花招拒付吸热费,收集热量的工作一旦停止,海平面将急剧上升,到时候很多地方都会没入水下。那么,会游泳的人总比不会游泳的人多一条生路。

柳左左觉得丈夫的想法很荒唐,如果整个世界变成了汪洋大海,会游泳又有什么用?你能让他们一直生活在海水中?除非变成大鲨鱼。丈夫说,游泳还可强身健体嘛。这她不反对。于是,这屋顶游泳池便大功告成。

孩子们对屋顶游泳池非常喜欢,问题也正是喜欢,才给柳左左额外增加了很多麻烦。最大的麻烦是他们一下游泳池就不想出来,游泳和写作业比起来,当然是游泳好玩。好不容易把他们叫起来,还得给他们弄吃的,因为游泳助消化。可吃着吃着,瞌睡就来了。让他们睡吧,作业没完成,不让他们睡吧,第二天上课又没精神。

没办法,柳左左只能催他们。吃饭时催他们:快吃、快吃。写作业时催他们:快写、快写。游泳时也催他们:快游、快游。在两个孩子面前,她不会说别的话,只会说带快字的单句和短语。

昨天晚上,两个孩子嚷着去游泳,她本来是不许的,但经不起他们一再央求,只好让他们去。她刚把水放好,就招呼两个孩子:快游、快游。她的小儿子套上游泳圈,光溜溜地滑下去游起来。大儿子最近突然对赤身裸体感到害羞,游泳时非穿游泳裤不可。小儿子游了两圈,柳左左说:快起来、快起来,我们该写作业了。大儿子说:妈妈,我还没游呢。柳左左问:你在搞什么?还不快点游。大儿子说:你在这儿,我怎么换衣服呀,你是女人,我是男人。

柳左左哭笑不得。

"你算什么男人,你才九岁,你是男孩!"

"男孩也是男人。"

柳左左只好回避,让大儿子换游泳裤。因为哭笑不得,她分心了,现在想不起来,游泳池里的水有没有放掉。

猪笼似的专用地线直接到达教学楼。柳左左换乘电梯直接进入教室。

"同学们,现在开始上课。"

她一边上课,一边想着屋顶游泳池。上第二节课时,她突然冒出一句:同学们,水满了。见大家面面相觑,她突然惊醒。

"对不起。继续上课。"

她不允许自己再分心,在讲解"数理变化会被时间所限"时,她突然意识到,变化是一种假设,如果没有假设,时间就不存在。她觉得这一定意味着什么,可到底意味着什么,她却想不出来。

在随后的教研会上,教研组组长例行公事地抛出研讨内容:自从人类能够缩短水变成冰的时间,人类同时就在别的方面失去了同样多的时间。因为缩短的过程需要消耗能量,能量的获得会从产生能量的过程中取走相应的时间。而冰化成水,同样需要消耗能量,人类因此再度失去时间。需要大家讨论的是,如何用数理公式清晰表达这一概念,并让学生运用自如。

这些以前还未引人注意的概念,在柳左左的时代已经变成基本常识。

别的老师发言时,柳左左的心却被屋顶游泳池里的水缠住了。当她想到,如果孩子们提前回去,他们完全有可能去游泳。想到他们有可能淹死在里面,她哇的一声大哭起来。她的哭声把教研室里的人吓了一跳。

"柳老师,你怎么了?出什么事了?"教研组组长关心地问。

"看样子不像生病。"另外两位老师小声议论,"不会是船长发生什么意外了吧?"

柳左左既羞愧又尴尬。自己担心屋顶游泳池里的水,这样的事怎么好说出口呀。她突然明白"数理变化会被时间所限"意味着什么,假设只存在于教学中,生活中没有假设。她不敢假设游泳池里没有水。

她向教研组组长请假,她想回家一下。组长立即说:好,没问题,我会把教研内容发到你邮箱里。教研组组长安排一位姓姬的老师陪她去,柳左左坚决拒绝,拒绝的语气近乎歇斯底里。

没到下班时间,专用地线处于停运状态,要启动还得去找校长。校长签字后还得去找管理专用地线的行政部刘部长。刘部长像考古学家一样把放行条仔细看了三分钟。他认真负责的美德此时变成了一种恶行。柳左左心急火燎、心烦意乱。但她不敢发火,她怕自己一发火刘部长更慢。

"你知道吗?非正常启动一次专用地线,消耗掉的能量足以融化掉一座冰山。"

"我知道……对不起,我不知道需要消耗这么多能量。我是没办法了,我就用这一次,下次一定不用了。"

柳左左回到家,发现游泳池里果然满满当当,但她不回来也没问题,进入游泳池要先进入阁楼,而阁楼的钥匙在她手上,她不在家,孩子们是进不去的。

把值得怀疑的地方全都检查了一遍,柳左左终于放心了。但她并没有因此慢下来。她必须马上回到学校,她不想因为半天事假影响自己的出勤考核。刚进入地铁,她突然想起,自己没请刘部长为她返校开启专用地线,她只好提前一站下车,然后去乘坐地面交通。地面交通的速度不但慢,还很不方便,要步行过两个街区才有。由于长期不去乘坐,她有点蒙,不知道方向是否正确。快步行进中,她感到小腿肌肉颤动,小腹一阵痉挛。她难过地想,天,自己都有赘肉了。

柳左左以极快的速度回到学校,刷卡时间已经过了,学校已经放学了,地线停开了。她快快不乐地再次回到地面交通车上。她一天中的八个小时,就这么快速地过去了。但她还得以最快的速度奔跑,孩子们肯定已经回到家了。在她的潜意识里,她在家,家就是港湾,是天堂,她不在家而只有孩子们在,家就变成了充满危险的地方。电源、刀具、药品,没有一样不对粗心的孩子构成威胁。

柳左左对黄叶南寄说,她也不喜欢快生活,但她没有办法,她希望快点,再快点。她说她经常做同一个梦,梦见自己在一张被水打湿的纸上作画,刚开始感觉非常好,自己在画一幅最新最美的画儿,但画着画着,色彩被水洇开,纸上模糊不清。

黄叶南寄征得船长的同意后,记录了柳左左两个二十四小时的活动,发现她说"上班""三分钟"等词儿时,下意识地咬紧牙关。黄叶南寄提醒船长,再这么下去,柳老师极可能患忧郁症。船长忧郁地说,他感觉自己妻子已经有忧郁症了。他对慢生活理念非常赞同,对慢协会卓有成效的推广表示由衷的敬意,他希望我会派专家到他的搜集船上搞讲座,在船员中推行慢生活,我会主席团即将对此事进行研究,制订讲座内容和行程安排。

"怎么样,听累了吧?慢,是生活,快,是反生活,我们再做一次龟吸法。做龟吸法时,各位同人可以把自己想象成一只乌龟。猎豹的速度快,平均寿命只有六点九年。乌龟的速度慢,平均寿命三百年。如果我们一生下来就是奔向死亡,还是慢点好。下面有人提问,请讲。"

"有人认为慢生活的精髓是自性真如,说天有尽时,地有尽时,人有尽时,因此不足以托付;佛无边际,法无边际,僧无边际,所以方能够皈依。请问你赞成这种说法吗?"

"这个问题我没想过,自性真如说起来也很复杂,我们改天再研讨这个话题好吗?今天还是以看黄叶南寄同人的视频为主。这位有什么问题,请讲。"

"能不能和船长商量,让我会理事乘坐热量搜集船到北极旅游一次,观看一下极地风光?别的地方我们都去过了,北极因为交通不便一直去不了。"

"这个……"

"我反对!我反对与慢生活无关的任何旅游,这种走一方吃一方的思想是两百年前的落后思想,我们决不允许这种思想死灰复燃!"

"这不能称之为'思想',应该叫习惯或者恶习。"

"可悲啊,刚刚才进行过龟吸法,不到一分钟就像吃了炸药一样。我建议再进行一次慢呼吸,直到情绪稳定为止。"

"别搞争论,争论起来没完没了。主持人,请继续,别理他们。"

黄叶南寄访问的第三位是极梭地线的技术员。目前高速地铁有三类,一是城市地铁,二是洲际地铁,三是国际地铁。城市地铁在浅表运行,分浅一型、浅二型和浅三型。其下是洲际地铁,洲际地铁下面是国际地铁。洲际地铁两个停靠站之间的距离不能小于一百公里,国际地铁最短站点距离是一千公里。这位技术员在 17 号国际地铁隧道里监测地温,监测室位于北纬 27°22′与东经 108°15′交叉点,距地面六百七十五米,地面上最小的地名可意译为两棵缠绕的树,但极梭公司的人喜欢用"两拐二两杠幺洞八幺五"来指称这个监测点,即 2722-10815。他们喜欢让自己有种神秘感。

地铁自动化程度早就达到了盲人也能驾驶的程度,但为了安全起见,在一些关键部位仍然派驻了经验老到的监测员。地下高铁现在遇到的最大威胁来自地壳运动,三年前,曾有一列地下高铁驶入地中海地区,突然遭遇火山爆发,地下隧道被岩浆封堵,车上两千一百一十二人全部罹难。

在两棵缠绕的树之下六百七十五米的监测室里,患有重度白化病的监测员把监测室布置得像皇宫,但只有一把椅子。黄叶南寄进去后,他们互相谦让,谁都不坐,椅子隔在他们中间,像第三者一样聆听他们说话。

"我不知道什么是快,也不知道什么是慢,对我来说,快和慢一回事儿。"监测员说。带着极不情愿被访问的冷淡,瞥了一眼黄叶南寄的访问提纲。

"你多久上去一次?是轮班还是轮岗?"

"我不轮班也不轮岗,上去的时间也不确定,有时几个星期,有时几个月。"

"你总得上去透透气呀。"黄叶南寄以玩笑的口气说。

"我不用透气,监测室的气一天要更换几百次,很新鲜。"

说话时一趟国际地线驶过,监测室里的震动并不明显,但能感到强烈的风从缝隙灌进来,然后又像涡轮机一样把里面的空气抽出去,把一些没固定好的东西折腾得噼啪响。黄叶南寄很吃惊,也很害怕,他担心自己被尖叫的风撕成碎片。监测员介绍说,其实监测室密封很好,但仍然抵不住高速气流的袭击。

"这里离大海很远呀,怎么会有股海腥味?"

"地铁的速度达到一千零八十公里后,从海边卷入的空气要行驶一千公里后才能全部释放掉。我这儿离大海只有七百六十三公里,而地铁时速早就超过两千公里。就这么回事儿。"监测员说。他的表情似乎厌恶,语气却又得意扬扬。这让黄叶南寄很是不解。

黄叶南寄问:"地下高铁的速度对人们生活有什么影响?据说,速度还有提升的空间,你觉得有必要吗?"

"我不知道有没有必要。带领人们向前跑的不是地下高铁。"

"是什么呢?"

"是他们认为有价值,或者即将有价值的东西。"

"哪些东西是有价值的呢?"

"你真是可笑,有没有价值对每个人是不同的,有人急于想去见某个人,他认为这是有价值的,有人一百年也不想见到他,这同样是有价值的。和你有联系的东西才会有价值,和你没有联系的东西,你连它是否存在都感觉不到,怎么可能去讨论它有没有价值。"

黄叶南寄很尴尬。但他不得不承认这位浑身泛白的技术员是对的,他的表情和音调都像哲学家一样酷。黄叶南寄对他一会儿同情,一会儿讨厌,一会儿害怕。

"你知道慢协会吗?"

"知道,你来之前不是把资料都给我看了吗?"

"你的工作状态倒比较符合慢生活的理念。我想请你加入慢协会,和我们一起推广慢生活,为……"

"我不加入,你们的理念是不成立的,你们把交通工具的快慢当作罪魁祸首,这太幼稚了,太可笑了。"

"我们强调的是生活态度,交通工具只是一方面,你不能否认交通工具对慢生活没有影响!"

黄叶南寄话一出口,就微妙地感到一种虚无。好在他及时调整了自己的情绪。他暗自思忖,这个环境倒也适合他。白化病人怕光,监测室的光已经调到最暗。监测员高度近视,但他可以从打印机里打出字号大一倍的报纸和杂志。他有一套让人赞叹的设备,他看过的书报可以通过这套设备变成白纸重新打印出他需要的报纸和书籍。不过,技术员并没有把读过的所有文字都打印成新书。他把其中一部分保存了下来。这些书的开本统一为八开,书脊上的字号足有乒乓球那么大。

黄叶南寄扫了一眼,有《透明的红萝卜》《外省生活场景》《命若琴弦》《麦田里的守望者》《哺乳期的女人》《丰乳肥臀》《慧血》《山上的小屋》《金色笔记》《火焰的形状》《百年孤独》《白鹿原》《雾中回忆》《在细雨中呼喊》《花腔》《边城》等,估计在千册以上。因为字号的原因,《白鹿原》被装订成三十四本。黄叶南寄感到惭愧,这些书他从没读过,虽然考博时作为文学史选择填空他得过满分,但现在已经记不得它们到底是什么人写的书了。

就在黄叶南寄犹豫着要不要结束访问回到地面时,监测员莫名其妙地笑了笑。他笑起来眼睛眯成一条缝。

黄叶南寄看见墙上有一条透明的筛孔PVC管,管子里有一只老鼠和一只猫。老鼠机灵地奔跑,猫笨拙地追,无论猫多么努力,却怎么也追不上老鼠。黄叶南寄看仔细了,才发现猫的后腿上戴着一副特制的镣铐,黄叶南寄感到自己的脚踝痒痒的。猫不停地追赶老鼠,但猫并不凶悍,相反,它有一种绝望感。PVC管只比它的身体粗一点点,再不减肥,它就要卡在里面了。当然,老鼠也不轻松,虽然从没被猫追上过,但它一刻也不敢停,长期的恐惧感使它总是神经质地吱吱叫唤。当猫和老鼠的绝望感都很明显时,监测员像孩子一样嘻嘻笑,发笑时额头上一撮头发冷不丁地发抖。就像他本应爆笑,但他努力控制着,把它压缩在身体里的某个地方。黄叶南寄在难受中好奇地想,老鼠为什么不一直跑,它只要坚持跑上几分钟,就有可能跑到猫的屁股后面,这样它就不用害怕了,因为猫在管子里掉不了头。继而他又悲观地想,其实人和这只老鼠一样,在某些情况下根本不知道猫掉不了头,只知道猫在自己身后。

监测员给猫和老鼠分别喂了一点零食,然后触摸了墙上的一个按钮,筛孔PVC管隐去,墙上的布景像电影一样显映出来。布景图是一棵开花的椰子树。

技术员问黄叶南寄:"你见过这种椰子树吗?它名叫Talipot,原产于毛里求斯,现在快绝迹了。它一百年开一次花,花开完后就枯死了。不开花时很漫长地活着,一开花却是刹那间的死亡。快就在慢中,慢也在快中,不是吗?"

他的话锋突然一转:"你刚才说到了交通工具,如果你认为交通工具对生活节奏确实有影响,那是你确实受到了影响。如果你按照自己的节奏生活,那么它的快慢和你毫不相干。极梭地下交通是人类对速度的追求,是为了完成人类儿童期的共同理想扩大活动范围,你认为它加快了生活节奏,这是你的错,错在意志不坚,错在把意志不坚当成外界的影响。"

黄叶南寄说:"你完全曲解了我的意思。你虽然在地下暗室里生活,但我相信你通过其他渠道不可能不了解,现在植物、动物的生长,工业品尤其是食品的加工,在对速度的追求中已经发生了巨变,这样的巨变难道不是反生活的?难道还不可怕?"

"这是追求商业利润的结果。商业是商业,生活是生活。"

"商业早就是生活的一部分,怎么可能独善其身!"

他们各持己见,谁也说服不了谁。黄叶南寄认为,监测员对快生活的漠然态度是因为他过于孤独了,他的孤独是一种病。监测员则错误地坚持,选择什么样的生活是自主的,与外界毫不相干。

黄叶南寄离开地下监测室后,始终想着PVC管里的猫和老鼠,晚上噩梦不断,梦见自己在PVC管里爬行,前有老鼠,后有愁猫。他想打破PVC管,但浑身无力,连拿一支铅笔都拿不住。他无意中发现,只有把被子卷成圆筒状,直挺挺地睡在里面,噩梦才会消失。醒来后以为自己是老鼠和猫,以为这才是梦境。如果不是慢协会龟吸法,他肯定要崩溃。强制用龟吸法疗养,终于恢复常态。

"黄叶南寄同人回总部述职时,犹豫着要不要把他与监测员之间的对话写出来。斟酌再三后决定交给各位同人,相信大家自有甄别。促使黄叶南寄下定决心的原因是他坚信:慢,是生活,快,是反生活。"

主持人见下面交头接耳,决定暂停视频解说,等他们议论够了再继续。他走下主席台,加入议论的人群中,他也有小话要告诉他们。

他说,黄叶南寄同人在访问途中,听见有人说,生活节奏加快的主要原因,是来自消费品的不良诱惑。为此,黄叶南寄访问了FMCG联盟一位策划师。FMCG是Fast Moving Consumer Goods的缩写,即快速消费品。由于策划师的工作是引导或者说诱骗消费者快速消费,加速消费,所以他们一般不使用真名,在内部也使用代号。这位策划师的代号是年糕君。

年糕君自己并不是快生活的忠实拥趸,他只不过是利用自己的策划能力获得慢生活的时间和金钱(这一点和慢协会对慢生活的阐释相左,慢协会认为慢生活与金钱无关)。五十年前,快速消费品包括食品、个人卫生用品、烟草和饮料。现在已经延伸到日常生活的每个角落。年糕君的工作,不仅包括让消费者购买快速消费品,还要挖空心思挤占耐用品的空间,把快速消费品的市场份额扩大。比如说吧,在一般人的认识中,厨房机械手属于耐用品。现在市场上任何一款厨房机械手的使用时间都不会低于十年。但在FMCG联盟的操纵下,厨房机械手的内部构件有一半变成了快速消费品。给机械手换一个专用刀片,它就能削核桃,只削掉硬壳,不伤及果肉。刚开始,这种刀片削五十个核桃就得更换。后来提高到二百个,看似耐用多了,但给这种刀片增加切开骨头剥取骨髓的功能后,又只能用三十次就得更换。使用率提高到一百次后,他们又增加了把骨头碎成骨泥的功能。这确实为人类更营养、更健康做出了巨大贡献,但与此同时,消费者的"球币"也源源不断地流向快速消费品制造者和营销商。

年糕君的策划行为紧紧抓住"今天"不放,获得了巨大成功。在推广一款护肤品时,年糕君策划了万人同时吹生日蜡烛的情景。这一万个人都是刚满十八岁的女孩。当她们吹灭蜡烛后,一个类似教主的人,以缓慢的声音说:当我们仰望星空,浪漫地遐想时,其实很多星星早已消失,我们看到的其实是几万年前的星光。然后是一万名老太太吹生日蜡烛。女孩们的生日蜡烛是十八根,而老太太每个人只吹一根。

就这么一个宣传短片,让很多的女性夜不能寐。但她们能想到的唯一的办法,就是赶快去买护肤品,并且不约而同地选择最新产品。买回来后,把以前买来的、用过的或者从没用过的,全部丢掉。她们相信最新的才是最好的。

黄叶南寄听了年糕君得意扬扬的介绍,愤怒地说:"保持青春的办法是心净,是断烦恼,是不喜、不怒、不哀、不怖,是良好的生活习惯,怎么可能是你宣传的那些护肤品?"

年糕君笑容满面地回答:"黄叶南寄君说得好啊,保持青春的办法确实是心净,是断除一切烦恼,是良好的生活习惯。可是黄叶南寄君,这样的说教不是已经有几千年了?几千年来有多少人做到了呢?不问别人,就问你自己,你的心净吗?你没有任何烦恼吗?既然心净不下来,烦恼又何其汹汹,最好的选择,还是买护肤品来用嘛。她们使用护肤品时能获得短暂的快乐,如果连短暂的快乐都不允许,又是何其残忍。你说是吗?黄叶南寄君。"

黄叶南寄别着脸想了五分钟,沮丧地说:"所有的道理都是有道理的,却很少有人按照这些道理去生活,反倒全都按照最不可靠的痴见去生活,这究竟是为什么呢?"

"黄叶南寄君不是慢生活协会的吗?这个问题你们应该好好研究啊。"

"我很抱歉,我没能说服你,但这不是慢生活理念有问题,而是我对慢生活理解还不够深。但是我坚信,快只会把人类引向深渊,只有慢,才能抑止人类自我毁灭的脚步。"

年糕君请黄叶南寄参加由他策划的捐赠活动。捐赠对象是拿里地震医疗事故后遗症患者。这些人大部分住在会泽农场。

"黄叶南寄君,到了会泽农场,说不定你才能找到慢生活的用武之地。"

拿里地震并不是史上最大的地震,但地震之后的生命接力,被称为人类史无前例的胜利。那一年的诺贝尔医学奖,颁给了"生命接力"的领导者,虽然他仅仅是一名普通的外科医生。颁奖新闻成了全世界所有媒体的头条。感人场面让无数人泪如雨下。

现在,获奖者销声匿迹,所谓的胜利也没人提起。

我们不能因为这个时代信息超速地传递,就去指责人类的健忘也同样迅速。

不再提起,不是健忘,而是不敢正视悲剧。我们生活在悲剧的废墟上,以为只有爬得越高,离悲剧越远。

拿里地震发生后,第一时间赶到地震灾区的是朗贝尔医疗队,朗贝尔的设备和技术在当时是最先进的。他们能在十秒钟内检测出一个人的心率、血压、血型、呼吸、瞳孔、角膜反射等生命体征。这项技术在拿里地震发生前十年就已成熟,但大规模运用还是第一次。

他们到达灾区后,把手术台直接搭建在废墟上,对救援队送来的人体进行检查。在最短的时间内对伤员进行手术。手术是对人体进行嫁接。如果一个人只剩下头还是好的,就从其他死者身上切下躯干和四肢。大脑死亡才是真正的死亡,所以只要头还完好,他们就能给他装上躯干和四肢。

由于高甲氧基果胶的广泛应用,不再用针线缝合伤口,用一种牌子叫"泰远"的果胶进行粘连即可。这种果胶不但缩短了手术时间,还有止痛作用,大大减轻了患者的痛苦。创口愈合后,果胶不用撕下,可以让它留在身体里,起到消除疤痕的作用,最后融入皮肤。

手术台是半机械化的,重新组装好的人被立即送到后方医院,进行更细致的修复,以便康复后既活动自如,又英俊漂亮。对有整容期望的病人,顺便给予免费整容。

当时,对成人的手术进行得更快些,因为年纪越大,所需要的四肢越不用挑剔,相差十来岁都不要紧。但儿童就麻烦了,年龄越小,四肢差别越大。加上血型的限制,要给一个小孩配好相应的、协调而又适应的四肢太难了。

刚开始,医疗队很认真,规定嫁接上去的四肢,与原体长短误差不能超过三毫米,大小不能超过一毫米。后来发现这很难做到,伤者虽然很多,但身体的区别太大了。长短一样,粗细有可能不一样。粗细一样,血型有可能不一样。血型一样,性别有可能不一样。没办法,医疗队只好放弃这个规定,把注意力转移到拯救更多的生命上来。

拯救生命获得巨大成功,用死者(脑死亡)身体卸下的肢体和器官,重新组装成的新人达十万人。死亡人数是无法统计的,因为每具躯体,都仍然有一部分活着。很难说,谁死了,谁活着。

对无用的残体进行配对统计,实际减少人口不到一百人。

当然,手术过程也遇到一些难题。只接一条腿或一只手还好,如果需要接两条腿,医疗队没法保证新接上去的腿一样长。当他们重新站起来时,只有穿上专门定制的鞋子,走起路来才不至于一瘸一瘸的。

不管是伤者还是医生,当时最重视的是腿,而不是手。因为手的长短不大容易发现,两条腿长短不一,走几步就能看出来。

但问题就出在这儿。

类人猿变成人,是以爬行与直立行走作为分界的,但如此重大的事件并不是简单地解放了前腿。前腿变成双手后,它们的性质也变了。手的敏感性不仅在运动机能上,更在它和大脑的配合上。它不仅是大脑的探测器,还是大脑的执行者。

有一位女士,地震时在炼钢厂上班,炼钢厂女人不多,受伤者大多是男性。她的右手被钢梁砸断了。去别的地方找同性配肢来不及了,医生给她接上一只男人的手。没料到这只手给她带来很多烦恼,她穿衣服时,它不是扣错扣子,就是穿错袖子。她脱衣服时,它却准确无误,并且动作极快。她觉得这既是她的手,又不是她的手。她得时时提防着,以免在她分心时解开胸前的扣子抚摸胸部,这只手喜欢把眉笔、口红像夹香烟一样夹在手指上。最让她受不了的是,洗澡时这只手的劲很大,感觉皮肤都被搓掉了一层。她多次想截掉它算了,不要了,做单臂人并不影响自己的生活。在家人阻止下,她才没采取行动。家人劝她,说这只手并非一无是处,以前她总是丢三落四,找不到钥匙,找不到手机,忘了锁门,忘了关气。自从有了这只手,她就再没为这些事烦心过。这只手的五根指头像五个小小的脑袋,在她还没看到没想到的时候,它们已经看到并完成这些该做的事情。它们带给她的惊喜和麻烦一样多。

和成人的烦恼比起来,孩子们出现的问题更多。一是嫁接上去的肢体和原有的肢体生长速度不同,它们长定型后,区别很大。二是这些肢体与身体出现的矛盾。

这些问题不仅影响他们的生活,还影响他们的性格。

当年只有五六岁、七八岁的孩子,现在已经二十多岁、三十来岁。处在人生中最美好的年华,可因为他们身体被嫁接过,他们比常人多了一份排异的负担。只嫁接了一件还好,那些嫁接了两件三件,这两件三件又来自不同的躯体的,他们的烦恼就是别人的两倍三倍。

最难受的是他们的梦,只要一睡着就会做梦,并且所有的梦都是混乱的,梦里充满了他们不认识的人,他们要求他们做这样做那样,虽然仅仅是做梦,可他们醒来时,却像真做过很多事一样,浑身筋疲力尽,比跑马拉松还累。

在社交上,由于情绪不稳,急躁、抱怨、怀疑、自暴自弃等行为,让他们很难交上真正的朋友。有的男孩才十几岁就爸爸化了。爸爸化不是真正的父亲,没有父亲的权威和责任感,只是像爸爸一样爱多管闲事、爱唠叨、爱自以为是。女孩则妈妈化。她们关心所有人,但任何一件不合她们心意的小事都会让她们大发雷霆,没完没了地控诉。

爸爸化和妈妈化的年轻人说话时,用词好像很浪漫、很热情,当你认真体会,却又发现他们的冰冷与麻木。和他们见面时,大多数人会觉得没什么,他们挺正常的,跟你我没什么区别,可一旦告别,立即会有大松一口气的感觉,提醒自己今后一定要少和他们见面。

两年前，拿里发生过一桩盗窃案，犯罪嫌疑人当场就被捉住了，可法院至今无法对犯罪嫌疑人定罪。犯罪嫌疑人对犯罪事实供认不讳，承认自己确实偷了邻居花园里的花。可他解释说，他从没想过偷邻居的花，是他的手偷了邻居的花。偷花的手是他六岁时医生给他嫁接的，是另外一个小男孩的手。他管不住它，他从花园旁经过时，这只手把他带进花园，直到摘了十余枝，才知道这是在搞破坏。这些花很名贵，剪下来后每枝售价二百一十"球币"，如果是八成熟的全苗，单株售价达八千球币。他并没把它们拿去卖掉，而是把它们插在花瓶里。也就是说，他主观上没有犯罪意图。如果法院判他有罪，他会把这只手剁下来，让这只手去服刑。至于为什么把它们插在花瓶里，没有捧着它们向邻居道歉，他坦承，一是摘都摘了，无法还原。二是他希望邻居不要发现，不发现，他们就不会生气。如果在来年枝头上重新绽放花朵之前，邻居夫妇没有发现，那么，邻居夫妇就不会感到受了伤害。邻居夫妇从事厨房机械手推销工作，长年不在家，这种可能性完全存在。但家政服务员多事，他举报了这个"小偷"，反倒造成不堪的局面。

事件公开后，有罪无罪一直争论不休。随着对拿里地震的回顾，对当年朗贝尔医疗队的深入了解，感性而只持一端的市民在同情心的推动下，对犯罪嫌疑人的邻居群起而攻之:明知自己的邻居是可怜的嫁接人,你种那么名贵的花干什么呀?这么名贵的花是从什么地方来的呀?应该严查名贵花卉的来路,甚至盘查其家产,有无偷税漏税。有人朝他们的窗户扔石头,半夜里突然向他们喊话,叫他们滚。他们惊恐不安,只好搬到地球的另一面,到了一个日落日出都和拿里地区相反的地方。他们的遭遇得到另外一拨人的同情,认为小偷就是小偷,把责任推给嫁接手,完全是狡辩。

类似的稀奇古怪的事件层出不穷。拿里当局为了帮助嫁接人,成立了很多机构和疗养院,有民间的,也有官方的,有隶属宗教团体的,还有国家科学院的。但真正能帮助他们正常生活的药物没有找到。当年的生命接力,变成了巨大的医疗事故。朗贝尔医疗队已经解散,获诺贝尔医学奖的人改名换姓躲藏起来。

年糕君每年都要组织十余家企业,为拿里地震后遗症患者捐赠药物。嫁接人每天必须服用排异药物。这种药伤胃,他们吃了这种药还得吃胃药。长期服用胃药会导致记忆力下降,并且伤害肾脏和肝脏。因此他们还得吃健脑药和保肝肾的药。他们一日三餐有一半吃的是药,而不是米饭。他们木然地说,他们最大的愿望,是什么药也不吃,好好吃顿米饭,吃顿饺子;知道他们的遭遇后,没有人不为之落泪。

为了安置拿里地震医疗事故后遗症患者,有关部门在会泽小镇建了一个农场,让这些患者从事简单的劳动。黄叶南寄参观了这个农场的养殖场。养殖场的鸡和鸭不是养在饲养棚里,而是养在传送带上。小鸡小鸭从孵化器里出来,传送带上的输食管直接插进小鸡小鸭的嗉囊,食物是经过精心配制的,加入少许安眠药,小鸡小鸭一动不动,随着传送带缓缓滑动,它们徐徐长大。传送带长达八公里,经过一千零八十小时,即四十五天,鸡崽的体重普遍能达三公斤。这时输食管换成解剖刀,首先把还没来得及消化的饲料清理掉,尤其是安眠药,要将其降低到千分之一毫克以下,即使有人天天吃会泽农场的鸡,也不至于嗜睡,这是底线。从屠宰车间到包装车间,全程无菌操作。设计这款传送带的专家被快餐联盟授予猴王奖——世界上第一条传送带是从猴子捞月开始的,故名猴王奖。

黄叶南寄参观时,拿里中学家禽兴趣小组也来到养殖场参观,其中一个学生说,这些鸡和鸭在做梦,因为它们从孵化器里出来就睡着了。一个学生说,它们没有做梦,因为它们从没睁开过眼睛,从没见到过外面的世界,它们不可能有梦。另外一个说,它们不是鸡,也不是鸭,因为它们不下蛋。争论中,他们提出更严肃的问题,鸡和鸭可以这样,人可不可以这样呢?如果人可以这样,那就不需要上学了。他们拿这些问题向黄叶南寄请教,黄叶南寄很尴尬,他一个问题也解答不了。

"黄叶南寄回来时,带来了年糕君加入我会的申请表。

我会主席团开会三次专门讨论,至今悬而未决。有人认为应该让他加入,这可以增强我会影响力,甚至还可以请年糕君为我会宣传好好策划一下,向更多的人推广慢生活理念。但也有人担心,他加入我会后,极有可能利用我会的研究成果用于他的商业活动。年糕君善于在最简单的事情当中抓住对自己最有利的元素,并将这个元素剥离放大。所以,我们一定要慎重。大家也可思考一下,向主席团建议如何处理才是上策。"

会场突然安静下来,主持人回过头,发现停顿的视频画面是一只猫,国际地线监测员养的那只猫。猫的表情让人惶恐。虽然是一只猫,但它的表情很像人,绝望、难堪、生不如死。

有人说虽然我们是慢协会,但做事不能散漫,还是请秘书长继续播放视频。

秘书长回到主席台。

他说:"视频已经全部播放完了,今天的会议内容到此结束。"

有人问:"黄叶南寄同人怎么没到场?我们想听他亲自讲一讲。"

秘书长早知如此地笑了笑:"如果是这个问题,那么会议还没结束,下面我来告诉各位同人,黄叶南寄为什么没到场。"

黄叶南寄调查结束后,为了不受打扰,在会泽农场附近租了间小屋撰写调查报告,嫁接人因为药物的关系,对生活早就失去了信心和兴趣,他们不会来打扰他,没有比在农场附近写作更能避开尘世喧嚣的了。调查报告写完后,他准备根据这个报告写一部理论著作,对慢生活进行全面、科学的阐释。可他被打扰了。

这天早上,黄叶南寄正在吃早餐,他的早餐是一块烤红薯,五枚生板栗,一碗青菜汤,两块核桃薏米糕。黄叶南寄深谙慢食法则:慢食不是慢吞吞地吃,而是用心烹煮和食用,吃出食物的本味。烤红薯的香和甜,他是知道的,但这天早上他还吃出一股泥土的涩味,这是从未有过的,他的舌头像探索者一样兴奋,这股兴奋传递到心尖,不禁心旷神怡。

他打开摄像机,准备把自己的表情录下来,以便附在调查报告里,和慢协会所有同人分享,让大家对慢生活产生信心。

他刚对准镜头,就听见有人敲门。黄叶南寄极不情愿地拉开门。门口站着一个英俊青年,左脸文了一只大公鸡,虽然只有刚出生的鸡崽那么大,但一看就知道是一只大公鸡。黄叶南寄觉得这人似曾相识,再细看,却又陌生。

黄叶南寄的情绪大受影响,他正要责怪年轻人来得不是时候。年轻人却看也不看他一眼,一侧身钻了进来,进去后一屁股坐在椅子上。

"你看见我门上的字条了吗?"黄叶南寄克制住不满,公事公办地问道。

年轻人低着头,手捧前额,过了会儿厌恶地说:"我看到了。"

黄叶南寄贴在门上的纸条是:电视剧推销者请绕行。他从年轻人的衣着看出来了,他一定是来推销电视剧的。

黄叶南寄没心情吃东西了,但他毕竟是长者,他关切地问:"你吃早餐吗?想吃什么?米粉?面条?牛奶?面包?我这儿都有。"

"我要吃会泽鸡脯肉汉堡。"

黄叶南寄略微吃惊,确认年轻人不是在调侃,他才冷冷地说:"什么会泽鸡脯肉,会泽农场的鸡不能吃。"

"我知道,可我好多年没吃了,以前你老给我吃,我都吃腻了,几年没吃,突然想吃。人真是奇怪,什么东西一多就不喜欢,等到没有了,却又想念起来了。"

"你是黄叶果果?你整完容没发照片给我看,怎么弄只公鸡在脸上?"

"没办法,爸爸,我这容貌是现在最流行的一款,可整容整成这样的人太多了,为了区分,只好文上自己喜欢的图案。我喜欢的图案是老虎,可惜已经被其他演员用上了,我想起你以前一高兴就买烤鸡给我吃,虽然我们住在牛黄镇,但你一定买会泽农场的鸡,那是多么幸福的日子啊,我文上这只公鸡,也算是对那些日子的一种想念吧。"

"你现在做什么工作?还在拍电视剧?"

"爸爸,你是不是没看电视?"

"早就不看了,没什么好看的。"

"那么多频道,就没有一个是你喜欢的?"

儿子说着解下腕表小电视,调出节目递给父亲。黄叶南寄没接。

"就是频道太多了我才不想看,以前只有几百个我都嫌多,全球电视台互相链接后,我不想选了,一万三千多个频道,两秒钟选一个都要十多个小时,选台比看电视还累。有时间我宁愿去看看京剧和话剧。"

"你可以用智能选台呀。"

"我要的是简单、简单、简单,智能选台帮不了我。"

儿子沮丧地把腕表电视放到茶几上,没关掉,细碎的声音绵绵不绝,父子俩不由自主地提高了嗓门。

"爸爸,我也考虑过要不要转行,做电视演员太辛苦了,这十年我出演了两百部电视剧,电视台播了十部,网络上有二十部点击率达到了三万,这在业内已经很不错了。可推销电视剧太累了。刚才看见'电视剧推销者请绕行',我的眼泪都差点滚出来了。这样的纸条,我在别处见到过,但都没有比在自己父亲的门口见到更让人伤心。"

"果果,我不是有意伤害你,是上门推销电视剧的人太多了,他们像苍蝇一样,门一开就挤进来了。你应该提前给我个电话嘛。"

黄叶南寄尽量避免父子间的不愉快。但他同时很明白,只要儿子一说到电视剧,他就感到痛苦。他暗中用龟吸法调息,让自己平静下来。

"我知道,我没怪你,爸爸。"黄叶果果说。

"要转行的话还来得及,你才四十岁。"

"爸爸,我喜欢这一行,我喜欢当演员,喜欢演电视剧,去干别的,我会感到不舒服,我的心会乱。推销电视剧时,我感到委屈,感到生气,想到没有人喜欢我,我很难堪,也很担忧。但只要产生不干这个职业的念头,我就会心乱如麻。爸爸,你的心没乱过,我非常羡慕你,我要是能像你这样就好了。"

"果果,我劝你不要再整容了。现在连普通观众都可以去整容,想整什么容貌就整什么容貌,整容反倒使你们失去了个性。我虽然没当过演员,但我认为容貌已经不重要了,在人人整容的时代,一张俊美的脸,反倒没有独具个性的脸吸引人。"

"是啊,从美容院出来的,所有的脸都一样,所以才文上老虎狮子什么的加以区分。"

"你的容貌本来一点也不差,你妈妈当年可是牛黄镇头号美女,你把她的优点全都遗传过来了。我觉得,你原来的容貌应该更讨观众喜欢。"

"也许吧,可我已经整过十次了,再也整不回去了。"

黄叶南寄见儿子眼含泪水,觉得有必要告诉他自己对整容的态度。

"你和妈妈联系多吗?"

"不多。"

"她整容的次数比你还多。你知道吗?我们离婚的原因是她整容整得太勤了,她每次整容回来,我都觉得她是一个陌生人,我很不习惯,我没法和陌生人生活在一起,只好分手。果果,这件事没征求你的意见,我很抱歉。"

"我明白,爸爸,我没怪你,也没怪妈妈。你不知道,整容很容易上瘾。一旦上瘾,就和吸毒差不多。"

儿子离开后,黄叶南寄很难过。他把刚查到的人们对文艺生活的关注程度的最新排列顺序看了一遍:京剧、话剧、歌剧、广播剧、纸质阅读、电影、电子阅读、电视连续剧。儿子的职业排在最后一项。

如果把这个排序告诉儿子,他一定会和他大吵一架,他会把这当成父亲对他的奚落。四十岁的人了,容貌和性格仍像十几岁的孩子。整容术再怎么发达,也不可能把五脏六腑全部换掉。黄叶南寄深知,人过四十,体内器官就开始老化,从事疲于奔命的工作很糟糕。想到儿子的未来,他百感交集。要想儿子自己回头,几乎是一种不合常情的愿望。

"也许只有等我把这本书写出来,作为遗产留给儿子,才有可能让他回到正常的生活轨道。"

想到只有用死亡才能唤醒迷途之子,黄叶南寄感到无比悲哀。他几乎绝望地想,要让他人理解慢生活是多么艰难。有史以来,人们就在追求快,赞美快,由此养成的习气积重难返。人一生下来,从母亲那里接受的就是一个快字。快吃奶奶,快睡觉觉,快长高高,快写作业。背负着如此沉重的陋俗,怎能不感到迷茫和哀愁?

但沉迷在哀愁中是不可能得救的,并且这是慢生活坚决反对的,黄叶南寄决定暂时放下烦恼,先去听一场京剧。听完京剧,他没有像平时那样平静下来,他产生了一丝从未有过的不安。他突然发现京剧并不慢,他被京剧荡气回肠的哼唱感染,每一个细胞都跟着剧情和唱腔跌宕,这是用慢的方法,让人全面地进入快的体验中。

黄叶南寄的不安,不是重新认识京剧,而是他重新认识到,自己对慢生活的理解太肤浅了。儿子羡慕他心没乱过,其实不是这样的。他不过是找到一些致静的方法,这些方法像保健品一样,只能起到缓解的作用,并不能根治无名的慌乱和紧张。

节目单上的节目演出到三分之一时,从后台涌出来十个推销员,清一色的绝代佳人。一看就知道是整过容的,其中三个还是五十多岁的男人,黄叶南寄是通过体味探测器探测出来的。由于整容成风,性别、年龄完全混乱,父母与子女的形貌凭肉眼无法区别,整过容的父母有可能比子女更显嫩。

世卫组织不得不在宪章里规定,全球居民无论年龄大小，必须人手一台体味探测仪，以此保证最基本的人伦关系。第三代体味探测仪非常灵敏，它可以在一秒钟之内，同时测出你身边十米内的所有人的实际年龄和性别。黄叶南寄特别讨厌老男人改装而成的佳丽，他锁定她们中最年轻的那一位，只接受她询问的目光。

她们向观众推销最新的电子读写器。这是一款非同寻常的读写器，它的形状是可变的，你可以把它把玩成任何形状，另一个特点是特别柔软，手感特别舒服，舒服得你都不好意思去摸，因为这容易让人产生下流的联想。但它的奇特之处不在这里。

它最奇特的地方是当你把它们展开后，它能瞬间变成一张薄薄的液晶屏，并且弹性十足。它的读写功能更是神奇。首先是它储存了迄今为止出版的所有书籍，各种语言，各种版本。只有你不知道的、从未见过的，没有你在这里面找不出来的。它的写作功能同样强大，只要输入你想要在文章中出现的词语或句子，就会在零点一秒的时间内自动生成镶嵌有这些句子的各种文体的所有文章。黄叶南寄把自己卡片式电脑里的句子转存进去，只选择了三种文体，一是文化随笔，二是哲学著作，三是科学论文。只用了零点一秒，三本书已经写好了。推销员得意地问黄叶南寄如何，有了这款读写器，你可以再造一百亿个大英图书馆。黄叶南寄的脸一阵红一阵白，他感到奇耻大辱，下面的京剧没听就匆匆离开了。自己潜心研究的东西，被一个电子玩意刹那间就完成了,虽然有些观点不完全正确,但大多数内容,和自己的设想相差无几。这让黄叶南寄无地自容。

"南寄同人也太脆弱了,就为了这点事不来开会?"

"你们误会他了,他三个月前离开了会泽小镇,再次走上寻找慢生活真谛的漫漫长路,他决定等找到慢生活的真谛后,再来和大家见面。今天的会议到此结束,明天我们继续介绍另外一位候选人,他就在你们中间,到底是谁,明天再告诉大家,我保证他的事迹和黄叶南寄同人一样精彩。我们只给离慢协会总部一千公里以外的同人在鸡骨岛订了房间,一千公里以内的同人请回家休息,明天准时到会。"

秘书长从总部大楼电梯进入地下高铁,然后转极梭三号线,四十五分钟后,到达位于毛乌达绿洲中的别墅。机器人保姆送来可口晚餐,他边吃边思考,如何给黄叶南寄同人回信。

黄叶南寄在给他的信中写道——

尊敬的秘书长阁下:我觉得慢生活的真谛对人类帮助并不大,我会同人所有的美好愿望在现实面前,就像一块土面对一条浩荡的大河,无论投入与否,都不能改变大河奔流的速度。我们的慢生活修炼犹如煮砂做饭,对此我深感绝望。不过,我坚持认为慢生活是美妙的,只不过我再也不求与人分享。

我不来参加会议的真正原因,不是脱不开身,而是怕见到与会代表,我担心我的动摇会让他们失望。

昨天,我在路边看到一株肖梵天花,很漂亮,肖梵天花是它的学名,它还有六个别名:红孩儿、野棉花、刺头婆、迷马桩、野桃花、八卦拦路。我喜欢叫它红孩儿。我观察它几天了,它慢慢地展开花瓣,骄傲地接受风的祝福,这是快还是慢呢?既不是快也不是慢,它如此自在,哪怕几天后枯萎凋零,整个过程都是自在的,这似乎比我所理解的快和慢更重要……

我抽空看了儿子主演的电视剧,说实话,如果它不是我儿子出演的,我会说它太优秀了,虽然演员个个整容整得看不出本来面目,但他们的表演是到位的、成功的。他们演的是如何保持魂魄的相对稳定的故事。魂是阳气,死后变成神,魄是阴气,死后变成鬼。同时,魂构成的是人的聪明才智,魄构成的是人的形体。所以你不能说魂和魄哪个重要。阴阳必须协调。没有魄,魂无法依附;没有魂,魄无法行动。

这与我们天天挂在嘴上的快和慢是一个道理。快和慢其实永远分不清楚。同样一件事,在有些人那里是慢,在另外一些人那里则是快。过分强调任何一方面,都是一种自以为是。

我想请问秘书长,慢生活究竟是一种生活需要,还是一种兴趣爱好?如果是生活需要,那么用不着我等如此宣扬,人们自然会选择。如果仅仅是一种兴趣爱好,那么有什么必要强调它的重要性呢?人们的兴趣爱好不是越丰富,这世界越美好吗?

同时,我发现,我会推崇的京剧一点也不慢,几个简单的句子就可以把一个朝代的事唱完,并且京剧演的都是大故事,没有一个小故事。形式上慢,内容上快。这几天只要想到这个,我就惶惶不可终日,失魂落魄。

我会一直把"快导致人类更快走向灭亡"这句话挂在嘴边。这个结论是如何推导出来的呢?我觉得这是一种非理性的野蛮行为,因为我们连人类最终灭亡与否都不知道。想到这件事,我就像一支饱满的牙膏被挤瘪了。

还有一件事必须告诉你,普济医院的律师来找过我,王印博士辞职了,他们认为是我对她灌输了不良思想。这给医院造成了巨大损失,他们决定起诉我。我不怕他们起诉,如果确实是我的错,我愿意赔偿,保证不会牵连慢协会。

秘书长,我现在迫切需要你的帮助,帮助我树立慢生活的信心,相信龟吸法真的管用,请不要用格言,也不要哲学著作上的句子。我只希望你讲一个故事,一个真实的故事。我将感激涕零。

你看,我有点语无伦次了,请谅解。

黄叶南寄顿首。